Klarrie Reese

# Hörig

## Die wahre Geschichte der Marie K.



novum premium

Bibliografische Information
der Deutschen Nationalbibliothek:

Die Deutsche Nationalbibliothek
verzeichnet diese Publikation in
der Deutschen Nationalbibliografie.
Detaillierte bibliografische Daten
sind im Internet über
http://www.d-nb.de abrufbar.



ISBN 978-3-95840-861-6
Lektorat: Lucy Hase
Umschlagfoto:
Peter Ziesche
Umschlaggestaltung, Layout & Satz:
novum Verlag

Gedruckt in der Europäischen Union
auf umweltfreundlichem, chlor- und
säurefrei gebleichtem Papier.

**www.novumverlag.com**

1

# IMPULSE

Es war noch nicht Frühling und doch nicht mehr Winter. Ich trug einen schweren Mantel, als ich das erste Mal seine Wohnung betrat. Er war höflich, nahm ihn mir ab und hatte keine Ähnlichkeit mit den Bildern, die er von sich preisgegeben hatte. Er hatte dunkle Haare, trug einen Vollbart und war klein. Der Bauchansatz ließ sich nicht verbergen ebenso wenig wie die Tatsache, dass er keinen Sport trieb. Kerzen, Jazz- er hatte sich Mühe gegeben.

Sein Gezeter über guten Wein, besonders Rosé, den er zu mögen schien, beeindruckte mich gar nicht. Ich war einen Kopf größer als er.

Alles, was kommen sollte, es war längst entschieden in diesem Moment, als mich etwas auf die Knie zwang, bevor ich mein Glas auch nur angerührt hatte. Wie ist so etwas möglich? Ferngesteuert folgte ich einer Energie. Als zöge mich ein Magnet, rutschte ich aus meinem schönen, alten, sesselähnlichen Möbel mit hellblauer Polsterung und kniete auf dem Boden, die Arme legte ich hinter meinen Rücken, die eine Hand leicht in die andere. Wieso tat ich das? Niemand hatte es mir beigebracht, niemand gesagt. Ich senkte den Kopf, schloss die Augen und spürte in mich hinein. Die Stuhlbeine ratschten über das Parkett. Ich dachte daran, dass er unbedingt diese kleinen, selbstklebenden Fließflecken darunterlegen sollte. Er stand vor mir, seine Hand griff unter mein Kinn, hob meinen Kopf.

„Augen auf. Sieh mich an." Seine Stimme klang nicht mehr schrill und ich roch den Wein in seinem Atem, als er sich zu mir runterbeugte. Sein Blick war fest, die Augen schön. Ein flüchtiges Lächeln zeigte sich auf seinem Gesicht. Ich fühlte Geborgenheit, die in meinen Körper floss. Seine Hand griff fest in mein Haar. Ich konnte hören, wie die Metallnoppen auf seinem

Gürtel klackerten, als er sie durch die Schnalle zog. Meine Gedanken ergaben sich langsam und hörten auf sich in mein Bewusstsein zu kämpfen. Mit einer ruhigen Bewegung, die eine Hand noch immer in meinem Haar, meinen Kopf nach hinten ziehend, öffnete er mit der anderen seine Hose und schob mir bestimmend seinen harten Schwanz in den Mund. Ich war jetzt fünf Minuten in der Wohnung.

Eine Woche vorher.

## Montag

„Guten Morgen, Marie, viele Grüße von Nikolas aus Wilmersdorf." 6:25 Uhr

„Was machst du jetzt?" 9:10 Uhr

Seine ersten Tinder-Nachrichten erreichten mich in einem Kundentermin. Die roten Wangen, sein Kinn in die Hand gestützt, auf seinem Profilfoto sah er mit einer jungenhaften Verträumtheit eines 25-Jährigen in die Ferne.

„Komm her!"
„Ich brauche dich hier." 9:50 Uhr

„Leg dich zu mir, bis ich gehen muss."
„Dann bleib noch etwas liegen, genieße den Morgen!" 10:20 Uhr

„Antworte!" 11:05 Uhr

Das zweite Foto zeigte ihn telefonierend, lässig im schwarzen T-Shirt und kurzer Hose. Rosa! Ein goldenes Handy in der linken Hand, weiblich gehalten mit Daumen und Mittelfinger. Der Blick abwesend auf seine rechte Hand gerichtet, als sei er weder empfangender noch sendender Teil dieses Telefonats.

„Willst du Sex?"
„Los."
„Antworte!" 13:20 Uhr

Ich sah nicht den 43-jährigen Arzt, den Vater, sah nicht den Sadisten, den Manipulator, den krankhaften Lügner, die Sau, den genialen Ficker, der er war, auch nicht den Bedürftigen, sich nach dem Normalen sehnenden Mann. Er wirkte blond und jung im Gegenlicht. So erspürte ich aus diesen Bildern etwas, von dem mir erst viel später klar wurde, was es war.

„Ich muss dich ficken, Liebes."
„Deinen wunderbaren Körper berühren."
„Melde dich!"
„Jetzt!" 15:45 Uhr

Zwei neue Projekte fraßen meine Aufmerksamkeit und Konzentration, halfen weitere Stunden der Anziehung zu widerstehen, die diese wenigen Worte bewirkten. Noch schaute ich sie nur an. Las sie immer und immer wieder.

„Was machst du jetzt?"
„Komm her!" 20:00 Uhr

„Ich muss dich berühren!" 20:50 Uhr

Er hatte mich zuerst er-wischt. Wie absolut und berechnend seine dahinterliegende „Trial and Error"-Tinder-Taktik war, verletzte mich erst mit achtmonatiger Verzögerung, als ich zu Katharina wurde.

„Ich will dich kennenlernen." 22:09 Uhr

„Wann haben wir Sex?" 23:37 Uhr

Einen einzigen Tag und die darauf folgende Nacht schaffte ich es, nicht darauf zu reagieren. Im Zehn-Minuten-Abstand öffnete ich die App, die ich erst seit Kurzem überhaupt benutzte. Das Handy von nun an immer vor mir liegend, sollte mein erster Tinderkontakt mich verändern. Warum nur hatte ich meinen richtigen Namen angegeben?

## Dienstag

„Guten Morgen, Marie." 6:10 Uhr

„Ich will Sex mit dir."
„Komm her" 6:20 Uhr

„Ich habe jetzt Lust dich zu lecken und dann irgendwann mit der Hand heftig auszumassieren." 6:25 Uhr

„Wenn du gut gekommen bist, will ich, dass du nackt liegen bleibst."
„Z. B. einen Wein trinkst …"
„… und dann irgendwann gehst." 6:31 Uhr

Nikolas' Nachrichten blinkten sich bedrohlich dichter in meinen Kopf, aus dem ich ihn bis heute einfach nicht verbannen kann.

„Wo bist du?" 9:43 Uhr

Der Sound dieser Tinder-Nachrichten schaltete eine innere Unruhe an, die mich nicht mehr weiterarbeiten ließ. Ich wusste, dass ich antworten würde. Bewusst ließ ich mich einsaugen und trieb gierig dem Neuen zu. Eine Reise, die Alles und mich verändern würde.

„Im Büro." 10:50 Uhr

„Wann hast du Feierabend?“ 10:55 Uhr

„Warum?“ 10:56 Uhr

„Frag nicht so dümmlich.“ 10:56 Uhr

„Du wirst heute Abend zu mir kommen.“ 10:57 Uhr

„Deinem Trieb folgen.“ 11:15 Uhr

Er hatte sich schon in mein Gehirn hineinmanipuliert.

Sie strukturierten die Bank um. Es wurden neue Teams gebildet. Wir hießen jetzt „Förderberater“ und sollten mehr raus zu unseren Kunden. Bald würden wir in Großraumbüros sitzen. Viele Kollegen waren verunsichert. Sie nannten das jetzt „Service“ und mir gefiel die Idee, nicht mehr jeden Tag zwangsläufig ins Büro gehen zu müssen, stattdessen direkt zu den antragstellenden Unternehmen zu fahren. Eine Sitzung reihte sich in diesen Tagen an die andere. Langweilige Meetings, geleitet von ebenso langweiligen Unternehmensberatern, die nur in der Theorie wussten, wie ein Produktionsbetrieb funktioniert. Die Berliner Verwaltung war im Sparfieber – zusammenlegen, rationalisieren. Plötzlich tauchten junge Männer in Turnschuhen auf, nannten sich „CEO“ oder „Managing Director“ und ließen sich mit Du anreden. In einer Mischung aus Englisch und Deutsch, übrig geblieben aus irgendeinem pleitegegangenen Start-up, sollten sie nun die Behörden dynamisieren. So auch in unserer Bank, die der Stadt so gut wie gehörte. Endlose PowerPoint-Schlachten, an deren Ende keiner mehr wusste, worum es ging. Die Botschaft war klar. Es würde alles anders werden, ob ich nun die Charts verstand oder nicht. So begann ich mit Nikolas zu schreiben.

„Sag etwas!“ 13:44 Uhr

„Ich weiß nicht, was. Hab viele Fragen.“ 13: 46 Uhr

„Frag.“ 13:46 Uhr

„Wer bist du? Ich kenne dich nicht“ 13:47 Uhr

„Was willst du wissen?“ 13:47 Uhr

„Was willst du mir von dir erzählen?“ 13:48 Uhr

„Lass das!“ 14:15 Uhr

„?“ 14:16 Uhr

„Arzt, Single, Vater, 43, Linkshänder.“ 15:20 Uhr

„Verheiratet?“ 15:21 Uhr

„Nein. Ich sagte single. Lies aufmerksam. Jetzt du.“ 15:22 Uhr

„Ich bin verheiratet“ 15:22 Uhr

„Fickt er dich nicht gut?“ 15:23 Uhr

„Was ist gut?“ 15:23 Uhr

„Ich sagte, lass das.“ 15:23 Uhr

„Bist du geil?“ 17:31 Uhr

„Ich weiß nicht. Etwas passiert jedenfalls mit mir.“ 17:31 Uhr

„Dann komm heute Abend zu mir“17:32 Uhr

„Weiß nicht, bin unsicher.“ 17:33 Uhr

„Ich werde dir nur Gutes tun.“ 17:34 Uhr

„Was zum Beispiel?“ 17:35 Uhr

„Ich werde dir deine Lust geben. 17:36 Uhr

„Ok. Versuche es.“ 17:36 Uhr

„Also kommst du?“ 17:37 Uhr

„Nein. Ich kann nicht. Erst Ende der Woche. Eher erst nächsten Montag.“ 17:37 Uhr

„Morgen?“ 17:38 Uhr

„Nein.“ 17:38 Uhr

„Ich will deine Lust.“
„Komplett.“
„Ich will dich bearbeiten.“
„Belasten.“
„Bis dein Blick leer ist …“ 23:54 Uhr

**Mittwoch**

„Hast du Lust?“
„Antworte!“ 6:15 Uhr

„Du machst mir Angst.“ 7:12 Uhr

„Gut.“
„Weiter.“ 7:15 Uhr

„Was, weiter?“ 7:16 Uhr

„Los, sag es!“ 7:17 Uhr

„Ich werde neugierig.“ 8:10 Uhr

„Neu-Gierig. Gut.“
„Bist du nass?“ 8:30 Uhr

„Etwas, ja.“ 8:31 Uhr

„Beschreibe dich.“ 8:32 Uhr

„Was willst du wissen?“ 8:33 Uhr

„Lass das. Zum letzten Mal!“
„Sonst ist das hier vorbei.“ 8:34 Uhr

„Ja, verstanden. Nur, was soll ich denn lassen?“ 8:35 Uhr

„Es ist einfach. Ich frage, du antwortest. Keine dümmlichen Nachfragen, Erklärungen.“
„Hör auf zu kommentieren.“
„Hör auf zu kontrollieren. Das ist ein absolutes NO-GO!“ 8:37 Uhr

Mich erschrak die Art, wie er mit mir sprach, und gleichzeitig berührte es mich. Als säße er bereits in meinem Gehirn. Woher ahnte er, nein, wusste er, dass ich kontrollieren wollte und musste, gern die Dinge im Griff hatte? Offensichtlich wollte er über sich nicht viel sagen. Ich begann in jeder nur möglichen Minute auf mein Handy zu schauen, erwartete seine Nachrichten und musste sofort antworten. Es wurde ein Drang.

„Antworte.“
„Beschreib dich.“ 9:36 Uhr

„170, blond, weiblich, rund.“ 10:37 Uhr

„Körbchengröße?"
„Gewicht?"
„Schuhgröße?" 10:38 Uhr

„Dein Ernst? Oh sorry, ja, ich sollte das ja lassen."
„Keine Ahnung, B, glaube ich. Und so 65 kg. Mich hat das noch niemand gefragt. Warum willst du das wissen?" 10:45 Uhr

„Ich will dich kennenlernen" 11:00 Uhr

„Was suchst du denn?" 11:05 Uhr

Ich saß schon an meinem Schreibtisch. Das Büro hatte sich langsam gefüllt. Doch davon bekam ich nicht viel mit. Ich starrte auf mein Handy und tippte Tinder-Nachrichten. Wir hatten noch immer keine Telefonnummern getauscht. Nur kurz wunderte ich mich darüber, dass er mich nicht danach fragte. Vielleicht waren wir auch schon zu sehr im Sog. Unwichtig, wo und wie wir uns schrieben. Dass das auch eine seiner absonderlichen Macken war, begriff ich erst viel später.

„Eine Frau, eine Sub für mich in meinem Leben.
Eine, die stark und selbstbewusst ihren Alltag lebt.
Aber ab und an totale Unterwerfung und Hingabe macht." 11:55 Uhr

„Wow. Das klingt schön." 11:55 Uhr

Warum schrieb ich das? Ich hatte keine Ahnung, wovon er da redete, und doch war das meine spontane, tief empfundene Antwort.

„Wie oft brauchst du Sex?" 11:15 Uhr

„Oft, denke ich." 11:20 Uhr

„Genauer" 11:21 Uhr

„Ich weiß es nicht. Hatte das lange nicht regelmäßig, eigentlich noch nie. Auch weiß ich nicht, ob es wirklich nur um das Wie-Oft geht." 11:22 Uhr

„Weiter. Um was kann es noch gehen?" 11:30 Uhr

„Bin nicht sicher." 11:31 Uhr

„Du weißt es."
„Los, sag es." 11:32 Uhr

„Ich glaube, mir gefällt, was du da über Unterwerfung geschrieben hast. Keine Ahnung, was das bedeutet. Aber im Moment, als ich es las, zuckte es in meinem Körper." 11:35 Uhr

„Genauer." 11:50 Uhr

Das ist doch Wahnsinn. Ich würde mich nicht davon beeindrucken lassen. Nein, ich schrieb natürlich nicht genauer. Doch es beschäftigte mich. Den ganzen Nachmittag dachte ich darüber nach. Was machte das mit mir? Mein Körper reagierte mit einem Zucken tief in meiner Fotze. Es war ein Etwas, das meinen Puls schneller schlagen und meine Haut kribbeln ließ. Und noch etwas löste es aus. Ich begann über meine Erregung nachzudenken.

„Was ist los?"
„Antworte!" 17:51 Uhr

Ich fuhr noch immer jeden Morgen mit dem Fahrrad. Die B1 über die Frankfurter Allee, die breit ist und im Sommer schattig unter den alten Bäumen. Dann quer über den Alex vorbei an der Stelle, an der einst der Palast der Republik stand. Jetzt hat man darunter die Mauern der ersten Berliner Stadtbefestigung entdeckt. Der

Weg unter den Linden und dann direkt durchs Brandenburger Tor in den Tiergarten hinein ist für mich jedes Mal ein Gänsehaut-Erlebnis. Ich kann arbeiten, wo andere Urlaub machen. Die Touristen werden immer mehr in Berlin. Besonders im Sommer blockieren sie die Fahrradwege oder rennen mir im Tiergarten einfach vor das Rad. Mehr als einmal musste ich deswegen bremsen und bin vom Rad gefallen. Doch aufgeben wollte ich das Radfahren deswegen nicht. Die S-Bahnen sind früh überfüllt. Auf dem Rad bin ich wenigstens allein. Heute wollte ich nach dem Büro noch joggen und ins Fitnessstudio gehen. Zu Hause hatte ich dann nur kurz Zeit für den Haushalt. Gläser, Essensreste, Kochtöpfe, abgestandene Luft. Außer mir räumte keiner auf. Doch ich lernte ja gerade die Dinge stehen zu lassen und mich um mich zu kümmern. Es war jetzt 18 Uhr. Paul war noch nicht zu Hause und die Mädchen waren beim Tanzkurs. So glaubte ich wenigstens. Gemeinsames Abendessen hatten wir nur noch am Wochenende. So ist es wohl, wenn man mit Teenagern wohnt. Jeder hatte sein eigenes Leben. So ließ ich auch an diesem Abend die Wäsche Wäsche sein und schlüpfte in meine Sportsachen. Die Wirkung dieser Maßnahmen war deutlich zu merken. Ich hatte mein Gewicht fast zurück. Vielleicht noch 5 Kilo, dann würde ich wieder die Alte sein, dachte ich zufrieden beim Blick in den Badezimmerspiegel. Meine Muskeln zeichneten sich ab und mein Köper erhielt wieder eine Form. Nina, die mich täglich im Büro sah, war das aufgefallen. Paul nicht. Der war jetzt jeden Abend irgendwo unterwegs mit seinem Freund, beim Fußball oder bei der Arbeit. Zunehmend machte jeder seins. Vielleicht war es dieser neue Freiraum, der es mir erlaubte, mich auf das einzulassen, was Nikolas mir eröffnen sollte.

„Bist du noch wach“ 23:30 Uhr

„Ja.“ 23:30 Uhr

„Wo bist du?“ 23:31 Uhr

„Im Bett.“ 23:31 Uhr

„Was hast du an?“
„Pyjama oder Fetisch?“ 23.35 Uhr

Wer benutzt denn das Wort „Pyjama“?, dachte ich.

„Warm und flauschig.“ 23:36 Uhr

„Also Fetisch.“ 23:36 Uhr

„Wenn du das so siehst. Ja.“ 23:37 Uhr

„Ich will jetzt deine Haut sehen.“
„Mach mir ein Foto.“
„Hände unter deine Brüste und hochdrücken.“
„Los!“ 23:42 Uhr

Ich machte tatsächlich dieses Foto.

„Schöne Nippel. Ich werde sie wund lutschen, wenn wir uns sehen.“ 0:10 Uhr

„Ich muss jetzt schlafen.“ 0:11 Uhr

„Gute Nacht.“ 0:12 Uhr

## Donnerstag

„Guten Morgen!“ 6:25 Uhr

Ich fragte mich, ob er eigentlich nie schlief. Er war gefühlt immer online.

„Ich habe Lust." 6:30 Uhr

„Ich auch." 6:35 Uhr

„Sex am Morgen ist schön." 6:36 Uhr

„Ja. Das finde ich auch." 6:36 Uhr

„Wann sehen wir uns?" 6:37 Uhr

„Montag?" 6:37 Uhr

„Das ist noch lange hin." 6:38 Uhr

„Wie viel Sex brauchst du im Alltag in einer funktionierenden Beziehung?" 8:30 Uhr

„Ich weiß es nicht. Kann das so in einem Satz nicht beantworten. Vielleicht will ich ja Sex gar nicht in meinen Alltag integrieren. Vielleicht suche ich ja Sex, damit er mich eben von diesem Alltag entspannt." 9:10 Uhr

Ich schrieb diesen Gedanken, als hätte er schon lange darauf gewartet gedacht zu werden. Wie selbstverständlich gestand ich mir ein, dass es genau das war, was ich suchte. Sex. Warum sonst tindert man? War es nicht das, worum es dabei ging? Nina hat mir die App mit diesen Worten faktisch verordnet. Ich solle mal wieder Spaß haben. Andernfalls würde sie mich in einen der Berliner Clubs schleppen. Das Kit-Kat und Insomnia sollen gut sein. Halb nackte Menschen tanzen dort und sollen öffentlich Sex haben. Sie selbst war noch nie da. Tinder musste fürs Erste genügen.

„Dann anders gefragt – wie viel Sex brauchst du, um dich richtig gut zu fühlen?" 10:40 Uhr

„Kann ich auch nicht sagen." 10:41 Uhr

„Nur so viel: Ich brauche zwei Mal täglich Sex." 10:42 Uhr

„Gut. Das gefällt mir, aber schaffst du das?" 10:43 Uhr

„Ich kann sechs- bis achtmal am Tag kommen." 10:45 Uhr

„Wow. Nun, es kommt ja auch auf die Art Sex an, oder? Ich fühle manchmal, dass da mehr ist. Dass da noch etwas kommt. Doch dann ist es meist schon vorbei." 10:48 Uhr

„Du meinst intensiv spielen?" 11:50 Uhr

„Was heißt das für dich, spielen?" 11:51 Uhr

Ich kannte dieses Wort nicht im Zusammenhang mit Sex. Es begann mir zu gefallen mit Nikolas über Sex zu reden. Das hatte ich so noch nie getan. Ich ahnte, dass noch mehr kommen würde. Mehr von den Dingen, die ich noch nie getan hatte. Mein Körper wurde warm, wenn ich an ihn dachte. Nikolas schien mich besser zu kennen als ich mich selbst.

„Du tauchst ab."
„Gibst dich auf."
„Du lässt los."
„Willst richtig Last abwerfen."
„Nicht mehr nachdenken." 11:53 Uhr

„Ja, genau. Woher weißt du das?" 11:55 Uhr

„Es ist fast wie eine Droge." 11:55 Uhr

„Ja, das ist es, denke ich." 11:57 Uhr

„Dann machen wir das."
„Mit Sinnesentzug." 13:00 Uhr

„Ja, schon, nicht sehen können dabei hilft mir abzuschalten.“
13:01 Uhr

Ich schrieb das, so als würde ich genau wissen, wovon ich sprach, was keinesfalls der Fall war. Ein, zwei schüchterne Erfahrungen, die lange zurücklagen, doch ich ließ mich mutig weitertreiben.

„Es gibt nur einen Grund dafür, nur einmal wöchentlich zu spielen.“ 14:15 Uhr

„Der wäre?“ 14:16 Uhr

„Bleibende Spuren.“ 14:17 Uhr

Bleibende Spuren? Spielen? Ich hatte keine Vorstellung davon, was er damit meinen könnte.

„Was hast du vor?“ 14:18 Uhr

„Erst einmal will ich dich kennenlernen?“
„Sagte ich das schon?“
„Squirtest du?“ 16:13 Uhr

„Ich tue was?“ 16:15 Uhr

„Du hast mich schon verstanden.“
„Ich will wissen, ob du abspritzt.“ 16:20 Uhr

„Denke ja, dass das schon mal passiert ist. Weiß nicht genau.“ 16:22 Uhr

„Ihr squirtenden Frauen seid ein Geschenk Gottes“
„Die kreislaufwirksamen Orgasmen dazu – unfassbar.“
„Eine Frau hatte mal tiefe Augenränder und konnte mehrere Minuten danach nicht gehen.“ 16:45 Uhr

„Hm. Ich glaube ja nicht, dass das Orgasmen sind." 17:30 Uhr

„Sondern?" 17:31 Uhr

„Nur Druck auf eine Drüse, Blase?" 17:32 Uhr

„Das stimmt. Es ist keine Entspannung auf der Klit und beschränkt sich nicht darauf. Es kommt aus dem Beckenboden, Bauchdecke und Oberschenkel – das ganze Nervengeflecht." 17:43 Uhr

„Ja, hört sich logisch an und schön."
„Es gab immer mal einen, der schaffte da was bei mir, mit seinen Fingern, und das ging dann schnell. Andere erreichten gar nichts." 17:46 Uhr

„Dann bist du gut eingeritten." 18:01 Uhr

„Vielleicht hatte ich das alles noch nicht und keine Ahnung, von was du gerade sprichst." 18:03 Uhr

„Und es geht noch um so viel mehr." 18:05 Uhr

Welches Mehr meinte er? Minutenlang nicht gehen können, weil der Kreislauf weg ist aufgrund von Orgasmen. Spinner, Angeber. Kurz nur kam der Gedanke und verflog in der gleichen Minute. Jetzt war ich neugierig.

„Machst du das mit mir?" 20:06 Uhr

„Wenn du mich lässt."
„Ich habe jetzt Lust dich zu lecken und dich dann mit der Hand von innen zu massieren." 20:20 Uhr

„Weiß nicht. Ich mag das Lecken eigentlich nicht so. Das macht mit mir nicht viel. Aber es hört sich schön an." 20:25 Uhr

„Es gibt noch etwas Anderes dabei, das mich verunsichert." 20:55 Uhr

„Was?" 21:15 Uhr

„Es ist eher eine medizinische Sache." 21:16 Uhr

„Erzähl." 21:17 Uhr

„Es ist unerotisch und komisch mit einem Fremden darüber zu sprechen." 21:18 Uhr

„Wir sind keine Fremden mehr. Du weißt es längst."
„Erzähl." 21:19 Uhr

„Ich habe die Vermutung, dass ich danach deswegen immer eine Blasenentzündung bekomme." 21:20 Uhr

„Kann ich dich kennenlernen, wenn ich dein Problem löse?" 21:26 Uhr

„Das kannst du sowieso."
„Was ist die Lösung? Bin gespannt, weil ich schon so oft beim Arzt war und nichts geholfen hat. Also natürlich Antibiotika irgendwann. Aber wer will das schon dauerhaft nehmen müssen?" 21:28 Uhr

„Es ist Technik und Hygiene." 21:32 Uhr

„So simpel?"21:33 Uhr

„Ja, so simpel."
„Nach dem Spielen und jedem Sex immer viel trinken, gut abspülen, ausspülen." 21:33 Uhr

„Eventuell VagiC, VagiFlor, utrogest-Crème."21:35 Uhr

„Du bist wohl wirklich Arzt?“ 21:36 Uhr

„Ja.“ 21:37 Uhr

„Was für einer?“ 21:38 Uhr

„Gynäkologe und Psychiater.“ 21:39 Uhr

„Was ist denn das für eine Kombination?“ 21:40 Uhr

„Es ist für mich eine komische Vorstellung. Wie kann man als Gynäkologe Sex haben? Blöde Frage. Sorry.“ 21:42 Uhr

„Ich will auch deinen Arsch lecken.“ 22:50 Uhr

Ich merkte irgendwann sehr genau, wenn er auf ein Thema nicht eingehen oder nicht darüber sprechen wollte. Als folgte er einem inneren Plan, fokussierte er sich immer wieder zurück zu seinem Thema.

„Wirklich?“ 22:51 Uhr

„Ja, und dich dann heftig in den Arsch ficken.“
„Und in den Mund.“ 22:52 Uhr

„Würgst du?“ 22:53 Uhr

„Ich verstehe die Frage nicht.“ 22:54 Uhr

„Wie tief nimmst du Schwänze?“ 22:55 Uhr

„Keine Ahnung?“ 22:55 Uhr

„Bis zur Wurzel?“ 22:56 Uhr

„Welche Art Sex möchtest du?“ 22:59 Uhr

„Blümchensex und SM." 23:01 Uhr

„Interessante Mischung."
„Was willst du mit mir?" 23:05 Uhr

„Ich will dich kennenlernen."
„Dein Wesen studieren."
„Bin gespannt, wie viel von uns echt sein wird und wie viel heiße Luft." 23:10 Uhr

„Ja, das müssen wir rausfinden." 23:12 Uhr

„Gut, dann lass ich alles auf mich zukommen." 23:15 Uhr

„Ich auch." 23:16 Uhr

**FREITAG**

„Guten Morgen!"
„Was machst du?" 6:20 Uhr

„Wache gerade auf." 6:25 Uhr

„Dann passt meine Hand jetzt gut in dich rein.
„Sex am Morgen ist so schön." 6:26 Uhr

„Muss ins Büro. Und du?" 7:30 Uhr

„Frisch geduscht mit Kaffee, starte jetzt in mein Wochenende mit Tochter." 7:35 Uhr

„SM?"
„Denke noch darüber nach, was du gestern schriebst. Willst du geben oder bekommen?" 11:03 Uhr

„Geben, und mit dir? Dich erst einmal kennenlernen.“
„Mir reicht, dass wir sexuell nun etwas über uns Bescheid wissen.“
„Wahrscheinlich das erotischste Treffen.“ 11:35 Uhr

„Ja, könnte sein. Ich beginne wirklich aufgeregt zu werden.“11:36 Uhr

„Gut.“ 11:37 Uhr

„Ich habe ernsthafte Fragen.“ 13:38 Uhr

„OK.“ 13:38 Uhr

„Antworte nur mit ja oder nein.“ 13:38 Uhr

„OK.“ 13:38 Uhr

„Tief blasen bis zum Kotzen.“ 13:39 Uhr

„Hm …“ 13:39 Uhr

„Ja oder nein?“ 13:40 Uhr

„Los. Schneller. Antworte.“ 13:45 Uhr

„Anpissen?“ 13:50 Uhr

„???“ 13:55 Uhr

„Los.“ 14:41 Uhr

„Ja.“ 14:41 Uhr

„Weiter.“
„In den Mund?“ 14:42 Uhr

„Ja.“ 14:42 Uhr

„Schön.“ 14:45 Uhr

„Ich nehme am liebsten vom prallen Strahl und gebe auch.“
„Am liebsten habe ich es, wenn du mich reitest und mir dabei auf Schwanz, Bauch und Becken pisst.“ 15:00 Uhr

„Weiter … Knebel, Schmerzen, Klammern?“ 15:43 Uhr

„Ja.“ 15:43 Uhr

„Wie stark? Definiere stark.“ 15:44 Uhr

„Das kann ich nicht. Ich weiß nur, ich reagiere darauf, wenn es mir etwas wehtut. Also das harte Zustoßen und Klapse auf den Arsch dabei.“ 15:50 Uhr

„Du gehst geklammert mit mir abends etwas trinken.“ 19:47 Uhr

„Wenn es dir gefällt. Ja, lass uns das mal ausprobieren.“ 19:48 Uhr

„Klammern und Plug sind hier.“ 19:49 Uhr

„Was noch?“ 19:49 Uhr

„Seile, Stock, aufpumpbarer Dildo, Augenmaske, Spekulum, Ledergürtel mit Nieten, Gerte.“
„Das sollte ausreichen, um ausgiebig zu spielen.“ 19:51 Uhr

„Warum ein Spekulum?“
„Es ist kalt, medizinisch, so unerotisch.“ 19:52 Uhr

„Ja. Es ist aus Plastik und in der Tat unerotisch.“
„Ehrlich gesagt ein albernes Spielzeug.“
„Der Ledergürtel macht optisch Angst. Macht aber schöne Muster auf der Haut.“ 19:53 Uhr

„Wie sollen wir, da wir nun solche Dinge voneinander wissen, uns einfach so begegnen und in Ruhe einen Wein trinken?“ 20:12 Uhr

„Vor allem, wann?“ 20:13 Uhr

„Ich dachte Montag?“
„Vergessen?“ 20:51 Uhr

„Nein, nicht vergessen.“ 20:51 Uhr

„Wo wollen wir uns treffen?“ 20:52 Uhr

„Wo wohnst du?“ 20:53 Uhr

„Köpenick und arbeite fast in Mitte.“ 20:53 Uhr

„Wilmersdorf und arbeite fast in Köpenick.“ 20:55 Uhr

„Wo willst du?“ 20:56 Uhr

„Galander Bar, Stuttgarter Platz.“ 20:57 Uhr

„OK. Das finde ich.“ 21:00 Uhr

„Ab wann kannst du? Ich arbeite bis 16 Uhr“ 21:06 Uhr

„So ab 19 Uhr. Ich habe Gleitzeit.“ 21:10 Uhr

„Rauchst du?“ 22:40 Uhr

„Nein.“ 22:41 Uhr

„Sehr gut.“ 22:41 Uhr

„Ist nicht gut für die Haut.“ 22:42 Uhr

„Erkennen wir uns dort?“ 23:00 Uhr

„Absolut!“ 23:10 Uhr

### Samstag

„Ich muss mich korrigieren. Der Ehrlichkeit halber.“ 9:01 Uhr

„Etwas Schlimmes?“ 9:07 Uhr

„Ich habe zuletzt nur viermal an einem Tag abgespritzt. Aber nach einem 24-Stunden-Dienst und nur einer Stunde Schlaf …“ 9:08 Uhr

„Mit einer Frau oder selbst gemacht?“ 9:10 Uhr

„Mit einer Frau. Viermal in sechs Stunden.“ 9:11 Uhr

So ziemlich jede Frau, die ich kenne, hätte bereits hier aufgehört. Tapfer ertrug ich diese Erzählung, die mich tatsächlich Eifersucht spüren ließ. War ich schon hier eingelullt, gefangen in seinem Netz aus Lügen und Manipulation? Es folgten noch mehr Absurditäten, die ich als solche schon gar nicht mehr wahrnahm.

„Weiter.“
„Glatze schneiden?“ 9:12 Uhr

„Was?“ 9:13 Uhr

„Antworte.“
„Wir machen weiter mit den Fragen.“ 9:14 Uhr

„Ja.“ 9:15 Uhr

„Meine Scheiße essen?“ 9:16 Uhr

„Brr. Dein Ernst?“ 9:17 Uhr

„Knochenbruch?“ 9:18 Uhr

„Nooo.“ 9:19 Uhr

„Labien piercen?“ 9:20 Uhr

„Puh.“ 9:21 Uhr

„Dich an den Haaren, Nippeln und Labien aufhängen lassen?“ 9:22 Uhr

„Das reißt doch ab!“ 9:23 Uhr

„Nur ja oder nein sagen!“ 9:24 Uhr

„Ich habe keine Ahnung. Das hört sich alles furchtbar an und gleichzeitig fasziniert es mich, dass du das einfach so aufschreibst.“ 9:25 Uhr

„Es ist extrem und eklig. Hast du keine Angst, dass du mich damit verschreckst?“ 9:45 Uhr

„Nein.“ 9:46 Uhr

„Wieso nicht?“ 9:47 Uhr

„Du willst Sex.“ 9:50 Uhr

„Ja, ich hätte jetzt Lust, stimmt.“ 9:51 Uhr

„Schnell und zielgerichtet?“ 9:52 Uhr

„Ja?!“ 9:53 Uhr

„Oder lieber das Spiel?“ 9:55 Uhr

„Gern auch das Spiel.“ 9:56 Uhr

„Ausziehen und Augenbinde anlegen.“
„Mund auf, Schwanz lutschen, bis der Speichel läuft.“
„Ein wunderschöner Saft …“
„Macht so schöne Blasen …“ 10:00 Uhr

„Ich habe einen Wunsch.“ 11:30 Uhr

„Ja? Bitte?“ 11:31 Uhr

„Willst du zu mir gehören?“ 11:32 Uhr

„Ja.“ 11:33 Uhr

„Ganz sicher?“ 11:34 Uhr

„Ja.“ 11:35 Uhr

„Ich will dich markieren.“ 11:36 Uhr

„Wie?“ 11:40 Uhr

„Branden.“ 11:42 Uhr

„Krass …“ 11:42 Uhr

„In deiner Scheide.“ 11:43 Uhr

„Verstümmeln? Nein, auf keinen Fall!“ 11:44 Uhr

„Und an zwei anderen Stellen.“
„Im Analkanal und unter der Zunge.“
„Klein. 1x1 cm.“ 11:45 Uhr

„Das ist doch Wahnsinn!" 11:46 Uhr

„Antworte nur mit ja oder nein!"11:50 Uhr

„Ich weiß das alles doch nicht." 11:51 Uhr

„Doch, du hast es in dir und du weißt schon jetzt, ob du diese Grenzen mit mir überschreiten würdest." 11:52 Uhr

„Los ..."
„Antworte. Ja oder nein." 12:10 Uhr

„Ja." 13:50 Uhr

„Dann wirst du endgültig meine Sub."
„Wir werden das gemeinsam begleiten." 14:10 Uhr

„Ich meine die Auswirkungen des Brandens ..." 15:00 Uhr

## Samstag

Das übliche Einkaufen, Familienessen, nach dessen Ende das Aufräumen nur auf mich wartete. Dieser Samstag verlief wie alle und war doch anders. Die ersten Sonnenstrahlen im Garten waren warm und meine Gedanken irrten unruhig umher. Erst wenige Tage und schon vermisste ich nach stillen Stunden Nikolas' Nachrichten.

„Du wirst mir zeigen, wie durchtrainiert du bist!" 21:00 Uhr

„Was meinst du?" 21:21 Uhr

„Position für die ersten Schläge."
„Ich werde dich schlagen. Sagte ich das schon?" 21:22 Uhr

„Nein." 21:23 Uhr

„Deine Haare werden eiskalt gewaschen und streng nach hinten gekämmt." 21:25 Uhr

„Puh ..." 21:26 Uhr

„Du wählst."
„Gürtel, Stock, Gerte?" 21:30 Uhr

„Gerte." 21:31 Uhr

„Eine echte Reitgerte und schon an Pferden ausprobiert. Eine sehr gute Wahl!" 21:32 Uhr

„Noch Körperteil und Anzahl der Schläge. Wenn ich sage, wo, dann sagst du wie viel, oder umgekehrt." 21:40 Uhr

„Po." 21:41 Uhr

„Denke dran, du bist in einer bestimmten Position!" 21:43 Uhr

„In welcher?" 21:46 Uhr

„Wenn du die nicht halten kannst über die Anzahl der Schläge, dann wirst du bestraft."
„Breitbeinige Hocke, als würdest du auf einem Stuhl sitzen. Nur ohne Stuhl. Gerader Rücken Handflächen nach oben." 21:50 Uhr

„Ich werde es versuchen." 21:51 Uhr

„Deinen Arsch betont präsentieren."
„Ich frage dich nun noch einmal: Welches Körperteil wählst du? Oder nenn mir die Anzahl der Schläge ..." 21.52 Uhr

„Ich will nicht denken." 21:53 Uhr

„Wir beginnen am Arsch.“
„Und ab sofort wirst du mich vernünftig anreden“ 21:55 Uhr

„Vernünftig?“ 21:56 Uhr

„Deine Sätze enden immer mit ‚Herr‘!“ 21:58 Uhr

„Also der Arsch. Geradeaus schauen. Wenn ich vor dir stehe, senkst du deinen Blick.“
„Die ersten Schläge gehen auf die Oberschenkel. Sechs, mittlere Härte.“ 22:00 Uhr

„Antworte!“ 22:25 Uhr

„Ja.“ 22:30 Uhr

„Antworte richtig!“ 22:33 Uhr

„Ja, Herr?“ 22:35 Uhr

„Die richtige Antwort ist: Danke, Herr.“ 22:40 Uhr

„Du wirst mitzählen und dich nach jedem Schlag bei mir bedanken.“ 23:03 Uhr

„Ok.“ 23:05 Uhr

„Wie bitte?“ 23:06 Uhr

„Ja, Herr.“ 23:08 Uhr

„Besser.“
„Das bekommen wir schon hin. Wir klammern deine Zunge und verbinden sie mit den Labien.“ 23:10 Uhr

„?“ 23:11 Uhr

„Damit das Anreden besser funktioniert."
„Nächstes Körperteil: der Bauch."
„Sechs Schläge. Mittlere Härte." 23.12 Uhr

„Danke, Herr." 23:13 Uhr

„Das wird schmerzhafter. Der Bauch hat dünne Haut und dein Speichel läuft schon eine Weile rüber." 23:14 Uhr

„Mich erregt, was du schreibst, ich werde gerade nass ..." 23:15 Uhr

„Soll ich ganz still sein?" 23:30 Uhr

„Wer hat das gefragt?" 23:31 Uhr

„Sorry ..." 23:32 Uhr

„Lies aufmerksam und nimm dich ernst!" 23:33 Uhr

„Entschuldige. Also kein Stöhnen? Alles stumm und lautlos?" 23:35 Uhr

„Sei du selbst." 23:37 Uhr

„Was willst du?" 23.38 Uhr

„Ich kenne deine Natur noch nicht. Muss dich erst kennenlernen." 23:40 Uhr

„Ich will deine Lust." 23:50 Uhr

„Weiter mit der Gerte oder wechseln wir das Gerät?" 0:01 Uhr

„Ich weiß es nicht. Entscheide du. Ich lass mich gerade fallen und von dir führen. Stelle mir das alles genau so vor.“ 0:05 Uhr

„Sehr gut.“ 0:06 Uhr

„Es beginnt mir zu gefallen. Ich möchte gerade so sein, wie du es dir wünschst.“ 0:07 Uhr

„Stell dich aufrecht. Halte die Arme über dem Kopf verschränkt.“
„Weiter mit der Gerte.“
„Nächste Stelle: Waden.“
„Vier Schläge, hohe Stärke.“
„Gut ausgeholt und durchgezogen.“
„Die Striemen bleiben zwei Tage“ 0:10 Uhr

„Oh, huch. Das ist aber nicht gut.“ 0:11 Uhr

„Halt's Maul und atme den Schmerz weg!“
„Tränen sind erlaubt.“ 0:12 Uhr

„Antworte!“ 0:20 Uhr

„Danke, Herr.“ 0:21 Uhr

„Nächste Stelle: Oberarme, Innenseite.“
„Acht Schläge rechts.“ 0:22 Uhr

„Aua!“ 0:23 Uhr

„Stopp ist Stopp. Nein heißt vorbei. Dann gehst du. Ende.“ 0:24 Uhr

„Nein, ich will aber nicht gehen, nur, weil ich nein sage. Ich sage, glaube ich, oft nein beim Sex und meine aber ja. Ich weiß doch nicht, was ich dann so rede in der Erregung …“ 0:25 Uhr

„Wen interessiert das?“
„Hast du die Regel verstanden?“ 0:27 Uhr

„Ja.“ 0:28 Uhr

„Ja, was?“ 0:29 Uhr

„Ja, Herr.“ 0:30 Uhr

„Gut.“
„Wiederholen!“.
„Los!“ 0:31 Uhr

„Nein heißt aufhören, Ende. Stopp heißt Stopp.“ 0:32 Uhr

„Richtig.“ 0:33 Uhr
„Formuliere es in einem richtigen Satz an deinen Herrn!“ 0:34 Uhr

„Ah, ok.“ 0:34 Uhr

„Hör die Albernheiten auf.“ 0:35 Uhr

„Stopp heißt Stopp. Nein heißt aufhören. Dann gehe ich. Herr.“ 0:40 Uhr

„Geht doch.“
„Wie war das, Liebes?“ 0:41 Uhr

„Aufregend.“ 0:42 Uhr

„Ich konnte es fast fühlen …“ 0:43 Uhr

„Weiter?“ 0:44 Uhr

„Ja, Herr.“ 0:45 Uhr

„Sehr gut. Du lernst schnell." 0:46 Uhr

„Zehn Schläge auf Nippel und Brüste."
„Arme dabei wieder über dem Kopf." 0:51 Uhr

„Ich habe Angst …" 0:51 Uhr

„Gut so."
„Konzentriere dich." 0:52 Uhr

„Danke, Herr." 0:53 Uhr

„Sehr gut."
„Nächste Stelle: Oberschenkel, Innenseite."
„Wir erweitern das Gerät."
„Kochlöffel."
„Klassisch mit Loch in der Kelle."
„Zurück zu deinem schönen Körper …" 0:54 Uhr

„Der ist nicht schön, der Körper." 0:55 Uhr

„Zehn Schläge starke Härte, Oberschenkel, Außenseite."
„Mitzählen und bedanken!" 0:56 Uhr

„Danke. Herr." 0:57 Uhr

„Dreimal auf eine Stelle ist strengstens verboten, da die Haut aufplatzt." 0:58 Uhr

„Weiter. Arsch betonen und präsentieren!" 1:04 Uhr

„Bitte." 1:05 Uhr

„Die Bitte wird ordentlich formuliert, andernfalls ist es ein Stopp." 1:06 Uhr

## Sonntag

„Noch 36 Stunden ...“ 7:00 Uhr

„Zeig mir deinen Bauch!“ 11:02 Uhr

„Jetzt?“ 11:04 Uhr

„Mach!“ 11:05 Uhr

Ich machte tatsächlich dieses Foto von meinem Bauch.

„Breitbeinig im Slip und hinstellen dabei.“
„Los!“ 11:06 Uhr

„Ich kann nicht ...“ 11:07 Uhr

„Unsinn. Gewebeschwäche hast du nicht.“
„Zeig mir deinen Bauch.“
„Dein Heiligstes.“
„Los!“ 11:08 Uhr

„Ich kann jetzt gerade nicht.“ 11:15 Uhr

Ich mag keine Flohmärkte und schlenderte mit Paul doch über den 17. Juni. Müde spürte ich den Chat der letzten Nacht nach. Der Intensität folgte stille Leere. Ich fühlte mich weggeworfen. Nervös gierte ich nach Nikolas' Nachrichten voller extremer Worte. Mein Blick suchte nach dem Zauber, den ein kleiner Kasten auf meinem Handy verkündete. Nikolas hat dir eine Nachricht geschickt.

„Noch 24 Stunden ...“ 19:00 Uhr

**Montag**

„Guten Morgen!“ 6:25 Uhr

„19 Uhr bei mir, Habsburger Allee 15.“ 9:30 Uhr

„Gib mir dein nasses Fleisch!“ 11:00 Uhr

„Bin nicht im Büro, hab Termine.“ 11:30 Uhr

„Ich werde dich nachher schlagen.“ 11:32 Uhr

„Ich weiß.“ 12:35 Uhr

„Du brauchst es, Liebes.“ 15:00 Uhr

„Was passiert, wenn du es mehrere Tage nicht bekommst?“ 15:30 Uhr

„Nichts.“ 15.31 Uhr

„Na, na, na.“ 15.32 Uhr

„Ich versuche zu vergessen.“ 15.35 Uhr

„Die Natur ist immer stärker. Setzt sich durch.“ 15:36 Uhr

„Ich will dir jetzt mein Sperma in die Fotze spritzen.“ 15:37 Uhr

„Ich hatte bisher nicht den richtigen Mann DAFÜR.“ 15:38 Uhr

„Ich war mal in einem Club, Insomnia, und dachte, ich finde dort jemanden.“ 15:39 Uhr

„Jetzt bin ich richtig geil auf dich."
„Und deine Schmerzen."
„Ich will deine Schmerzen." 15:40 Uhr

„Nur so, glaube ich, geht es. Es muss dich geil machen, dass ich Schmerzen habe. Dann erregt es mich." 15:43 Uhr

„Sag mir deinen richtigen Namen." 15:44 Uhr

„Du hast einen, der muss reichen." 15:45 Uhr

„Ich will sehen, wie der Schmerz in einer starken Welle kommt und dich umwirft." 15:46 Uhr

„Ich glaube, du verstehst etwas, was mir neu ist und doch in mir und ich wusste es."
„Ich rede wirres Zeug, oder?" 15:47 Uhr

„Nein. Ich werde dich triggern und auf einem Niveau halten." 15:50 Uhr

„Der Saft läuft, Muskeln zittern, Körper arbeitet, Nerven erschöpfen."
„Manchmal kommt mitten in der Geilheit ein Heulkrampf."
„Du siehst an meiner Erektion, wie ich auf dich reagiere – ob du ernsthaft schmerzgeil bist. Dann erst werde ich richtig hart und nur dann." 16:00 Uhr

„Du verstehst es." 16:02 Uhr

„Noch drei Stunden …" 16:03 Uhr
„Brüste abbinden." 16:04 Uhr

„Wie es dir gefällt."
„In meinem Unterleib pulsiert es jetzt nur vom Lesen deiner Nachrichten …" 16:05 Uhr

„Eine feste Backpfeife erlaubt es deiner Fotze Saft zu produzieren. Dabei sehnsüchtig in die Augen schauen." 16:06 Uhr

„Arbeitest du auch?" 16:10 Uhr

„60 bis 70 Stunden in der Woche." 16:11 Uhr

„Das ist sehr viel …" 16:12 Uhr

„Wie leicht oder schwer ist es, eine Frau für all das, das du schreibst, zu finden?" 16:20 Uhr

„Enorm schwer."
„Es wird sich alles finden mit uns." 16:21 Uhr

„Hast du Kinder?" 16:22 Uhr

„Ja, zwei, sind aber fast keine Kinder mehr." 16.23 Uhr

„Was genau suchst du wirklich?" 16:24 Uhr

„Wie gesagt, eine echte Sub für mich." 16:25 Uhr

„Ich könnte das vielleicht nur sein, wenn ich bei dir bin." 16:26 Uhr

„Ich arbeite in einer Bank. Berate Unternehmen bei der Antragstellung von Fördermitteln. Prüfe und bewillige diese Anträge. Ich muss tough sein. Ich glaube, mich einfach führen zu lassen, mal abzugeben, nicht stark sein müssen, das ist ein Gedanke, der mir zunehmend gefällt. Möchte das ausprobieren." 16:30 Uhr

„Sehr gut."
„Es ist in dir oder es ist es nicht." 16:31 Uhr

„Wie kann man DAS leben?“ 16:32 Uhr

„Privat geht es.“
„Dein Mann ohrfeigt und züchtigt dich nach Stundenplan.“
16:33 Uhr

„Wie ist das mit uns?“ 16:34 Uhr

„Die Gefühle und die Situation zeigen es.“
„Du gehst mit Spuren zur Arbeit.“ 16:40 Uhr

„Mir ist etwas unheimlich. Aber es lässt mich auch nicht mehr los.“ 16:41 Uhr

„Es geht auch als Affäre oder Freizeitpaar.“
„Die Befriedigung wird immer nur kurzfristig und oberflächlich bleiben.“
„Irgendwann fühlst du nur noch Frust und Leere.“ 16:43 Uhr

„Du scheinst Erfahrung zu haben?“ 16:44 Uhr

„Du suchst dasselbe.“ 16:45 Uhr

„Meinst du?“ 16:46 Uhr

„Ich weiß es.“
„Du entscheidest nicht. Der Herr entscheidet.“
„Du entscheidest den Alltag, Freunde, Arbeit, Hobbys.“
„Dein Mann lenkt still im Hintergrund.“
„Zu Hause dienst du.“
„Du lutschst den Herrn unterm Tisch, während er zu Abend isst.“
„Schläfst nackt am Fußende oder neben dem Bett auf dem Boden.“ 16:50 Uhr

„So willst du das?“
„Werde ich auch ein Halsband tragen? 16:51 Uhr

„Sei gefälligst aufmerksam und nimm dich ernst.“ 16:52 Uhr

„Ja.“ 16:53 Uhr

„Ja, was?“ 16:53 Uhr

„Ja, Herr.“ 16:54 Uhr

„Gut.“
„Nein.“
„Keinen Kitsch.“
„Die Situation wird es ergeben.“
„Kein Alltag.“ 16:55 Uhr

„Bin bereit.“ 16:56 Uhr

„Dann werden wir uns nachher ganz klassisch treffen.“
„Draußen.“ 16:56 Uhr

„Ja, Herr.“ 16:57 Uhr

„Wir sind einer Meinung, dass die Natur stärker ist. Du wirst spüren, was zwischen uns ist. Wirst spüren, wie real es ist.“ 17:00 Uhr

„Ja, wir werden sehen. Nicht mehr lange …“ 17:01 Uhr

„Noch zwei Stunden …“ 17:02 Uhr

„Ich will es jetzt so sehr!“ 17:03 Uhr

„Wille ist gut.“
„Du bist willig und allzeit begehbar. Wenn es passiert, wirst du anfangen, auf den Boden zu sehen.“ 17:05 Uhr

„Ja, Herr.“ 17:06 Uhr

„Wenn es dir klar wird, wirst du auf die Toilette gehen und deinen Slip ausziehen. Du wirst deinen Saft mit den Fingern aus Deiner Fotze holen und die Finger in mein Glas tunken.“ 17:07 Uhr

„Ja, Herr.“ 17:08 Uhr

„Besitz und Eigentum gibt es nicht.“
„Nur freien Willen.“
„Enger und intimer geht es nicht.“ 17:10 Uhr

„Das klingt irgendwie schön …“ 17:11 Uhr

„Was mache ich denn jetzt mit Alice Schwarzer und ihrer Emanzipation in meinem Kopf? Da passt etwas nicht. Mein Verstand sagt nein, aber mein Körper reagiert auf jedes deiner Worte.“ 17:12 Uhr

„Erfahrung und Erziehung.“
„Du wirst dich aus freien Stücken unterwerfen oder gar nicht. Ich habe kein Naturrecht auf dich.“
„Google mal, intrapsychischer Binnenraum‘,‚Symbiose‘ und‚Ich-Objektkonstanz‘.“ 17:20 Uhr

„Kenne nur intrapsychische Konflikte.“ 17:21 Uhr

„Noch mal. Bleib ernsthaft dir selbst gegenüber und lies aufmerksam.“ 17:22 Uhr

„Sorry, habe nur laut gedacht.“ 17:22 Uhr

„Dann lass das.“ 17:23 Uhr

„Noch anderthalb Stunden …“
„Nass?“ 17:24 Uhr

„Ja, Herr, und du?“ 17:24 Uhr

„Eier haben Druck."
„Begehbar?" 17:25 Uhr

„Ja." 17:26 Uhr

„Ich werde dich, bevor du gehst, kurz anficken."
„Du wirst vor meinen Augen pissen."
„Breitbeinig hinhocken und laufen lassen."
„Dabei Labien spreizen und die Klit massieren." 17:27 Uhr

„Wie du wünschst."
„Erregt dich das?" 17:28 Uhr

„Mich erregt, dass du es für mich machst." 17:29 Uhr

„Ja, das stimmt. Ich habe dich noch nie gesehen und es beginnt mir zu gefallen, dass ich Dinge für dich mache." 17:30 Uhr

„Weil es dich erfüllt zu dienen." 17:30 Uhr

„Ich beginne mich leicht zu fühlen dabei. Nur bei dem Gedanken daran, Macht über mich abzugeben." 17:31 Uhr

„Das ist doch absurd." 17.32 Uhr

„Findest du?"
„Glaubst du wirklich, dass du keine Macht hast?" 17:33 Uhr

„Macht worüber? Es geht doch nicht um Macht dabei, oder? Nur bei dem Gedanken an freiwillige Unterwerfung Freiheit und Leichtigkeit zu fühlen ist absurd." 17:34 Uhr

„Nein. Ist es nicht. Es ist anders und du wirst es schnell verstehen."
„Wie nass bist du jetzt?" 17:35 Uhr

„Etwas, aber das nun durchgehend."
„Erregt dich das? Zu wissen, dass du das erreichen kannst? Über eine Entfernung, ohne mich je gesehen zu haben?"
17:36 Uhr

„Es macht mich zufrieden."
„Ich werde anders geil. Nicht im Schwanz. Es ist mehr in den Eiern."
„Wie geht es der Fotze?" 17:40 Uhr

„Ehrlich, Doc? Ich habe das Gefühl, sie ist leicht geschwollen. Kann das sein?" 17:41 Uhr

„Genauer." 17:41 Uhr

„Das ist genau. Sie fühlt sich geschwollen an." 17:42 Uhr

„Definiere geschwollen."
„Die Sub ist geil." 17:43 Uhr

„Scheint so. Du machst das mit mir. Ich trinke gerade sehr viel. Die Blase ist voll. Muss alle 20 Minuten auf die Toilette. Das macht es noch schlimmer." 17:45 Uhr

„Brauchst du etwas drin, Liebes?" 17:46 Uhr

„Ja." 17:47 Uhr

„Was? Einen fleischigen Schwanz?" 17:48 Uhr

„Was sonst?" 17:49 Uhr

„Meine Hand." 17:50 Uhr

„Komplett?"
„Oh. Ah. Ja, das. Hm, versuch es." 17:51 Uhr

„Wir werden sehen, wozu wir gleich Lust haben."
„Ich habe Lust auf deine Lust."
„Ich will dich bearbeiten, belasten, bis dein Blick leer ist." 17:52 Uhr

„Noch eine Stunde …" 18:00 Uhr

„Ja, ich muss gleich los." 18:01 Uhr

„Wie geht es der Sub?" 18:02 Uhr

„Ich bin angespannt, nervös …" 18:03 Uhr

„Du drehst langsam durch."
„Gut." 18:04 Uhr

„Willst du mich so?" 18:04 Uhr

„Ich werde dir wehtun." 18:05 Uhr

„Ich weiß." 18:06 Uhr

„Der Schmerz kommt in zwei Phasen."
„Du wirst die Oberflächlichkeit ablegen." 18:07 Uhr

„Wie bitte?" 18:07 Uhr

„Du wirst dich verändern." 18:08 Uhr

„Wie?" 18:09 Uhr

„Du wirst deinem Trieb folgen."
„Die Atmung wird anders."
„Deine Stimme verändert sich."
„Du wirst sprechen."
„Du wirst jeden einzelnen Schlag laut zählen und dich bedanken."
18:10 Uhr

„Ok, wenn dir das so gefällt.“ 18:11 Uhr

„Ich werde dich intensiv studieren.“
„Dein Muskelspiel im Gesicht.“
„Dein Schmerz wird mich tief berühren.“ 18:12 Uhr

„Schmerz, den du verursachst.“ 18:12 Uhr

„Schmerz, den ich gebe und den du nimmst.“ 18:13 Uhr

„Ja, so wird es sein.“
„Bin so gespannt.“ 18:14 Uhr

„Es geht nicht nur um Schläge.“ 18:15 Uhr

„Ja, ich glaube, ich verstehe es langsam.“ 18:16 Uhr

„Es ist so viel mehr.“
„Es ist ein Ritual.“
„Ein extremer Sinnessex.“
„Du spürst so viel mehr.“ 18:17 Uhr

„Was ist das Extremste, das du gern erfahren möchtest?“ 18:18 Uhr

„Kann ich dir nicht sagen.“
„Ich muss jetzt langsam losfahren, wenn ich um sieben bei dir sein soll.“ 18:19 Uhr

„Halt's Maul.“
„Dein dunkelster Wunsch?“ 18:20 Uhr

„Mich hat mal jemand gewürgt. Erst hatte ich Panik, aber es war gut. Etwas ist mit mir passiert.“ 18:21 Uhr

„Anorexie reizt dich?“ 18:22 Uhr

„Kann schon sein …" 18:23 Uhr

„Weiter" 18:23 Uhr

„Ich trau mich nicht."
„Und ich wollte jetzt losfahren."
„Soll ich?" 18:24 Uhr

„Nadeln? Bist du schon mal genadelt worden?" 18:25 Uhr

„Nein. Das würde ich eher ausschließen wollen." 18:26 Uhr

„Du wirst Hurenarbeit für mich machen." 18:27 Uhr

„Ich mache was?" 18:28 Uhr

„Jede Hurenarbeit macht uns zur Symbiose." 18:29 Uhr

„Ich fühle einen Sog. Habe Angst abhängig zu werden von dir." 18:30 Uhr

„Was brauchst du?" 18:31 Uhr

„Dich." 18:31 Uhr

„Genauer."
„Sag es!" 18:32 Uhr

„Deine Schläge. Ich will mich dir unterwerfen. Benutz mich. Bitte, Herr!" 18:33 Uhr

„Sag es richtig!"
„Was brauchst du?" 18:34 Uhr

„Ich brauche dich, Herr." 18:34 Uhr

„Gut."
„Dann komm jetzt her zu mir."
„Wir gehen raus, wenn dein Blick leer ist." 18:35 Uhr

## Montag 19:15 Uhr

Er stieß seinen Schwanz tief in meinen Hals und mich erregte es, wie ich es noch nicht kannte. Er erreichte meinen Rachen. Den aufkommenden Brechreiz konnte ich gut unterdrücken. Intuitiv begann ich auf diese Weise mit meinem Hals seinen Schwanz zu massieren. Ich hörte ihn stöhnen.

„So ist es richtig … Oh ja, so ist es richtig."

Mir lief der Speichel aus dem Mund. Seine Hand fest in meinen Haaren, drückte er meinen Kopf bestimmend auf seinen Schwanz. Ich weiß noch, wie ich erleichtert dachte, er ist nicht zu groß. Die Balkontür war angelehnt, ich spürte den kalten Luftzug am Boden. Hatte er das bemerkt? Nikolas stoppte. Schloss seine Hose und setzte sich wieder hin. Verunsichert, in meiner Erregung gefangen, ließ er mich auf dem Boden knien und reichte mir mein Weinglas.

Leere Regale. Ein Buch über Israel, die Thora. Eine Tischdecke und ein wunderschönes Blumenarrangement mit Kirschknospenzweigen und langstieligen Tulpen. Brennende Kerzen überall. Ein Bett, ein Sofa, ein schwarzer BH, klein. Die Tür zu einem weiteren Zimmer angelehnt. Es war dunkel draußen. Eine altmodische CD, Anlage mit CD-Ständer. Der Jazz klang harmonisch leicht im Hintergrund. Kein Teppich.

„Bis du Jude?"

„Ja."

Sein Blick ging in Richtung des Regals hinter ihm, in dem diese beiden Bücher standen. Sonst nichts. Wir kannten uns und wussten nichts voneinander.

„Steh auf", sagte er und sein Blick veränderte sich wieder.

„Zieh dich aus!"

„Ich bin nie nackt", versuchte ich mich zu wehren.

„Interessiert nicht."

Er streifte die Träger meines Kleides herunter. Es hing nun auf meinen Hüften. Er stand da, lief langsam um mich herum und begutachtete mich.

„Das ist niemals eine Körbchengröße B. Du hast gelogen."

Seine wütende Hand knetete meine linke Brust, wog sie und streifte den BH herunter.

„Niemals. Das ist eine C." War er wirklich verärgert? Der Schmerz kam plötzlich. Die Klammern klebten schwer an meinen Brustwarzen.

„Schöne Nippel", sagte er.

Ich stand nur da und versuchte tapfer den Schmerz wegzuatmen. In Stiefeln mit hohen Hacken schaute ich auf ihn hinunter und ließ es geschehen. Langsam, als studierte er mich, lief er um mich herum. Ich wagte nicht mich zu bewegen und fand es erregend.

Er band meine Hände hinter meinem Rücken mit einem roten Seil zusammen. Sanft drückte er mich wieder auf die Knie und zog mich grob an meinen Haaren den knappen Meter hinüber zum Bett. Ein Weg, der mir unendlich weit erschien. Meine Kopfhaut brannte. Das Bett war nicht hoch. Keine Überdecke. Frische, blau-weiß gestreifte Bettwäsche duftete mir entgegen. Er bog meinen Körper über die Bettkante. Noch immer kniete ich.

Ich schloss die Augen. Kein Gedanke daran, wie ich aussah, gab ich mich seinen Anweisungen hin. Legte meinen Oberkörper auf sein Bett, den Kopf zur Seite. Ein hohes Bettgestell – weißes Metall.

Etwas Kaltes stupste zwischen meine Oberschenkel und deutete mir, diese auseinander zu nehmen.

„Gut so. Jetzt den Arsch hoch. Präsentiere ihn mir."

Er schob das Kleid hoch und den Slip zur Seite. Es vergingen Minuten, in denen er nicht sprach. Ein plötzliches Zischen, dann folgte ein beißender Schmerz. Die Gerte hatte eine Bahn auf meinen Arsch gebrannt. Meinen aufbäumenden Körper drückte er wieder zurück in die Kissen, die heimlich eine erste Träne aufnahmen.

„Sei still, atme weiter“, sagte er.

Die Welle, die nun kam, war warm und ließ mich wohlig fühlen. Ein Gefühl, das einen Augenblick anhielt. Genau so lange, dass ich merkte, dass mir der Schmerz guttat. Der zweite Schlag ließ meine Beine wegrutschen. Ich schrie und fühlte, wie erneut eine Welle warmen Schmerzes durch meinen Körper waberte.

„Arsch hoch. Jetzt kommt Nummer drei.“ Seine Stimme klang fest und bestimmend. Gleichzeitig schwang ein fürsorglich liebevoller Ton mit. Erst drei Schläge und wir waren durch diese Peitsche miteinander verbunden. Im Moment des Schlages, des Schmerzes fühlte ich mich eins mit ihm. So eng, so intim wie niemals zuvor verschmolz der Schmerz uns und füllte ein Leere in mir, von der ich nicht gewusst hatte, dass sie da war.

Die Gerte stupste mich wieder in Position. Ich lag auf meinen entblößten Brüsten, die noch immer durch die Kette zwischen den Klammern miteinander verbunden waren. Der brennende Schmerz der Gerte überdeckte den Schmerz, den ich eben noch an meinen Brüsten gefühlt hatte. Nur ein paar Schluck Wein hatten mich in einen angeschwipsten Zustand versetzt. Der Schlag traf nun die Stelle, an der der Arsch aufhört und die Beine anfangen. Wieder zuckte ich, bäumte sich der Oberkörper auf. Mein Kopf zur Seite, die Augen offen, trafen sich unsere Blicke. Das Blau in seinen Augen sah jetzt fast schwarz aus. Sein Blick war fest konzentriert, als erfasse er wirklich jede Regung meiner Muskeln. Kein Lächeln und doch verband es uns. Mein Blick sagte ihm. Ich bin bereit, mach weiter.

Für Schlag Nummer vier richtete ich mich allein in die von ihm gewünschte Position. Streckte meinen Arsch so gut es ging nach oben und wartete.

Ich spürte die Haut platzen. Beißend der Schmerz. Für eine Sekunde verlor ich die Orientierung, ließ mich auf das Bett fallen, wollte mich wieder aufrichten, doch ich spürte meine Beine nicht. Dann erst kam eine weitere Welle, durchfuhr meinen Körper und hinterließ ein wohliges Gefühl, das sich warm im ganzen Körper ausbreitete. Bis in die Haarwurzeln, Fingerspitzen und Füße spürte ich, wie sich von innen etwas mich Schützendes ausbreitete.

Wieder schaute ich ihn an. Sah, wie er konzentriert ansetzte, wieder abließ. Seine Augen fixierten einen Punkt auf meinem Arsch. Mein Herz schlug, der Puls ging schnell, ich war aufgeregt. Mach, dachte ich nur. Schlag zu. Doch er ließ sich Zeit. Ich hörte, wie er zurück zum Tisch ging. Spürte sein tiefes Atmen. Es strengte ihn an. Nicht körperlich. Nein, auch mit ihm passierte etwas. Musste er sich überwinden? Er trank seinen Wein und musste sich gesetzt haben.

„Es ist der Letzte und er wird dir sehr wehtun."

In mir krampfte es sich. Ich fühlte Erregung, Schmerz, Angst, Geborgenheit. Ahnte eine Leichtigkeit, eine Erlösung, die in mir wartete, würde ich nur diesen Kloß lösen können, der in meiner Brust immer drückender wurde.

Was mache ich hier? Ist das gefährlich? Er hat eine Tochter. Wie heißt seine Tochter? Wie alt ist sie? Warum ist sie heute nicht da? Was ist mit ihrer Mutter? Wem kann ich von heute erzählen? Habe ich morgen Termine? Rationale Gedanken drängten sich kurz zurück in mein Bewusstsein. Nein, ich will das nicht denken. Nicht jetzt. Konzentriere dich. Ich will zurück in die Geborgenheit. Zurück in den Schmerz. Gib mir das Schützende. Gib mir die Leichtigkeit.

Dann schwemmte ein orgastischer Heulkrampf den Kloß aus mir heraus in dem Moment, als der Schmerz dieses letzten Schlages in meinem Gehirn ankam. Ich fühlte meine Beine nicht mehr, nur ein stechendes Brennen auf meinem Arsch. War ich ohnmächtig, wach? Die Nässe lief mir zwischen den Beinen herunter.

Er stieß in mich von hinten. Heftig und zog meinen Kopf an meinen Haaren nach hinten. Ich heulte und fühlte mich befreit. Seine Hände umklammerten meinen Hals. Mir blieb die Luft weg. Es machte mir keine Angst. Es erregte mich. Ich wurde ganz leicht, ließ los, nur noch machen lassen mit mir. Hielt hin. Weich und weit konnte ich seinen Schwanz dennoch gut spüren. So hart und gierig bockte er sich auf und stieß immer wieder tief in mich hinein. Ich war nur noch da für ihn und seine Lust. Die Stöße wurden heftiger, kürzer und tiefer. Er stieß in mir an. Die Kette an meinen Brüsten klapperte. Ich fühlte eine

Geilheit in mir aufkommen die ich nicht kannte. Mein Stöhnen wurde tiefer. Dann brummte ich und wollte nicht, dass er damit aufhörte.

„Du wirst meine Masohure. Du und keine andere."

Er sagte das mit einer Entschlossenheit, die mir erst später bewusst wurde. In diesem Moment war ich irgendwo da und doch nicht da.

Ich wusste nicht, ob das ein Orgasmus war. Tränen, ein Zittern und tiefe Erschöpfung folgten, als er plötzlich und abrupt abließ von mir. Wie lange ich danach auf seinem Bett lag, weiß ich nicht. Als ich das nächste Mal aufblickte, saß er wieder in seinem Stuhl. Angezogen und ein Glas in der Hand. Die Musik spielte noch immer. Was, daran erinnere ich mich nicht mehr. Die Kerzen brannten und in diesem gelblich weichen Licht sah ich ihn.

„Wie lange beobachtest du mich schon?" Ich wollte gar nicht so hilflos schwach klingen.

„Lange genug. Wie geht es dir?"

„War ich weg?"

„Ja."

„Lange?"

„Etwas, ja."

Er brachte mir ein Glas Wasser und mein noch halb volles Weinglas.

„Ich mag gar keinen Wein."

„Wodka?"

„Ja."

Er verschwand in der Küche und brachte tatsächlich ein Glas eisgekühlten, sämigen, guten Wodka, den ich auf ex hinunterkippte. Ich wollte aufstehen, doch meine Beine waren noch weich. So kuschelte ich mich in sein Bett, kroch unter die frisch bezogene Bettdecke und wunderte mich nur kurz darüber, dass ich meine Stiefel nicht mehr anhatte. Mir fehlte die Erinnerung daran sie ausgezogen zu haben.

Ich lag in seinem Bett, er saß am Ende des kleinen Raumes am Tisch, wir sprachen die ersten richtigen Worte, seit wir uns vor einer Woche via Tinder kennengelernt hatten. Dann, mittendrin, hörte er auf zu sprechen. Er sah in sein Handy, begann zu tippen. Die Minuten vergingen, als hätte er mich vergessen. Das Display warf kaltes blaues Licht in sein Gesicht.

„Ist das wichtig?“, fragte ich nach einer Weile.

„Ach die. Die nervt, dealt und lügt nur. Die ist unwichtig.“

Er legte das Telefon mit dem Display nach unten auf den Tisch. In diesem Moment wusste ich es. Eines Tages würde ich die Frau am anderen Handy sein. Ich wusste, dass ich nur ein Spielzeug war, das irgendwann durch ein neues, unbekanntes und damit spannenderes ersetzt werden würde.

Es war schon zwei Uhr, als ich nach Hause fuhr. Nie wieder, dachte ich. Nie wieder. Er sah nicht so aus wie er gesagt hatte. Ein kleiner Zwerg mit Bauch, unförmiger Körper. Nein, das brauchte ich nicht. Ich könnte jeden gut gebauten, zehn Jahre jüngeren Mann haben. Arzt. Was sagt Nina immer? Grundregel Nummer eins: keine Ärzte, sind alles Irre. Keine Anwälte, alle nur ichbezogen, eingebildet. Regel Nummer zwei: nie ausziehen. Nie nackt sein. Das schützt dich. Es ist eine Hülle zwischen deiner und ihrer Welt. Regel Nummer drei: nie küssen. Wenn sie das Wilde mit dir ausgelebt haben, wollen sie alle ihre liebe Frau zurück. Küssen ist intim. Küssen macht dich verletzbar.

Ich würde sie alle brechen, Ninas Regeln. Doch nach dieser ersten Nacht war ich sicher, ich würde ihn nie wiedersehen.

# 2

## ABGRÜNDE

„Wie geht's der Fotze?" 6:25 Uhr

Mein Körper brannte. Es ging mir gut. Ich würde nicht antworten. Es würde die erste und letzte WhatsApp-Nachricht sein und das erste und letzte Mal, dass wir uns gesehen hatten. Ich war fest entschlossen.

„Wie geht's dem Arsch?" 8:30 Uhr

„Antworte. Los." 8:40 Uhr

„Was soll das? Ich habe dich etwas gefragt." 8:52 Uhr

„Er brennt." 9:05 Uhr

„Zeig." 9:05 Uhr

„Ich bin im Büro!"
„Und du?" 9:07 Uhr

Ich schaffte es nicht. Nikolas war anders. Direkt und mit einer Sprache, die nach verbotener Aufregung klang, elektrisierte er mich. Nikolas versprach Abenteuer, Erlösung von etwas, was mir noch nicht bewusst war. In dieses Erleben würde ich mich nun rücksichtslos stürzen.

„Im Dienstzimmer."
„Sind Männer anwesend?" 9:09 Uhr

„Ja." 9:10 Uhr

„Ich möchte, dass du dir einen aussuchst und ihm auf den Schwanz schaust."
„Los." 9:10 Uhr

Bisher konnte ich mit Nina über die meisten meiner kleinen harmlosen Flirts sprechen. Diesmal verpasste ich den Moment. Vielleicht auch, weil es so anders als alles war, was ich bis dahin erlebt hatte. Ich traute mich einfach nicht zu erzählen, dass ich gestern Nacht geschlagen worden war. Ich traute es mich nicht, weil es mir gefallen hatte. Ich traute mich nicht zu erzählen, dass ich in diesen Schmerzwellen wohlig warme Zufriedenheit gespürt hatte. Traute mich nicht, es mir selbst einzugestehen, dass dieser Sex, den ich in der letzten Nacht erlebt hatte, der erfüllendste überhaupt war. Ich merkte nicht, wie ich verträumt in den Projektbesprechungen des Tages saß. Ich sähe so erholt aus. Jung, bemerkte Nina, die mir gegenüber saß und ahnte, dass etwas passiert sein musste. Ich hätte gut geschlafen, log ich sie an. War das schon der Moment, an dem Nina als Freundin ausschied? Eine Freundin, mit der ich über Nikolas hätte sprechen können. Etwas hielt mich ab. So behielt ich meine Verwirrtheit über das, was da gestern Nacht geschehen war, in mir.

„Wie war das heute Nacht?" 11:45 Uhr

„Verstörend." 11:46 Uhr

„Genauer." 11:47 Uhr

„Ich fühle mich leicht, befreit und wusste gar nicht, dass ich mich von etwas hätte befreien müssen. Doch jetzt, wo es raus ist, bin ich froh darüber." 12:10 Uhr

„Weiter." 12:15 Uhr

„Mein Körper brennt. Mein Arsch fühlt sich gut an. Warm. Ich muss an dich denken. Jedes Mal, wenn ich mich hinsetze. Es gibt eine Stelle, die ist aufgeplatzt. Ich dachte immer Schmerzen sind nichts Schönes." 12:18 Uhr

„Und? Wie ist es jetzt?" 12:19 Uhr

„Gut. Mir geht es gut."
„Ich denke an den Spruch. Es ist schön, wenn der Schmerz nachlässt. Ja, das ist es. Es ist sehr schön. Ich könnte süchtig danach werden." 12:20 Uhr

„Gut."
„Zuckt das Fickfleisch?" 12:21 Uhr

„Ja. Woher weißt du das?" 12:21 Uhr

„Es ist in dir." 12:21 Uhr

„Du wirst meine Masohure werden." 12:22 Uhr

„Langsam. Langsam." 12:22 Uhr

„Halt's Maul."
„Was bist du?" 12:23 Uhr

„Was meinst du?" 12:30 Uhr

„Was bist du?" 12:40 Uhr

„???" 12:41 Uhr

„Schreib es. In einem ganzen Satz." 12:45 Uhr

„Ich bin deine Masohure?" 12:46 Uhr

„Richtig! Los!"
„Also …"
„Was bist du?" 12:47 Uhr

„Ich bin deine Hure, Herr." 12:47 Uhr

„Das wirst du jetzt jeden Morgen schreiben." 12:48 Uhr

„Du zeigst mir jetzt das unterfickte Fickfleisch." 12:50 Uhr

„Ich kann nicht. Bin in einem Termin." 13:05 Uhr

„Du suchst dir jetzt einen Mann und schaust ihm auf den Schwanz."
„Du spreizt dabei deine Beine."
„Hast du verstanden?" 13:06 Uhr

„Ja." 13:07 Uhr

„Ja, was?"13:08 Uhr

„Ja, Herr." 13:08 Uhr

„Gut."
„Jetzt mach." 13:08 Uhr

Ich begann seinen Anweisungen zu folgen.

Dieses *Was bist du?* Von nun an weckte mich diese Frage jeden Morgen und entließ mich am Abend. Die Tage vergingen. Langsam, unmerklich gab es nur noch Nikolas.

„Ich will dich morgen Abend kurz sehen." 16:31 Uhr

„Ok, wann?" 16:32 Uhr

„Wie lange arbeitest du?" 16:32 Uhr

„Ich kann gegen 19 Uhr bei dir sein." 16:35 Uhr

„Ich muss dir wehtun."
„Es ist ein unerträglicher Drang." 17:30 Uhr

„Ja, mir hat das erstaunlicherweise auch gefallen."
„Bin noch etwas verwirrt deswegen." 17:31 Uhr

„Lass los."
„Du wirst morgen keine Spuren erhalten." 22:54 Uhr

„Was dann?" 22:56 Uhr

„Analdehnung."
„Atemreduktion." 23:01 Uhr

„Du bist ja Arzt, oder? Du holst mich zurück, wenn etwas passiert?" 23:02 Uhr

„Ja, Liebes. Natürlich."
„Jederzeit bist du medizinisch versorgt." 23:03 Uhr

„Du wirst meinen Arsch auslecken." 23:04 Uhr

„Ok." 23:04 Uhr

„Und du wirst schlucken morgen." 23:05 Uhr

Mehr abwesend als konzentriert verplemperte ich den bis dahin unproduktivsten Tag in all den Jahren in der Bank. Ich verspürte keinen Hunger und war unfähig mich auf nur eine Seite Papier zu konzentrieren. Das wöchentliche Teammeeting erlebte ich, als wäre ich unter Wasser. Im wahrsten Sinne des Wortes fieberte ich einen endlos langen Arbeitstag lang einem erneuten Treffen mit Nikolas entgegen. Wann ist es endlich 19 Uhr?

Viel zu früh und mit dem Auto fuhr ich den langen Weg nun wieder von Köpenick nach Wilmersdorf. Ich wartete im Auto, bis endlich die erlösende Nachricht kam: „Komm hoch."

Die Wohnungstür stand offen. Eben wollte ich mein Handy ausschalten, als eine Nachricht kam.

„Ausziehen und leise ins Wohnzimmer treten. Kein Laut. Du bist still." 19:04 Uhr

Schnell war ich nackt bis aus auf meine halterlosen Strümpfe, Slip und BH. Ich mochte meinen Körper nicht besonders. Man sah mir die Kinder an, die ich bekommen hatte. Die Rundungen waren mir unangenehm. Ihn schien das nicht zu interessieren. Als könnte er meine Gedanken lesen, rief er hinter der Tür zum Wohnzimmer, die nur angelehnt war: „Mach dir keine Gedanken. Du bist schön. Geh ins Bad. Du findest dort etwas für dich."

Die Waschmaschine stand gleich links. Zwischen Zahnputzbecher mit Lillifee-Aufdruck, Waschmitteln und allerlei Kosmetik entdeckte ich ein Glas Wasser und ein Glas Wodka.

„Trink. Beides. Sofort. Mach."

Seine Stimme duldete keinen Kommentar, keinen Widerstand. Der Wodka lief kalt und sämig meine Kehle hinunter. Dann sah ich die Schlafbrille. Ohne eine weitere Anweisung abzuwarten, zog ich mich aus und legte sie an, kurz bevor ich das Zimmer betrat.

Mein Herz schlug heftiger, ich spürte es im Hals puckern, als ich, nun doch sehr aufgeregt, langsam die Tür aufdrückte und den letzten wackeligen Schritt in das Zimmer tat. Es roch kühl. Kein Kerzengeruch in der Luft.

Ich hörte nur sein Atmen, als er sich auf mich zubewegte, stehen blieb. Kurz vor mir. Ich konnte ihn spüren. Einen sehr langen Moment geschah nichts. Dann hörte ich endlich ein Rascheln und Klappern. Die Klammern klebten schnell an meinen Brustwarzen, die sich vor Erregung schon aufgestellt hatten. Die Kette daran berührte kalt meinen Bauch. Er griff sich eine Schamlippe und setzte eine Klammer. Ein brennender, zwickender Schmerz. Dann die andere Seite. Die Kette spannte sich jetzt wie ein beidseitiges doppeltes Kreuz über meinem Bauch. Der Schmerz wurde zu einem Stechen. Ich versuchte mich darauf zu konzentrieren. Einatmen, ausatmen. Keine Musik diesmal. Die Wohnung war still. Mit der Zeit vergaß ich das Denken. Gab mich dem wohlig warmen Gefühl hin, das sich langsam in meinem Körper ausbreitete. Es ist nicht nur schön, wenn der Schmerz nachlässt. Es ist auch schön, wenn er den Körper warm durchflutet.

Er drehte mich um, sodass ich mit dem Rücken zu ihm stand, und löste mein Haarband. Es war schwarz, breit, aus elastischem Material und an einer Stelle mit einem orientalischen Muster und mit bunten, glitzernden Perlen bestickt. Kein Haargummi, eher ein Band, so wie man es in den 1960ern als eine Art Haarreifen trug. Meine Oma hatte es mir als Kind überlassen, als ich es in ihrem Bad entdeckt hatte und einfach nicht mehr hergeben wollte. Meine Haare fielen nun auf meine Schultern. Er nahm mir die Schlafbrille wieder ab und zog mir das weiche, dicht gewebte alte Haarband über die Augen und drapierte meine Haare darum herum.

„So ist es gut. Umdrehen", befahl er.

Seine Hand griff an meinen Hals, fand zwei Punkte unter meinen Ohren und drückte zu. Als würden meine Hände einschlafen, prickelte es aus den Fingerspitzen in meine Arme hinauf. Gerade als ich mich fallen lassen wollte, zusammengesackt wäre, hörte er auf.

Das Ziehen an der Kette streckte die Brustwarzen und Schamlippen. Ein Schmerz, der mich fast ohnmächtig werden ließ. Nicht aufhören. Er verstand es genau, den Moment abzupassen, an dem ich glaubte, den Schmerz nicht mehr ertragen zu können. Dann stoppte er und ich wollte mehr.

Sein Dirigieren an der Kette zwang mich auf die Knie. Nichts zu sehen, nur zu spüren half mir abzutauchen, loszulassen, mich fallen zu lassen. Ich war dabei, mich abzugeben, und das genoss ich.

„Mund auf. Trink." Ich roch den Wodka und trank. Der Alkohol wärmte mich in eine weitere Stufe des Loslassens.

Seine Hand fingerte sich geschickt in meine Fotze. Finger für Finger grub er sich tiefer bis erst die Hand dann der halbe Unterarm in mir verschwand. Gleichzeitig spürte ich, wie sich etwas kalt in meinen Hintern bohrte. Mein Stöhnen wurde tiefer, kam ganz aus meinem Inneren. Sanft drückte er meinen Rücken auf das Bett. Ich lag jetzt und gab mich dem Rausch hin, der mich zu erfassen begann, und den Schmerzen, die mich in einen angetrunkenen Zustand brachten. Seine Hand stieß er vollständig in mich hinein und massierte mein Inneres. Es roch nach mir, nach ihm, nach Sex. Gerade als ich dachte, es würde mir wehtun, hielt er inne. Stoppte kurz, um gleich wieder zuzustoßen, mit seiner Hand, die nun eine Faust war. Säfte und Flüssigkeiten liefen aus mir, von denen ich nicht dachte, dass ich sie produzieren konnte. Ich hatte keine Scham mehr und verlor das Gefühl für die Zeit. Schrie ich? Langsam stieß er den Dildo in meinen Arsch im gleichen Rhythmus, wie seine Hand in meiner Fotze zustieß. Mir wurde schwindlig. Was passierte hier gerade mit mir? Ich spürte keine Schmerzen mehr, nur noch Lust, die mich einer Erlösung entgegentrieb. Psychische Steine, über Jahre hatte ich still Steinchen für Steinchen gesammelt. Nun lösten sie sich wie Koliken von meiner Seele mit dem gleichen Schmerz, mit dem sie abgelegt worden waren. Wer war diese Frau, die hier lag und sich hingab, deren Stimme immer tiefer wurde? Ich ließ mich weiter treiben, öffnete mich weit. Gab mich der Geilheit hin, die mich erfasst hatte, aus der heraus ich mit einem tiefen Brummen immer wieder und wieder ein zustimmendes Ja stöhnte. Meine Beine begannen aus den Oberschenkeln heraus zu zittern. Der Körper bebte hinterher. Geist, Hirn, Seele wurden leer. Es gab keine Gedanken mehr zu denken. Die Kontraktionen klammerten sich um sein Handgelenk, seine Hand noch immer in mir. Ich spürte seine Finger in mir, wie sie sich öffneten und schlossen. Eine Faust, die mich stieß. Dann spritzte ich alles Schwere aus mir heraus.

Mit einem blubbernden Geräusch zog er irgendwann seine Hand aus meiner Fotze und den Dildo aus meinem Arsch und verschwand.

Das Nächste, an das ich mich erinnere, ist ein Glas Wasser, das er mir hinhielt. Nikolas saß auf der Bettkante und hielt fürsorglich meinen Kopf hoch.

„Trink. Du warst mehrere Minuten weg."

Ich war was? Weg? Mehrere Minuten? Unglaublich.

„Es ist fast ein Uhr. Du musst jetzt gehen." Er zog mich hoch.

Langsam nur konnte ich mich aufrichten. Mir war schwindlig. Ein Uhr? Wo war die Zeit geblieben?

„Oh mein Gott, bist du jetzt schön", sagte er.

Die ganze Zeit hatte er mich angesehen, jede meiner Regungen genau studiert. Ich war benommen. Ich war noch nicht wieder da. Da, im Hier und Jetzt. Ein Jetzt, in das ich nicht zurück wollte. Langsam nur verdrängte die Realität um mich herum die tiefe Zufriedenheit, die ich fühlte. Die Umrisse des Zimmers und er, der sich wieder zu mir ans Bett gesetzt hatte, nahmen mir Stück für Stück von der Leichtigkeit, dem Rausch, der verflog. Ich weigerte mich, mich zurückholen zu lassen. Kippte zurück auf das Bett. Mein Kreislauf und ich wollten dasselbe. Die Knospen der Kirschzweige blühten in einem vollen Weiß.

Die Bewegungen kamen schnell, zielgerichtet und seine Hände wussten, was sie taten. Mit wenigen Handgriffen hatte er mich so gelegt, dass mein Kopf nach hinten über der Bettkante lag. Seine Hose lag schon auf dem Boden und sein Schwanz verschwand hart in meinem Hals. Er hockte über meinem Kopf und fickte mich mit heftigen Stößen in den Hals. Dann hielt er inne. Seine großen weichen Eier verschlossen mir die Nase, im Mund der Schwanz, atmen unmöglich. Die Erregung, die das auslöste, baute sich wieder tief in meinem Inneren auf. Die Atempausen wurden kürzer. Mit einer Hand stützte er sich direkt auf dem Dreieck zwischen meinen Beinen ab, genau da, wo mein Bauch begann. Der Strahl musste ihn mitten ins Gesicht getroffen haben. Er kam aus mir, als hätte der Druck von innen einen imaginären Stopfen gesprengt. Mit dem Strahl spülte jede Menge Ballast aus mir heraus. Den Mund offen, wollte ich ihn herausschreien. Er spritzte in meinem Mund. Ich schluckte, heulte und rollte mich zitternd in seine Bettdecke. Als ich meine Augen öffnete, hielt er meinen Arm. Eine kleine blutende Wunde. Ein Kratzer, den ich mir wohl beim leichten Aufschlag an der Wand geholt haben musste. Nikolas leckte die Wunde und das Blut aus ihr.

„Es schmeckt. Dein Blut schmeckt", sagte er.

Was war nur aus ‚Ich werde ihn nicht wiedersehen' geworden? Gab es etwas, das diesen Abend hätte steigern können? Ich fühlte mich Nikolas so nah wie nie zuvor irgendjemandem. Ich hatte gerade unfassbare Orgasmen erlebt. Tiefer und erfüllender, als ich es mir vorstellen konnte. Ihn wiederzusehen war keine Frage mehr. Die Frage war nur, wohin mich Nikolas noch führen würde.

„Was bist du?“ 1:35 Uhr

„Antworte.“ 2:05 Uhr

„Deine Hure, Herr.“ 2:06 Uhr

Ich war noch nicht zu Hause und zitterte immer noch. Es war jetzt zwei Uhr und ich war sehr müde. Eine wache Erschöpfung, wie ich sie nicht kannte.

Am nächste Morgen, gefangen in einer Welt, die sich wie Watte um mich zu legen begann, bemerkte Nina meine Abwesenheit oder eher meine beginnende Gleichgültigkeit. Mein penibler Anspruch an meine Arbeit, die Genauigkeit und das lieber dreimalige Prüfen der Unterlagen und Berechnungen lockerten sich. Wird schon, dachte ich nur und wollte nicht aufwachen. Noch keine Nachricht von Nikolas. Ich wurde unruhig und schleppte mich zunehmend nervöser durch den Vormittag. Warum schrieb er nicht? Ein Termin außerhalb des Büros lenkte mich kurz ab. Doch ich begann, auch im Auto ständig auf das Handy zu schauen. Ist es auch geladen? Ist es auf laut gestellt? Ein Kundentermin vor Ort. Ich konnte mich nicht konzentrieren. So kannte ich mich nicht. Sie löteten irgendwelche nanowinzigen Elektronikteile auf Platten und wollten ein neues Produktionsgebäude auf einem wirklich noch sehr großzügigen Hof bauen. Ich merkte mir nur Produktion, und das ist in Berlin in jedem Fall förderfähig. Ich vergaß zu prüfen, ob sich die Adresse auch in einem ausgewiesenen Fördergebiet befand. Ein großer Fehler.

Ich spürte keinen Hunger, nur Nervosität und eine innere Unruhe, die nicht mehr verschwinden wollte. Es war mir unmöglich, so zu arbeiten. Der Tag schleppte sich durch die Stunden. Es wurde eine Qual, Nikolas nicht zu schreiben. Ich beschloss früh Feierabend zu machen. Haushalt, Wäsche und das Geschnatter meiner Mädchen würden mich ablenken. Ablenken von einem

Sog, der mich zog und zog und begann, mir alle Kraft zum Leben zu nehmen. Doch das wusste ich damals noch nicht.

„Wie war das heute Nacht, den Dildo und meine Hand gleichzeitig in dir zu spüren?“ 17:30 Uhr

Endlich. Sollte ich fragen, warum er den ganzen Tag nicht geschrieben hatte? Ich war gerade beim Einkaufen. Warum jetzt? Ich konnte nur kurz am Handy tippen. Seine Nachrichten nicht aufsaugen. Wollte nur allein sein mit ihnen und mit ihm. Zurück zur letzten Nacht. Zurück in die Leichtigkeit.

„Gut.“ 17:31 Uhr

„Weiter.“
„Was hat es mit dir gemacht?“ 17:32 Uhr

„Weiß nicht. Erst hat es wehgetan, aber dann habe ich alles um mich herum vergessen.“ 17:35 Uhr

„Du hast losgelassen, Liebes.“
„So ist es gut.“
„Weiter.“
„Beschreib, wie es war, mit Hand und Dildo gleichzeitig beide Löcher ausgefüllt zu bekommen.“ 17:40 Uhr

„Mir war alles egal.“
„Egal, was da aus mir rauslief. All dieser Schleim, diese Flüssigkeit, woher das nur kam?“ 17:42 Uhr

„Du warst geil. Es war dein Geilschleim.“
„Deine Stimme war ganz tief. Dein Blick war leer.“
„Sehr erotisch.“
„Ich habe dich aufgepfählt.“
„Dir die Scheiße aus dem Arsch gefickt. Der Dildo war bis zum Rand voll“ 17:45 Uhr

Früher hätte mich so etwas beschämt. Er war Arzt. Er hatte also alles gesehen und gerochen, was Menschen so ausscheiden konnten. Mir war das egal. Die Scham war weg, gewichen einer Lust und Geilheit, die sich fremd und angenehm in mir festsetzte. Ich wollte mehr und mehr und tauchte tiefer ein. Ließ mich weitertreiben.

Wir schrieben uns durchgehend und trafen uns, sooft es ging. Ob kurz oder lang, Nikolas hielt mich über Wochen in einem dauerhaft erregten Zustand.

„Wann hast du das letzte Mal richtig geweint?" 10:35 Uhr

„Bei dir neulich." 10:50 Uhr

„Ich bin jetzt gierig."
„Mundfotze, Arschfotze und Fußsohlen."
„Ich muss dich schlagen." 11:01 Uhr

„Wie du wünschst, Herr." 11:02 Uhr

„Ich werde viel auf mich nehmen bei unserem nächsten Treffen."
11:05 Uhr

„Ich bin bereit." 11:05 Uhr

„Du wirst mich so sehr befriedigen."
„Wenn du kommst, wirst du die Toilette lecken."
„Und meinen Arsch säubern"
„Du wirst ein großes Stück in unserer Welt ankommen." 11:07 Uhr

„Unsere Welt?" 11:08 Uhr

„Was fragst du so dümmlich?"
„Du wirst angeleitet."
„Geführt."
„Eines wirst du das nächste Mal mit Sicherheit nicht – denken."
11:10 Uhr

„Das hört sich schön an."
„Die Treffen mit dir verändern mich." 11:12 Uhr

„Genauer." 11:12 Uhr

„Es erregt mich daran zu denken. Ich beginne in eine andere Welt abzutauchen. Ich lasse los. Es entspannt mich und ich fühle mich insgesamt ausgeglichener." 11:15 Uhr

„Bist du schon auf Ellenbogen gerobbt?" 11:20 Uhr

„Nein." 11:20 Uhr

„Fixiert, geknebelt, mit Augenbinde?" 11:21 Uhr

„Nein."
„Ich vermisse mein Haarband mit den Glitzersteinchen. Das, welches wir bei einem unserer ersten Treffen als Augenbinde benutzt haben. Es ist weg. Hast du es gefunden? Es muss in deinem Bett sein." 11:21 Uhr

„Nein. War es nicht." 11:22 Uhr

„Kannst du noch einmal nachsehen? Es muss dort sein. Als ich zu mir kam, hatte ich es nicht mehr auf. Es ist wichtig für mich." 11:23 Uhr

„Ja. Es war schön. Die perfekte Augenbinde für die perfekte Sub." 11:24 Uhr

„Und? Kannst du noch einmal nachsehen, bitte?" 11:24 Uhr

„Hab ich. Sie ist nicht hier." 11:25 Uhr

Diese Augenbinde würde ich wiedersehen, aber sie nicht wiederbekommen. Sie würde mir auf unheimliche Weise ein letztes rettendes Signal senden.

„Du kommst heute zu mir.“ 14:30 Uhr

„Ich kann heute nicht. Habe etwas Wichtiges vor.“ 14:31 Uhr

„Ich sagte, du kommst heute zu mir.“
„Du wirst dich heute verändern.“ 14:31 Uhr

„Ja, Herr.“ 14:32 Uhr

„Pissen darfst du wie ein Hund auf dem Balkon.“
„Es wird so gut werden.“
„Du wirst durch mich gemacht.“
„Du wirst mich so begnügen.“
„Du wirst dich so entwickeln.“ 14:33 Uhr

„Dein Werk, Dein Produkt?“ 14:33 Uhr

„Genau.“ 14:45 Uhr

Es begann mit dem Schwänzen des Yoga-Kurses. Erst ein Mal, dann immer öfter. Noch nie hatte ich einfach so Verabredungen mit Freunden abgesagt. Erst recht nicht, ohne einen wichtigen Grund dafür zu nennen.

Doch wenn Nikolas mich rief, spontan Lust hatte mich zu sehen, dann machte ich es möglich. Ich war immer auf Abruf, immer in Erwartung und vor allem in Erregung. Die gelegentlichen beruflichen Abendtermine, Firmenfeiern oder Empfänge der Bank nutzte ich zu Hause als Ausrede, um bei Nikolas sein zu können, ohne sagen zu müssen, wo ich war. Niemandem.

Wann hatten Paul und ich aufgehört zusammen ins Kino zu gehen oder nur kurz in den Biergarten am Ende der Straße? Wir hatten uns damals extra ein Babyphone mit sehr großer

Reichweite dafür gekauft. Die Mädchen waren nun groß, das Babyphone unnütz geworden, wie die Abende unter den alten Ahornbäumen, verkramt wie all das, was uns einmal wichtig gewesen war. Heute denke ich, es begann, lange bevor ich Nikolas traf.

Mal war es das, was ich anziehen, dann das, was ich ausziehen sollte. Nikolas bestimmte mehr und mehr meinen Alltag. Brauchte er mich nicht, war ich im Fitnessstudio oder verbrachte lange Abende im Büro. Nicht erledigte Arbeit wollte nachgeholt werden. Die Arbeit zu Hause bemerkte man in Form von unübersehbaren Wäschebergen. Vor allem aber bestimmte Nikolas, wie ich mich fühlte. Kurze Treffen in der Mittagspause lösten unmerklich die einst langen Abende ab, denen bald kurze und stille Nächte folgen würden. Kerzen und Musik waren verschwunden, der Wodka folgte bald. Nie wusste ich, was mich erwartete. Er schien genau zu planen, exakt zu wissen, was er mit mir machen wollte. Es kam immer anders als angekündigt und doch war es, als arbeitete er einen inneren Plan ab. Das wir seine Sprache nicht sprachen, wenn ich bei ihm war, fiel mir erst auf, als ich begann, sie zu schreiben. Seine Nachrichten verdrängten andere, sein Interesse an mir ließ das meiner Freunde nicht mehr zu.

„Wie geht's der Fotze?“ 6:25 Uhr

„Du erregst mich.“ 7:03 Uhr

„Genauer.“ 7:04 Uhr

„Fickerig, brauche da was rein.“ 7:23 Uhr

„Du wirst dich im Stehen auf meine Faust setzen, bis sie in dir verschwunden ist.“ 9:33 Uhr

„Zieht das Fickfleich?“ 9:45 Uhr

„Ja sehr. Ich kann gar nicht mehr arbeiten. Kann mich nicht mehr konzentrieren."
„Wenn du schreibst, muss ich es lesen und sofort reagieren!"
9:50 Uhr

„Pumpt die Fotze?" 10:15 Uhr

„Ja! Woher weißt du das?" 11:20 Uhr

„Weil du zu mir gehörst und weil ich dich brauche."
„Du wirst heute Abend zu mir kommen."
„Du wirst bereits auf der Fahrt hierher eine Andere."
„Deine Wahrnehmung wird anders."
„Du wirst diesen Tunnelblick bekommen." 12:30 Uhr

„Hatte ich den schon?" 13:08 Uhr

„Alles um dich herum flirrt."
„Der Adrenalinkick wird stark." 14:54 Uhr

„Ich freu mich drauf."
„Ich will mich wieder fallen lassen. Brauche das mit dir mehr und mehr." 15:08 Uhr

„Dein Bauch und Brustkorb werden fast wehtun."
„Du weißt, dass du gleich aussteigst und eine andere sein wirst."
16:08 Uhr

„Du wirst meine Masohure sein." 16:30 Uhr

„Ich werde sein, wie du es willst." 17:01 Uhr

„Die sich für ihren Herrn prostituieren wird."
„Du wirst pünktlich um 22 Uhr klingeln." 17:30 Uhr

„So spät?“
„Ich kann so spät nicht einfach aus dem Haus.“ 17:31 Uhr

„Kein Klingeln.“
„Wenn du vor der Tür stehst, schickst du eine Nachricht.“
„Kein Ton.“
„Du machst, was ich dir sage.“ 17:38 Uhr

„Also, was willst du?“ 19:40 Uhr

„Mich aufgeben. Mich frei fühlen. Leicht sein.“ 19:44 Uhr

„Machen, was du dir wünschst.“ 20:11 Uhr

Der Frühling hatte begonnen. Für mich gab es nur noch Nikolas. Lara lernte für ihre Abiprüfungen. Sie brauchte Freunde und Joints, wie ich riechen konnte. Eine Mutter, die nervt, brauchte sie nicht. Paul sah weg und dann nahm er. Freiräume wollen genommen werden. Ein Rennrad auf der Terrasse signalisierte blinkend, dass es von nun an noch mehr Zeit gäbe, die ich ohne ihn verbringen würde. Zum neuen Rad kamen neue Freunde. Lina würde das Schuljahr nur knapp schaffen. Sie wollte das allein durchstehen. Doch das würde ich ihrer Lehrerin noch erklären müssen. In wenigen Tagen war ich zu einem Elterngespräch dazu geladen.

„Was glaubst du, wer du bist?“ 23:30 Uhr

„Du bist nichts.“ 00:20 Uhr

„Du bist weniger als nichts.“ 1:30 Uhr

Diese erste Veränderung in seinem Ton verschlief ich, die nächste sollte mich erwischen.

„Was bist du?“ 7:20 Uhr

„Was ist los?“
„Deine Nachrichten von heute Nacht?“ 7:25 Uhr

„Antworte gefälligst.“ 7:30 Uhr

„Du wirst dich heute um den Dreck in der Wohnung kümmern.“ 13:43 Uhr

„Du willst mich nicht ficken?“
„Ich darf nicht deine Eier lecken?“
„Sie sind so weich. Ich mag deine Eier sehr.“ 14:15 Uhr

„Du bekommst, was du brauchst.“ 15:08 Uhr

„Das brauche ich. Ich liebe es dich zu lecken, zwischen deinen Beinen zu sein mit meinem Gesicht.“ 15:14 Uhr

„Das hast du nicht zu bestimmen.“
„Du bist uninteressant.“
„Du weißt gar nichts.“
„Noch ein paar Stunden, dann wirst du meine Hure sein.“
„Andere Gestik.“
„Andere Mimik.“
„Andere Stimme.“
„Sag mir, dass du es brauchst.“ 15:20 Uhr

„Ich brauche es.“
„Ich brauche es von dir.“ 15:40 Uhr

„Du wirst heute zu mir kommen.“
„Im übertragenen Sinne.“ 15:41 Uhr

„Das will ich. Ich will zu dir gehören.“ 15:42 Uhr

„So wird es sein.“ 15:43 Uhr

„Es gibt Frauen, die haben existenzielle Angst, seit wir uns kennen."
16:08 Uhr

„Von welchen Frauen sprichst du?" 16:10 Uhr

„Sie haben Angst, dass ich dich heirate."
„Was dich anbetrifft, geht es um Dissoziation." 16:11 Uhr

Er sprach mit anderen Frauen über mich? Wer waren diese anderen Frauen? Dissoziation? Seine Nachrichten waren erregend und wurden bald verwirrend. Als schriebe ich mit verschiedenen Menschen. Woher kamen diese Stimmungsschwankungen? Oder irrte er sich im Chat? Die Eifersucht suchte mich nicht, vielleicht weil die Nähe zu ihm schon vor ihr da war. Ich ließ mich weitertreiben, einsaugen im gleichen Maße, wie ich den Bezug zu meinem Leben verlor. Dem Leben, wie ich es kannte.

# 3

# HORMONE

Nikolas hatte keinen Geruch und sein Schwanz war fies. Nicht groß, aber auch nicht klein. Nicht dick, aber auch nicht dünn. Ein mittlerer, nerviger Bohrer, der immer nur fast sein Ziel erreichen konnte und nie würde mithalten können mit seinen mächtigen größeren Konkurrenten, die mich schon beim ersten Eindringen zu Kontraktionen brachten. Etwas, das wir erst erreichten, wenn ich atemlos erschöpft auf ihm kniend, hockend mich abgemüht hatte. Auch dann kam ich am Anfang oft nicht.

Doch irgendwann hielt er mir seine Arme hin, an denen ich mich wie an einer Reling festhalten konnte, während ich ihn abritt. Er drückte mir sein Becken entgegen und mit einer unerklärlich wissenden Bewegung bog er das meine auseinander, hakte es aus den Angeln, öffnete mich, machte mich weit und weich. Jetzt fühlte ich seinen Schwanz anstoßen tief in mir. Nur ein kurzer Schmerz, nicht sehr, aber doch so, dass ich kurz stoppte beim ersten Mal. Als suche seine Schwanzspitze einen Geheimeingang in mir stieß und stieß er mit jedem Mal an einer anderen Stelle zu. Was tat er da? Zitternd fühlte, ich, wie Säfte aus mir zu fließen begannen, von denen ich nicht wusste, dass ich sie in den Mengen produzieren konnte. Je nasser es in mir und auf ihm wurde, desto intensiver fühlte ich.

„Jetzt hast du ihn", sagte er. Meine Gedanken wurden leichter, entwichen mir.

Mein Kopf flog zur Seite, als die Ohrfeige sich in meine Wange brannte. Bevor ich begriff, flog dieser schon zur anderen Seite. Seine Augen blickten fester. Fast starr fixierten sie meine. Sein Blick bekam etwas Irres. Ich stöhnte ein Danke und erschrak, weil ich die Dankbarkeit wirklich fühlte. Der Schmerz öffnete eine Schleuse. Etwas strömte in meinen Blutkreislauf. Kurz zog er an der Kette, die einem festen Ritual gleich zwei Klammern an meinen Brustwarzen verband. Ich hatte vergessen, dass sie da war. In einer nächsten Welle schoss Schmerz in meinen Körper und trieb mich weiter.

Voller Vertrauen legte ich das Gewicht meines Kopfes in seine Hand, die meinen Hals nun in einem festen Griff hatte und mir langsam die Luft nahm. Ich konnte nicht aufhören mich auf seinem Schwanz zu bewegen, der sich immer härter, einer Eisenstange gleich, mir geduldig entgegenstreckte. Nun saß ich wirklich wie auf einem Pferd und hatte mich auf seinen Schwanz gestöpselt. Zuerst fühlte ich es in den Haarspitzen. Leichter, wohliger Schwindel. Ohnmächtig und wach im Hier und Jetzt und doch irgendwo anders, da, wo sich Wärme und Leichtigkeit weiter den Hinterkopf hinunter in meinen Rücken kribbelten. Ich wollte mich nur einsaugen lassen in das, was mich gerade erfasste. Ihn anzusehen dabei wurde Teil meiner Obsession. Nie vorher konnte ich in den Augen eines Mannes diese irre Gier nach meinem Schmerz sehen. Schmerz, der meine Lust potenzierte bis zum Wahnsinn, weil ich es für ihn fühlte. Ein verhängnisvolles Wechselspiel aus Geilheit, Unterwerfung, Macht, Glück, Freiheit und Erleichterung.

Meine Hand griff nach seinem Hals. Meinen erschrockenen Rückzug hielt er auf und positionierte meinen Daumen und meinen Zeigefinger an den richtigen Punkten links und rechts unter dem Kiefer im weichen Fleisch seines Halses. Da lief die Welle, die in der Zwischenzeit in meinem Becken angekommen war, noch intensiver zurück in meinem Kopf. Mein Uterus sprach mit meinem Gehirn. Fest fixierte ich seine Pupillen. Das Weiße seiner Augen trat hervor, das Blau wurde dunkler und die Pupillen weiter. So wunderbar schöne, große, klare Augen. Gänsehaut und ein taubes Kribbeln erfassten meine Schenkel von innen aufwärts hin zu meinem Becken. Die Klammern an meinen Brustwarzen sprangen ab. Die Spannung baute sich aus dem Becken heraus auf und presste sich in meinen Kopf, schwappte wieder zurück und entlud sich jetzt in meinem Inneren auf ihm. Schamlippen, Gebärmutter, Scheideneingang, Beine, alles zuckte, blubberte und pulsierte. Ich spritzte auf seinen Bauch. Was war das und wo kam es her? Ich zitterte, schrie, fror, schwitzte, weinte, liebte. Er bäumte sich mir entgegen und gab ein tiefes, leises und langes „Aaah“ von sich und stieß noch tiefer in mich in dem Moment, als er kam oder gekommen wurde. Als hätte etwas in mir sein Sperma herausgesaugt. Ich konnte fühlen, wie es einem Unterdruck ähnlich pumpte. Das war kein normaler klitoraler Orgasmus, der kurz über meine Schamlippen zum Vibrieren kam. Dieser kam aus meinem Unterleib und Kopf gleichzeitig. Nikolas hatte mein Gehirn gefickt. Schwebend vergingen die Minuten, bis meine Lungen sich wieder mit Luft füllen konnten. Der wattige Nebel um mich herum klarte nur langsam auf. Es gab keinen Schutz mehr vor dem, was dieser Moment mit mir machte. So frei, geborgen und verstanden wollte ich nur noch eines: abhängig sein, hörig, verfallen. Nikolas sollte noch lange meine Tage bestimmen.

„Wie kann man nur anderen Sex haben als das hier eben?“, fragte ich in diesen kurzen Moment hinein, meinen Kopf in seinem Arm und nackt. Ich bin nie nackt. Es sollte nicht das Letzte sein, das ich noch nie gemacht hatte, aber das erste und letzte Mal, dass wir so normal miteinander lagen.

„Tja, schwer zu verstehen“, sagte er, tätschelte meinen Kopf und drückte mich seitlich liegend runter zu seinem Schwanz. Erst jetzt merkte ich, dass er im Nassen lag. Es roch nach Sperma, nach mir und nach etwas, das ich von nun an Geilheit nannte. Immer noch oder schon wieder? Sein Schwanz war hart und die Haut, die seine Eier umschloss, so unglaublich weich. Ich musste sie küssen, streicheln und lecken. Saugte sie gierig in meinen Mund und rieb meine Wangen an ihnen, vergrub mein Gesicht, seinen Schwanz tief im Hals zwischen seinen Beinen. Hier gehörte ich hin. Das war mein Platz. Hier war ich „ich“. Wem würde ich erklären können, dass ich mich in diesen Momenten frei und leicht fühlte? Seine Schenkel verschränkten sich um meinen Kopf, nahmen mich in einen Zangengriff. Bewegungsunfähig nahm diese Position mir die Luft zum Atmen. Gerade als meine Lungen begannen zu brennen, lockerte er den Griff und spritzte in meinen Hals. Der Geruch unserer vermischten Körpersäfte dünstete im Zimmer aus. Die Kirschblütenzweige waren längst gegen duftenden Flieder ausgetauscht. Die Balkontür stand jetzt immer auf.

„Geh“, sagte er. Ich brauche dich nicht mehr.

Stumm, schnell, ohne ihn anzusehen, mein Kreislauf war noch nicht wieder in Gang, streifte ich mir meinen Rock über. Er lag in einer unbeteiligten Pose auf dem Bett und tippte in sein Handy. Kein Wort mehr, kein Blick, kein ‚Auf Wiedersehen'. Ich war gar nicht anwesend. Zittrige Hände konnten die Bluse nicht knöpfen. Die Schuhe geschnappt, ein Blick noch in die nur notdürftig aufgeräumte Küche, dann stolperte ich über die rosa Schuhe seiner Tochter auf der Schwelle noch barfuß in den Hausflur und zog leise die Wohnungstür hinter mir zu. Die Mülltonnen im Hof gaben ihren Gestank in den Nachthimmel ab. Der riesige Spiegel im Vorderhaus zeigte eine verwirrte Frau.

Noch nicht am Auto angekommen erklang der Dreiklang der Harfe seines Klingeltons.

„Was bist du?“ 0:07 Uhr

4

## DER ROTE MANTEL

„Guten Morgen."
„Was bist du?" 6:15 Uhr

„Deine dir hörige Hure." 7:30 Uhr

Dieses morgendliche Ritual noch im Bett, lange bevor ich aufstand, war das Erste, was ich an jedem Tag tat. Chatten mit Nikolas immer und überall. Nachrichten wollten gelesen werden und Frühstück gegessen. Ich vergaß es für die Mädchen zu machen, so wie diese vergaßen mir zu sagen, wo sie sich herumtrieben. Die Kaffeemaschine lernte auch Pauls Hände kennen. Selbermachen schien das neue Motto. Unser Haus wusste das nicht und so sah es auch langsam aus.

An meinem neuen Großraumbüroschreibtisch öffnete ich als Erstes mein WhatsApp-Fenster auf meinem Computer. Als eine weitere Möglichkeit, ständig Nikolas' Nachrichten verfolgen zu können, hatte ich mir die Desktopvariante davon geladen. Dadurch hörte ich nur leider immer seltener den Harfenton, der seine Nachrichten ankündigte und mich allein dadurch schon erregte. Die Nachrichten öffneten sich nun einfach in einem Bildschirmfenster.

„Ich muss dir wehtun."
„Ich halte es nicht mehr aus."
„Komm her." 13:40 Uhr

„Nachher bin ich dein." 13:43 Uhr

Sobald es diese tägliche Verbindung mit Nikolas gab, wurde ich ruhiger, gelassener und war in der Lage zu arbeiten. Doch nur wenige Stunden ohne Kontakt ließen mich in ein unruhiges Zittern verfallen, gleich einer Süchtigen. Meine Droge war die Erregung, die nur noch Nikolas zu erzeugen verstand. Die Orgasmen, die er mir bereitete, waren ein psychedelischer Zustand, den ich wieder und wieder erfahren musste.

„Ich werde viel in Kauf nehmen heute."
„Ich bin jetzt gierig."
„Wir werden sehen, was du letztlich sein wirst." 15:16 Uhr

„Die Unwissenheit darüber, was nachher passieren wird, erregt mich." 15:17 Uhr

„Du wirst mich so befriedigen heute." 15:20 Uhr

Schnell noch einen Antrag abschließen und zum Sport gehen, vor allem Muskeln aufbauen. Nikolas motivierte mich noch mehr, und mit jeder Woche fühlte ich mich in meinem Körper wohler.

„Bist du schon einmal auf Ellenbogen gekrochen?"
„Arme und Beine geknebelt."
„Augenbinde."15:30 Uhr

„Nein." 15:31 Uhr

„Du wirst dich heute wieder ein Stück mehr verändern und entwickeln." 15:32 Uhr

„Sag mir etwas, das mich durch den Nachmittag bringt!" 15:35 Uhr

„Du wirst bereits im Treppenhaus eine Andere sein."
„Dein Kopf ist in einem Schraubstock, dein Brustkorb wird schwer."
„Du wirst diesen Tunnelblick bekommen." 15:45 Uhr

„Ich möchte wieder diese Leichtigkeit spüren." 15:46 Uhr

„Du wirst meine Sub werden. Meine Hure, die sich ihrem Herrn anbietet."
„Was willst du?" 15:47 Uhr

„Ich will mich aufgeben." 15:48 Uhr

„Gut." 15:48 Uhr

„Ich will mich abgeben, dir geben." 15:48 Uhr

Keine zwei Minuten später erstarrte ich, jetzt dem Schutz eines Zweier-Büros beraubt, für alle Kollegen sichtbar vor den Nachrichten, die mir mein Bildschirm unnachgiebig anzeigte.

„Was hast du mit meinen Daten gemacht?"
„Wer glaubst du, bist du?"
„Du bist nichts."
„Weniger als nichts."
„Nicht mal zum Benutzen gut genug."
„Du dummes Ding." 16:00 Uhr

Wie eine Ohrfeige riss mir der Bruch in seiner Stimmung die Beine weg. Als hätte man den Stöpsel einer Badewanne gezogen floss alles, was sich gut, frei und warm für mich anfühlte, in Lichtgeschwindigkeit hinaus. Mir wurde übel. Was hatte ich getan? Was war passiert? Ich las die letzten Nachrichten wieder und wieder und verstand doch nicht, was passiert war. Sollte das Teil des Spiels sein? War es ein Spiel? Ich konnte eine Weile nicht wie gewohnt schnell antworten.

„Du glaubst, du steigst aus?"
„Einfach so?"
„Versuche es erst gar nicht." 16:10 Uhr

„Du wirst sehen und spüren."
„Du entscheidest nichts. Nur dein Herr entscheidet. Du hast nichts verstanden." 16:20 Uhr

„Du bist zu blöd." 16:30 Uhr

Nina sah zu mir herüber. Komm, sagte ihr Blick, und ich folgte ihr in die Teeküche. Warum ich so blass sei. Die Worte brachen sich lallend ihren Weg und konnten es ihr doch nicht erklären. Auf dem Boden sitzend fühlte ich den nassen Lappen, den Nina mir in den Nacken gelegt hatte. Ich hätte eine Panikattacke. Eine was sollte ich haben? Luft, ich brauche Luft! Das Zittern meiner Beine ließ sich nicht mehr kontrollieren.

Nina brachte mich nach Hause. Das Haus war leer und unaufgeräumt. Apathisch verbrachte ich die nächsten Stunden auf dem Sofa. Mein Magen krampfte. An Essen war nicht zu denken. Ich wollte Steffi anrufen. Das tat ich immer, wenn ich ein Problem hatte oder einfach nur mit jemandem sprechen wollte – seit 20 Jahren. Erst jetzt fiel mir auf, dass wir seit Monaten keinen Kontakt mehr gehabt hatten. Steffi, eigentlich meine beste Freundin, wusste nicht, dass es Nikolas gab. Schlimmer noch als der plötzliche Stimmungsumschwung, dem er mich an diesem Tag ausgesetzt hatte, war die Erkenntnis, die plötzlich so klar war und mich in der gleichen Minute von allem isolierte. Niemand wusste von Nikolas. Ich war allein. Niemand kannte unsere Geschichte, seinen Namen und schon gar nicht hatte ich mit irgendjemandem darüber gesprochen, was Nikolas mit mir tat.

Später an diesem Abend apathisch in meinem Bett liegend reagierte ich.

„Du hast entschieden. Du willst es nicht wirklich,"
„Du dumme Fotze suchst nur den Kick, mehr nicht." 22:30 Uhr

„Warum tust du mir das an?" 22:31 Uhr

„Ich tue gar nichts."
„Ich sage nur, was längst Tatsache ist." 22:34 Uhr

„Ich brauche dich." 22:35 Uhr

„Das ist Nonsens."
„Du machst, was du willst." 22:35 Uhr

„Ich verstehe dich nicht? Was habe ich falsch gemacht?"
22:40 Uhr

„Ich mache immer, was du willst." 22: 42 Uhr

„Nein, du willst nicht." 22:43 Uhr

„Was soll ich jetzt sagen? Ich will dich. Brauche dich. Lass mich nicht fallen! Schreibe mir bitte wieder solche Sachen." 22:45 Uhr

„Nein."
„Geh spielen mit Anderen." 22:46 Uhr

„Ich will keinen Anderen mehr."
„Ich brauche dich." 22:50 Uhr

„Nein."
„Wenn du weißt, was du willst, dann melde dich." 22:50 Uhr

„Ich weiß es genau." 22:51 Uhr

„Du langweiliger Adrenalin-Junkie." 22:55 Uhr

„Ich möchte dir gehören. Im wahrsten Sinne des Wortes. Möchte all das machen, was du geschrieben hast. Ich brauche dich, kann ohne dich nicht sein." 23:05 Uhr

„Wir werden uns nicht mehr sehen." 23:10 Uhr

In dieser Nacht löschte ich als Erstes unseren Tinder- Match, was ich heute, da ich diese Geschichte aufschreibe, bereue. Zu gern hätte ich den genauen Wortlaut unserer Anfänge noch einmal nachgelesen. Dann löschte ich den Kontakt und unseren WhatsApp-Chat. Ich dachte nicht daran, vorher auch seine Nummer zu sperren. Sonst wäre vielleicht alles anders gekommen. So war dies der erste Versuch, mich von Nikolas zu lösen. Es sollten noch 13 weitere folgen und viele danach, die ich nicht mehr zählte.

„Was soll das?"
„Warum kein Foto?" 6:05 Uhr

Der Harfenton dröhnte schon am nächsten Morgen durch mein Ohr tiefer in mein Hirn, wo er den alten Mechanismus auslöste. Ich wurde nass. Nur der Ton allein erregte mich so sehr, dass ich zitternd seine Nachrichten lesen musste.

„Was bist du?"
„Antworte!" 6:30 Uhr

Ich werde nicht antworten, dachte ich und war fest entschlossen, es auch durchzuhalten.

„Komm her."
„Direkt aus deinem notgeilen Impuls." 6:43 Uhr

Woher wusste er das? Sofort war er mir wieder nah. Kein Wort zu dem, was er gestern geschrieben hatte. Kein Wort dazu, dass wir ja eigentlich gestern verabredet gewesen waren. So beließ auch ich es dabei. Ich wollte zurück in diesen tranceähnlichen Zustand, mich treiben lassen und die wohlige Aufregung spüren, die er verstand auszulösen.

„Ich werde dich heute zu mir holen."
„Wenn du die Wohnung betrittst, wirst du nichts mehr entscheiden." 10:54 Uhr

„Noch sieben Stunden ..." 12:05 Uhr

„Was hast du an?“
„Hast du einen Trenchcoat?“ 13:10 Uhr

„Nein. Geht auch der rote Mantel, den ich neulich anhatte?“ 13:15 Uhr

Ich hielt es nicht mehr aus, musste schreiben. Es tat gut, wieder eine Verbindung zu ihm zu haben. Mehr noch, ich brauchte es. Erst dann fühlte ich mich wieder vollständig. Eine ausgleichende Ruhe stellte sich sofort mit seinen ersten Worten ein.

„Dann gehörst du mir.“
„Heute wird es seelisch schwer.“ 13:20 Uhr

„Schon kribbelt es wieder bei mir.“
„Das ist mein größter Wunsch, Herr.“ 13: 21 Uhr

„Du wirst unter deinem roten Mantel nichts anhaben bis auf Slip und BH.“
„Du wirst klingeln. Ich werde durch den Spion schauen. Du öffnest den Mantel und bietest dich an. Nur wenn du schön bist, werde ich die Tür öffnen. Hast du dich nicht an meine Anweisungen gehalten, war es das. Du gehst wieder.“ 13:25 Uhr

„So soll es sein.“ 13:26 Uhr

„Wie bitte?“ 13:26 Uhr

„So soll es sein, Herr!“ 13:27 Uhr

Der Tag verflog. Um das übliche Arbeitspensum zu bewältigen, fehlten mir Konzentration und Zeit. Chatten brauchte eine Menge davon. Immer und immer wieder las ich Nikolas' Nachrichten und gab mich meinen Tagträumen hin. An diesem Tag fuhr ich nur schnell nach Hause. Erledigte dort das Nötigste. Ich hörte auf, Paul zu fragen, was er machte und wann er nach Hause kommen würde. Er hatte es noch nie gesagt. Ab und an begegnete ich den Mädchen. Begegnete. Heute hört sich das distanziert und herzlos an. Sie waren Teenager und haben wohl den Freiraum genossen. Manchmal noch saßen wir zusammen, sprachen über die Schule. Dann ging die eine lernen und die andere traf Freunde, und nicht selten fuhr ich zu Nikolas. Genau wie an diesem Abend.

„Bin schon am Zoo." 18:50 Uhr

Er antwortete nicht. Doch ich sah, dass er meine Nachrichten las. Noch zehn Minuten, dann würde ich bei ihm sein. Unter meinem Mantel war ich tatsächlich nackt. Der schwindende Frühling nahm die Kühle mit sich. Der beginnende Sommer hatte die Hitze noch nicht dabei. Frierend stakste ich in meinen hohen Schuhen den kurzen Weg vom Auto zu seiner Haustür. Zitternd vor Kälte drückte ich auf die Klingel dieses gutbürgerlichen Hauses. Es fühlte sich an wie in einem interaktiven Spiel. Aufregung und Erregung bebten in meinem Körper. Er wollte, dass ich seine Hure bin, und heute würde ich es sein.

Schwitzende Hände, frierender Körper. Gut, dass ich nicht sprechen musste. Meine Stimme fühlte ich nicht. An der Wohnungstür klopfte ich nur. Dielen knarrten. Ich konnte gut hören, wie er an die Tür trat. Etwas ratschte am Türholz. Ich öffnete meinen Mantel. Unendlich lange Minuten vergingen. Meine Aufregung steigerte sich ins Unerträgliche. Mit meiner Angst, ein Nachbar würde kommen oder mich beobachten, ließ er mich stehen, ohne die Tür zu öffnen. Seinen Atem konnte ich durch das dünne Holz spüren. Er stand eindeutig hinter der Tür. Konzentriert spürte ich mich in meine Aufgabe hinein. Sei eine Hure. So stolz und gerade, wie es mir möglich war, wendete ich mit langsamen, vorsichtigen Bewegungen mal die eine, mal die andere Seite Richtung Türspion. Hob meine Brüste an, um dann einfach nur so dazustehen.

Endlich schnappte die Sicherheitsverriegelung von innen und die Klinke wurde heruntergedrückt. Erst als ich hörte, dass er im Zimmer verschwunden war, trat ich ein. Wie ein Tanz, den wir schon unzählige Male getanzt hatten, fühlten wir den Rhythmus und das Timing dieser Choreographie. Langsam schlich ich durch den kurzen Flur an der kleinen Küche vorbei, die rechts lag, auch am Bad, in dem diesmal kein Licht brannte. Die Wohnzimmertür war angelehnt. Keine Musik, kein Kerzenlicht. Draußen dämmerte es.

Er stand direkt hinter der Tür, die ich langsam öffnete. Er musste zu mir hochschauen, als er mir das Glas Wodka reichte – ich war einen Kopf größer als er. Ich kippte den ölig kalten Alkohol hinunter. Er tänzelte um mich herum, nahm mir den Mantel ab, legte mir seine alte Schlafmaske als Augenbinde an. Jetzt war ich weg, mehr als je zuvor begab ich mich in seine, unsere Welt.

Kühle Luft ließ mich augenblicklich frieren. Schnell legte er Handfesseln an und fixierte meine Arme weit gespreizt. Irgendwo an den Wänden seines Balkons hing ich mehr als dass ich stand, nackt, zitternd vor Kälte. An den Brustwarzen klebten die Klammern. Die Kette pendelte sich aus und die Kälte ihrer Metallkugeln schlug an meinen Bauch. Die Balkontür schloss sich hinter mir. Ich war allein, das konnte ich spüren. Er würde mir von Innen aus der Wärme zusehen.

Konzentriere dich. Beherrsche die Kälte. Ich redete mit mir selbst. In den ersten Minuten zog ich aufgeregt wie ein Tier, das in eine Falle gelaufen war, an meinen Handfesseln. Sie lösten sich nicht, fraßen sich nur fester in das Fleisch meiner Handgelenke. Verrückt, doch aus heutiger Sicht waren es genau diese, ich nenne sie „Nummern“, die mich stark werden ließen. Es würde eine geben, die mich an meine Grenzen und darüber hinaus bringen würde. Doch ohne diese Balkonszene wäre ich darauf noch weniger vorbereitet gewesen.

Im Büro regten mich oft viele Dinge auf. Verärgerten mich Chefs und Kollegen, wenn sie meine Arbeit nicht würdigten oder mich ungerecht behandelten. Wenn sie Dinge von mir verlangten, die sachlich falsch waren und ich dazu nicht einmal angehört wurde. Immer dann, wenn ich merkte, dass es gar nicht um gute und kreative Ideen, rechtssichere Lösungen für unsere Kunden ging, sondern nur ums Rechthaben, um Macht und Positionsgerangel meiner Vorgesetzten, dann nahm ich diese Dinge mit nach Hause. Kunden wurden nicht selten zu guten Bekannten und ihre Angelegenheiten behandelte ich wie meine eigenen. Ihre Probleme wurden zu meinen und ließen mich nicht schlafen.

Nikolas zog mich in eine Welt, die extrem und anders war. Aufregend und unbekannt neutralisierten sich dort diese Sorgen aus meiner realen Welt.

Lange, ungezählte Minuten vergingen. Ich musste mich beruhigen. Was konnte ich riechen, was fühlen? Die Luft war feucht. Ich hatte noch nie hinuntergeschaut und wusste nicht, ob der kleine Hof gepflastert war. Ich erinnerte mich an eine unverputzte, typische Berliner Brandwand, an der Efeu oder Wein hochrankte. Es war jedenfalls etwas grün. Kein Baum. Ich hörte aus der Ferne Geräusche und Gesprächsfetzen. Es roch nach Essen, irgendwer kochte. Mein Körper hatte aufgehört zu zittern. Ich fühlte Ruhe und stand nun schon eine ganze Weile auf meinen Zehenspitzen, ohne groß herumzuhampeln. Er sollte stolz sein auf mich. Fest entschlossen, ja ehrgeizig wollte ich diese Aufgabe bewältigen.

Nach einiger Zeit, deren Vergehen ich nicht mehr wahrnahm, hörte ich, wie die Balkontüren geöffnet wurden. Warme Luft aus dem Inneren der Wohnung wickelte sich um meine Füße. Doch noch ehe ich verstand, was als Nächstes folgen würde, platzte der Schlag mit der Gerte eine Stelle auf meinem Arsch auf. Den Schmerzschrei dazu noch im Hals, folgte schon der nächste Schlag. Ich konnte mich nicht mehr auf den Beinen halten, hing nur noch an den an meinen Handgelenken angebrachten Seilen. Schrie oder stöhnte ich?

Das sei ja widerlich, empörte sich nun eine ältere Frauenstimme im Hof. Man sei ein anständiges Haus. Ob er sich nicht schäme. Man könne das ja ihretwegen machen, aber dann doch bitte bei geschlossener Tür. Der Balkon war eher eine Loggia und es gab wirklich keine Möglichkeit ihn einzusehen. Ich wusste nicht, ob ich das nur träumte oder fantasierte oder es gerade real passierte.

Später drückte er mich in einen seiner beiden hellblau bezogenen, sesselähnlichen Stühle. Die Seile an meinen Handgelenken verband er nun mit den Stuhlbeinen. Ich saß breitbeinig am Rand des Stuhls. Arme nach hinten und auch die Beine offen und fixiert. Er sprach nicht und ich sah nicht. Seine Hände umfassten meinen Hals. Er musste vor mir stehen. Seine Daumen drückten unterhalb meiner Ohren fest in meinen Hals. In meinen Fingerspitzen begann es zu kribbeln. Als würden meine Arme einschlafen, zog das Kribbeln von den Füßen hinauf und aus den Armen heraus. Sprach er mit mir? Er hatte doch eben etwas gesagt. Meine Terrasse, sein Balkon, die Küche, Bilder. Ich sah Bilder und wusste nicht mehr, wo ich war. War ich auf dem Balkon? Nein, ich war im Auto. Wieso war ich schon wieder auf dem Weg nach Hause? Wie war ich in mein Auto gekommen? Die Bilder wiederholten sich. Ich hing auf dem Balkon. Die Frauenstimme rief. Warum erlebte ich das noch einmal? Erlebte ich es noch einmal? Alles wiederholte sich immer und immer wieder. War ich wach? Lebte ich? Träumte ich?

„Mein Fingernagel ist abgebrochen", sagte ich und meine eigene Stimme weckte mich auf. Noch immer war mir nicht klar, ob ich wirklich auf dem Boden lag, gefesselt an einen Stuhl, oder das nur träumte. Meine Wange brannte. Hatte ich eine Ohrfeige bekommen? Aber warum hatte ich die nicht gespürt? Die Kraft, mit der er zugeschlagen hatte, musste mich mitsamt dem Stuhl gekippt haben. Mein Nagel schmerzte. Er war wirklich abgebrochen und hinterließ einen tiefen Riss im Nagelbett.

„Es tut mir leid, Liebes, dass hätte nicht passieren dürfen", seine Stimme klang dumpf und kam von irgendwo weit her.

Später lag ich auf seinem Bett, er auf mir, nackt, mich wärmend. Er hatte Socken bereitgelegt, mir Wasser gegeben. Seine Fürsorge im Wechsel mit seiner sadistischen Härte trieben mich tiefer und tiefer in meine Obsession.

„Wie war das?“, fragte er.
„Was war wie?“
„Du warst weg, hattest wohl Flashbacks.“

Bin ich jetzt wach? Mir liefen Tränen. Einfach so, ohne Grund. Noch immer lag ich in seinem Bett auf dem Rücken. Er bockte sich in mir auf. Den Oberkörper fast aufrecht entkoppelte er sein Becken, stieß kräftig, intensiv zu. Es erinnerte mich an die Kobraübung aus dem Yoga-Kurs. Eine Technik, die es ihm ermöglichte, so tief in mein Inneres direkt an meinen Muttermund zu stoßen, dass es wehtat.

„Küss mich“, sagte er und drückte meinen Kopf an sich. „Du wirst heute meine Frau. Wir haben Mann-Frau-Sex.“

Vorsichtig und zaghaft begann ich seine Brust über mir zu küssen. Er stöhnte und genoss es. Ich hatte Lust weiter zu machen, Hals, Ohren, dann seinen Mund. Sein Bart dicht und schwarz, die kleinen, schmalen Lippen darin versteckt. Ich, die nie küsste, gierte nun mit Leidenschaft nach Lippen und Zunge.

„Oh Gott. Ich liebe dich. Sag, dass du mich liebst. Sage es!“, forderte er.

Und so sagte ich es, fühlte es danach und tue es wohl bis heute. Seine Bedürftigkeit nach Liebe und Nähe, das war der einzige Moment, in dem er zuließ, diese mit mir zu teilen. Aufeinander, ineinander, danach.

„Bleib“, sagte er und meinte: geh.

In dieser Nacht schlief ich unruhig, hatte Alpträume. Am Morgen schrieb ich zuerst.

> „Was hast du gestern mit mir gemacht?“
> „Ich habe Angst, bin unruhig, etwas stimmt nicht mit mir.“ 6:05 Uhr

„Bitte antworte. Ich sehe Bilder, zeitversetzt und in Zeitlupe. Weiß nicht, ob ich träume oder wach bin.“ 6:30 Uhr

„Ich bekomme immer mehr Angst. Hilf mir.“ 7:15 Uhr

„So kann ich nicht ins Büro gehen. Bitte erklär mir, was da passiert mit mir.“ 8:00 Uhr

„Los, zeig mir deine MasoSubFotze.“ 8:30 Uhr

„Endlich. Wo bist du? Hilf mir! Ich sehe Bilder. Sie machen mir Angst. Es ist wie in einem Alptraum, aus dem ich nicht aufwachen kann.“ 8:32 Uhr

„Du dissoziierst.“
„Was bist du?“
„Was brauchst du?“ 8:40 Uhr

„Ich bin deine Hure, will deine Sub sein und ich brauche dich.“ 8:41 Uhr

„Hast du Spuren von gestern Nacht?“ 8:42 Uhr

„Ja, die eine auf dem Arsch. Der Schlag auf dem Balkon.“
„Mein Gesicht brennt.“ 8:45 Uhr

„Die Ohrfeige. Wie war sie?“ 8:47 Uhr

„Was meinst du? Sie hat gesessen. Ich kann mich nicht daran erinnern. Ich spüre nur, dass du mich geschlagen hast, aber an den Schlag erinnere ich mich nicht. Das ist unheimlich, ich habe Angst.“ 8:50 Uhr

„Genauer.“ 8:51 Uhr

„Es war verstörend und gut.“ 8:52 Uhr

„Hat sie dich geil gemacht?“ 8:55 Uhr

„Ja, ich denke, das hat sie.“ 8:55 Uhr

„Was hat sie ausgelöst?“ 9:04 Uhr

„Dass ich mich dir geben will.“ 9:05 Uhr

„Weiter.“ 9:05 Uhr

„Ich habe aufgehört mich kontrollieren zu wollen. Ich fühle mich leicht. Fühle mich dir zugehörig.“ 9:08 Uhr

„Weiter.“
„Was noch?“
„Wie hat sie sich angefühlt?“ 9:20 Uhr

„Mir ist schwindelig gerade. Ich sacke immer wieder weg. Bin noch immer zu Hause. Werde versuchen, heute einen Home-Office-Tag zu machen.“ 9:25 Uhr

„Die Ohrfeige.“
„Los.“
„Mach. Weiter.“ 9:29 Uhr

„Sie war heiß, scheppernd, verletzend, demütigend, klein machend, ungerechtfertigt, zerstörend, drängend, richtungsweisend, verbindend, trennend, wohlig, vertraut, liebend, endend …“ 9:32 Uhr

„Wow. Wo kommen nur all diese Worte her?“ 9:33 Uhr

„Es beginnt wieder. Mir wird schwindelig, ich habe Angst, meine Beine werden taub, fühlen sich taub an. Was passiert mit mir? Was habe ich nur mit mir machen lassen gestern?“ 10:15 Uhr

„Gar nichts."
„Momentan Panikattacke."
„Psychodynamik ist dir ja wohl bekannt." 10:40 Uhr

„Das hilft mir gerade nicht. Ich habe Angst." 10:41 Uhr

„Öde Flashbacks." 10:42 Uhr

„Gleichzeitig habe ich jetzt Lust auf dich." 10:43 Uhr

„Ich brauche dich." 11:53 Uhr

„Was genau brauchst du?" 12:13 Uhr

„Ich habe gespürt, wie du immer wieder in mich gepumpt hast. Das konnte ich früher nicht leiden. Doch mit dir ist es gut. Ich fühle mich eigenartig benutzt und das ist ein gutes Gefühl. Es erregte mich mehr und mehr. Ich kann nicht genug bekommen. Eigentlich bin ich jetzt erst so richtig geil und könnte weitermachen oder erst richtig anfangen." 12:24 Uhr

„Ich habe das auch gespürt, dass es richtig große, dicke Schübe waren. Es kam schwallartig immer wieder." 13:01 Uhr

„Das war unglaublich." 13:02 Uhr

„Weiter, genauer. Was hast du gespürt?" 13:29 Uhr

„Ich bin schon wieder geil. Ich muss deine Maulfotze ausficken."
„Maximal rücksichtslos."
„Bis du richtig kotzt." 13:30 Uhr

„Heute?" 13:31 Uhr

Alles drehte sich nur noch um meine, ich nannte das: Geilheit nach der Geilheit. Es war genau die Sprache, die er benutzte. Anfänglich leicht verstört ob der Grobheit und Direktheit begann mich diese seine Sprache zu faszinieren. Kein zärtliches „Möse“ oder ein verschämtes „Pfläumchen“. Diese Sprache war Teil der Welt, in der wir waren, ich sein wollte. Eine Trance, die nicht enden sollte.

„Hol mich gleich in der Klinik ab und lass es dir im Auto besorgen.“ 13:35 Uhr

„Stell dir vor, ich fiste dich auf der Rückbank und du pisst und spritzt das ganze Auto voll.“ 13:36 Uhr

„Ich will dich.“
„Ich brauch dich.“ 13:40 Uhr

„Was bist du?“ 13:41 Uhr

„Ich bin deine.“ 13:42 Uhr

„Dann sei um 16:15 Uhr vor der Klinik.“
„Ich muss dich ficken und vollpumpen.“ 13:43 Uhr

„Ich habe einen Termin in der Schule meiner Tochter.“ 13:44 Uhr

„Du wirst deinen Herrn um 16:15 Uhr vor der Klinik abholen.“ 13:45 Uhr

„Ich kann nicht. Ich muss da hin.“ 13:45 Uhr

„Was bist du?“ 13:46 Uhr

„Ich bin dein.“ 13:47 Uhr

„Was brauchst du?“ 13:48 Uhr

„Ich brauch dich.“ 13:49 Uhr

„Gut. Jetzt sag es in einem richtigen Satz.“ 13:49 Uhr

„Ich bin dein und brauche dich, Herr.“ 13:50 Uhr

„So ist es gut.“
„Was soll also das Gejammer?“
„Dein Herr ruft und du hast zu erscheinen.“
„Andernfalls lassen wir das hier.“ 13:55 Uhr

„Ich werde da sein, mein Herr!“ 13:56 Uhr

Ich bin rückblickend nicht stolz darauf. Diesen Termin, der für Lina so wichtig war, ich habe ihn abgesagt. Die Arbeit, ich wäre nicht weggekommen. Durch meine Abwesenheit war die Lehrerin gezwungen mit Lina allein oder besser mit ihr zusammen einen Plan zu besprechen, wie es ihr gelänge, die verbleibenden Wochen zu nutzen. Am Ende würde es Lina nicht schaffen wegen einer 5 in Spanisch. Ein Fach, das sie in der Oberstufe eh abgewählt hätte. Man weiß ja manchmal nicht, wofür etwas gut ist. Wir mussten drei Tage vor den Sommerferien eine neue Schule finden. Heute hat sie drei anstatt zwei Jahre für ihr Abitur. Dennoch, ich war nicht da. Nikolas rief und ich gehorchte, wie immer.

5

## VERÄNDERUNGEN

Die Tage wiederholten die Wochen. Es war Frühsommer geworden. Immer, wenn ich glaubte, es könne keine Steigerung mehr geben, gerade, wenn es begann sich zu wiederholen, geschah etwas Neues, etwas Unerwartetes.

„Was brauchst du?" 6:26 Uhr

„Was bist du?" 6:40 Uhr

„Deine Sub, deine Hure, ich möchte deine Frau sein."
7:20 Uhr

„Ich brauche deinen Schwanz, die Art, wie du mit mir redest, dein Sperma, deine Zuwendung. Ich brauche dich."
9:32 Uhr

„Du wirst durch mich sein."
„Ich werde dich so sehr schlagen, dass du stürzt."
„Du wirst so sehr schreien, wie du es noch nie getan hast."
„Dein Leiden gehört mir."
„Du leidest für mich." 10:40 Uhr

Weiter trieb ich so aus meinem Leben. Die blauen, sich dann lila, grün, gelb verfärbenden Spuren zu verstecken entwickelte sich zu einer richtigen Aufgabe. Wenn ich sie sah und spürte, wie sie auf meinem Arsch schmerzten, bei jedem Aufstehen und Hinsetzen, dann fühlte ich eine Verbundenheit mit Nikolas. Als wäre er neben mir. Diese Energie ließ mich selbstsicherer werden und verdrängte mein machtloses Aushalten der zunehmenden Demütigungen durch meine Chefs in der Bank.

Trotzig gelassen nahm ich sie lange hin. Nun begann ich langsam mich zu wehren.

Eines Tages hatte mein Chef einen Antrag wissentlich genehmigt, der klar den Richtlinien der Doppelförderung widersprach. Trotzdem dieser seine Unterschrift trug, wollte er mir die Schuld geben. Ich solle mich mal frisch machen, sagte er und ignorierte, dass seine Unterschrift den Antrag genehmigte und ein Aktenvermerk mein Veto konserviert hatte. Meine Gegenwehr wurde mit der Drohung einer zu erteilenden Abmahnung beantwortet. Abwarten, sagte ich nur und war über meine neue Coolness erstaunt. Noch vor ein paar Monaten wäre ich außer mir zum Betriebsrat gelaufen und hätte nächtelang nicht schlafen können. Ich fühlte meine Arbeit nicht mehr. Kälter und distanzierter rotierte ich mein Pensum runter und begann mich zu langweilen. Im gleichen Maße wie eine teflonartige Schicht sich schützend um mich schloss, ging damit auch die Freude an dem verloren, was mich mehr als 15 Jahre lang motiviert hatte. Unternehmensgeschichten und Menschen mit Ideen helfen, diese umzusetzen.

„Bitte morgen wieder abmelken." 17:30 Uhr

„Du hattest eine intensive Behandlung in den letzten beiden Nächten." 17:38 Uhr

„Ja, das war gut." 17:45 Uhr

„Augenränder, Muskelzucken ..."
„Du wirst langsam mürbe."
„Gibst auf."
„Du weinst, bist hilflos mit deiner Anspannung und Trauer." 17:47 Uhr

„Du machst mich so." 17:47 Uhr

„Du kaputte Fotze."
„Dein Blick wird langsam gut."

„Dein panisches, hilfloses Lachen."
„Verzerrter Gesichtsausdruck."
„Zwischendrin erschöpft."
„Ausdruckslos." 21:00 Uhr

„Willst du mich so?"
„Mir wird komisch, wenn du das so schreibst." 21:04 Uhr

„Langsam wirst du all das."
„Wie geht es dir?" 21:06 Uhr

„Ich bin müde." 21:10 Uhr

„Ich will jetzt nur in dich reinficken."
„Meine Spermaladungen in dir abladen."
„Komm her."
„Jetzt." 21:11 Uhr

Da, wo jahrzehntelang Pappwände Räume geteilt und Verantwortlichkeiten sortiert hatten, saßen eines Tages neue Kollegen an neuen langen Tresen auf bunten Bällen. Geteilt wurden auch wir – in neue Teams. Nina und ich hießen jetzt Tandem. Unsere Papiere lagen nicht mehr in Ordnern in den Schränken hinter uns. Da hingen jetzt riesige Screens, an denen sich unbekannte Menschen die gleichen alten PowerPoint-Folien ansahen. Nur standen sie dabei und wischten sich mit ihren Händen da durch und nannten das Daily Standup. Cloud und Drive waren die Worte, die uns jederzeit und überall und allen gleichzeitig ermöglichten, an den gleichen Dokumenten zu arbeiten. In den neuen Meetings redeten die Alten und ließen neue Ideen in alter Weise ungehört. Wichtige Politiker, zufriedene Unternehmensberater kamen und sprachen in Mikrofone von Journalisten. Hände wurden geschüttelt und von Arbeiten 4.0 gesprochen. Die wichtigen und die unwichtigen Menschen kamen, kicherten fotogen in die Kameras der Hauptstadtpresse. Bevor sie gingen, lachten sie vor modernen Kühlschränken mit Club Mate und Bier aus dem Schwarzwald.

Beim Gehen hinterließen sie bei den einen Hoffnungen, Unsicherheit bei den anderen. Mit Veränderungen ist es so eine Sache.

Nina wollte meine nicht mehr ignorieren. Wollte reden über meine mittäglichen Abwesenheiten und die Abwesenheit unserer Freundschaft. Manchmal sagte ich laut, was ich dachte oder annahm, das andere dachten.

„Nein, du wirst mich nicht ficken", schleuderte ich einem Kollegen entgegen, als der sich beim Monatsmeeting, das früher Mitarbeiterversammlung hieß, neben mir in ein orangefarbenes Sofa schmiss.

„Was war denn das?", fragte Nina.

„Was?", fragte ich nur schnippisch zurück.

„Marie, du hast dich verändert." In Ninas Stimme lag Besorgnis. „Mir gefällt die neue Marie. Aber pass auf", sagte sie.

Den warnenden Unterton hörte ich nicht. Die nächste Nachricht von Nikolas blinkte auf.

„Was bist du?" 9:35 Uhr

„Ich bin dein, Herr." 9:36 Uhr

Diesen Satz Tag für Tag mehrfach zu schreiben war längst zu einer wohltuenden Routine geworden. Als würde ich damit täglich mein Versprechen wiederholen. Das Geschriebene wurde zur Wahrheit, zur Realität und doch war es mehr als das. Es gab mir Ruhe und Sicherheit. Ich wollte, was ich schrieb. Ihm zu gehören gab mir eine erfüllende Kraft und ich musste täglich in diesem Gefühl bestätigt werden.

„Was bist du für mich? Außer mein Herr?" 9:40 Uhr

„Ich bin dein Begleiter."
„Dein intimster Vertrauter."
„Ich weiß als Einziger, wie du dich veränderst."
„Mir gibst du deine Seele,"
„Den anderen dein Fleisch." 9:45 Uhr

„Den anderen?“ 10:10 Uhr

„Ja.“
„Es wird Zeit.“ 10:11 Uhr

„Du machst mir Angst.“ 10:11 Uhr

„Das ist gut.“
„Wir werden letztlich sehen, wann du so weit bist.“ 10:13 Uhr

„Wofür?“ 10:14 Uhr

„Halt deine Hurenfresse.“
„Du hast keine Ahnung.“
„Dummes Ding.“
„Dir muss man sogar das Atmen erklären.“ 10:15 Uhr

„Sag es.“
„Los! Jetzt sofort auf Sprachnachricht Herr ich bin ein Nichts. Wertlos und unwürdig.“ 10:20 Uhr

Ich konnte darauf nicht antworten. Begann zu zittern und suchte einmal mehr Schutz in den schmalen Kabinen der Bürotoiletten. Nikolas’ Nachrichten veränderten sich. Noch kein verbindendes Wort an diesem Morgen, nur diese kleinen Beschimpfungen, seine Gefühlsumbrüche, als sei er enttäuscht. Hatte ich etwas falsch gemacht? Innerlich leer quälte ich mich durch den Arbeitstag und dann nach Hause. Ich wusste nicht, ob ich ihn an diesem Abend noch sehen würde. Keine Nachricht mehr seit dem Vormittag. Doch er war die meiste Zeit online, das sah ich. Wartete er auf die Sprachnachricht? Wie sollte ich diese Worte schreiben, mehr noch, sie aussprechen? Ich sei nichts wert und unwürdig? Schrieb er mir nicht, um mich zu bestrafen, weil ich nicht getan hatte, was er forderte?

Unfähig irgendetwas Sinnvolles zu tun schleppte ich mich durchs Haus. Warum waren die Mädchen ausgerechnet heute mal da? Aus ihren Zimmern dröhnte Musik und lautes Lachen sagte mir, sie waren nicht allein. Paul bemerkte meine innere Abwesenheit. Ob ich heute noch was vorhätte. Was sollte ich sagen? Ja, eigentlich ja, aber ich wüsste gerade nicht genau, ob das klappen würde. Was das denn für merkwürdige Verabredungen seien, von denen ich nicht wüsste, ob sie klappten. Und überhaupt, ich hätte mich verändert, was eigentlich los sei mit mir. Er wünsche sich seine Marie zurück. Nur weil er nichts sagte, hieße das ja nicht, dass er nicht merken würde, wie sehr ich mich verändert hatte. Jetzt nicht, dachte ich nur. Bitte nicht jetzt. Ich musste Nikolas sehen, ihn fühlen, brauchte ihn. Für diese Art Gespräch mit Paul war ich nicht in der Verfassung. Und doch wusste ich, dass es kommen musste. Nur nicht jetzt. Nicht heute. Nervös und von einer Unruhe getrieben irrte ich durchs Haus, räumte hier und da etwas auf, putzte die Toiletten und legte Wäsche zusammen.

Warum meldet er sich nicht? Ich begann mir vorzustellen, dass ich Nikolas nie wieder sehen würde. Der Gedanke löste einen Würgereflex aus. Mir wurde schlecht und ich erbrach das Wenige, was ich an diesem Tag gegessen hatte. Aus Unruhe wurde Panik. Unerträglich zerriss mich der Drang ihn spüren zu müssen, von innen. Wie ein Gift fraß sich etwas durch meinen Körper. Hatte ich so etwas je gefühlt, erlebt? Sehnsucht konnte meinen apathischen Zustand und den Schmerz, den ich auf der Haut spürte, nicht beschreiben. Liebeskummer taugte als Wort nicht für jemanden, dem das Atmen kaum noch gelang. Ein Druck, von innen kommend, baute sich auf, mehr und mehr, musste raus. Ich hielt es mit mir nicht mehr aus.

Unter Tränen und mit zitternder Stimme hauchte ich, unter der Decke auf dem Bett im Gästezimmer kauernd, diesen Satz in das Mikro meines iPhones. Hoffentlich erwischte mich jetzt Paul nicht. Herr, ich bin ein Nichts. Nichts wert und unwürdig. Erschöpft rutschte mein Daumen von diesem kleinen Mikrofonsymbol, hörte ich das Rauschen der ausgehenden Nachricht. Nikolas hatte bekommen, was er wollte. Und doch schrieb ich ihm sicherheitshalber noch eine Nachricht hinterher.

„Ich brauche dich." 20:30 Uhr

„Komm her." 20:35 Uhr

Endlich. Ohne ein Wort zu Paul floh ich, mehr als dass ich ging, vor dem, was ich hatte, oder wurde angezogen von etwas, das mir fehlte. Die Sucht nach seiner Nähe, nach den großen dunklen, blauen Augen, diesem irren Blick, ließ mich über halb rote Ampeln jagen Richtung Wilmersdorf, aufgeregt und voller Angst, er könne es sich doch noch einmal überlegen. Der liebliche Harfendreiklang seines Klingeltons erfüllte mich eine kurze Sekunde mit Ruhe. Auf dem Weg zu seinem Haus las ich.

„Du hast eine Stunde."
„Dann gehst du wieder."
„Heute gibt es keinen Herrenschwanz." 21:16 Uhr

Nur eine Stunde? Kein Sex? Nein! Warum? Nein, ich brauchte mehr. Wollte mehr. Ich rannte die Treppe hinauf. Die Wohnungstür stand offen, überall Licht. Aufgedreht, fröhlich, rief er aus dem Bad: „Komm rein und sei einfach nur cool."

Die Klospülung rauschte. Ich blieb in der offenen Badtür stehen. Kurze Hose, rote Wangen, dunkelblaues T-Shirt. Er sah gut aus.

„Nimm dir einen Wein", sagte er und nickte in Richtung Balkon.

Zwei Weingläser, zwei Flaschen Rosé, eine leer auf dem kleinen Balkontischchen, der genau dort stand, wo ich ein paar Tage vorher, mehr hängend als stehend, ausgeharrt hatte. Wissend, dass ich Wein nicht mochte, ihn nicht vertrug, schob er mir ein drittes volles Glas entgegen. „Trink", sagte er lächelnd. Er hätte gerade noch Besuch gehabt, eine Kollegin. Er wirkte aufgekratzt und plapperte ohne Punkt und Komma, als seien wir alte Freunde. Jetzt erst wurde mir bewusst, dass wir uns noch nie wie Freunde unterhalten hatten. Wo war der Mann, der mir noch vor wenigen Stunden diese verstörenden Nachrichten geschrieben hatte? Wo war der Mann, der von mir verlangt hatte zu sagen, ich sei ein Nichts? Er saß mir gerade nicht gegenüber. Die erste wärmere Sommernacht ließ mich frösteln. Wie viele Gesichter hatte Nikolas? Er müsse mir etwas zeigen, und sein Blick schwenkte durch die weit offen stehende Balkontür zum Sofa in seinem Wohnzimmer. Mehrere rosafarbene glitzernde Kleidchen, Leggins, Schuhe, Strickjacken, alles sorgfältig auf Bügel gehängt und ausgebreitet. Wie ich das fände. Ob seine Tochter sich freuen würde. Er war so voller Liebe und Vorfreude darauf, wie sie ihrem Papa dankend um den Hals fallen würde, für all das rosa Glitzern. Sprachlos gefiel ich mir darin, ihm zuzuhören. Sehnsuchtsvoll warm, fast etwas eifersüchtig spürte ich die Liebe zu seiner Tochter. Den Moment genießend, da er mit mir diese Gefühle teilte, fühlte ich mich geborgen und ihm nahe. Er war in einer anderen Rolle und mir gefiel es. Es gab keine Zeit, nur Nähe, und es gab Klarheit. Ich liebte ihn.

Die Stunde sei wohl nun vorbei, rutschte es mir heraus, mit mehr Traurigkeit und Bedauern, als ich es wollte. Er lächelte mich an. Etwas Unsicheres hatte dieses Lächeln. Weich und verlegen blickte er zur Seite und sagte nur ja. Im selben Augenblick hatte seine Hand sicher und fest in meine Haare gegriffen. Er zog mich daran ins Zimmer, warf schnell eine Decke auf das Parkett.

„Los“, befahl er nun mit einer distanzierten Kälte in der Stimme.

Kniend reckte ich ihm meinen Hintern entgegen, mit einer Hand drückte er Kopf und Oberkörper nach unten. Das Kondom war blutverschmiert und lag keinen Meter entfernt unter seinem Bett. Er sprach nicht. Ich fiel in mich zusammen. Regte mich nicht, machte nicht mit, war nur Gegenstand, fühlte nicht, wollte nur den Wein wieder auskotzen, der mich auf nüchternen Magen betrunken gemacht hatte. Gefühlstot, gekränkt, stumm starrte ich das Kondom unter seinem Bett an, während er mich fickte.

„Steh auf und räum die Gläser in die Küche. Dann verschwinde, sagte er kalt.“ Der sympathisch plappernde Junge war verschwunden.

Viel anzuziehen hatte ich nicht. Einen Slip trug ich nicht. Er hatte nur den Rock hochschieben müssen. Paralysiert und stumm nahm ich die Gläser und suchte in der Küche zwischen all den Töpfen und Geschirr einen Platz zum Abstellen. Der

Mülleimerdeckel war hochgeklappt. Der Tampon lag ganz oben auf, als wäre er gerade eben dort abgelegt worden. Welche Frau tat so etwas? Warum hatte sie ihn nicht in Toilettenpapier eingewickelt? Sollte ich ihn finden?

Wir hatten ein paar Mal Sex, während ich blutete. Mit ihm war mir egal, was mich früher beschämte. Nikolas war Arzt und wie er seine Bettwäsche hinterher sauber bekam, darüber hatte ich mir eigenartigerweise noch keine Gedanken gemacht. Das war neu und exakt das, was mich an ihm so faszinierte. Ich war einfach nur ich. Dachte nur an mich. Für mich war Sex, während ich meine Tage hatte, sehr persönlich. Es verletzte mich zu sehen, dass er es auch mit anderen tat. Mehr noch, als es nun die Gewissheit gab. Er hatte auch noch andere Frauen.

Ich drehte mich noch einmal um. Er wollte die Tür schon greifen, um sie hinter mir zuzumachen.

„Räum deine Kondome doch wenigstens weg, bevor ich komme!" Es gelang mir, ihm dabei direkt in die Augen zu sehen.

Verlegen schaute er zur Seite. Fast schüchtern, ertappt wie ein Schuljunge, flüsterte er „Du wusstest, dass du nicht exklusiv bist."

Ich zeigte auf den Mülleimer.

„Ah, das", er nickte verlegen. „Es gibt viele Frauen, die in diesem Haushalt ein und aus gehen."

Das war nicht das, was ich hören wollte. Auf dem Weg zum Auto liefen meine Tränen. Es war der erste von vielen kommenden Abenden, an denen ich mehr dort ließ, als ich mitnahm. Schlaflos heulte ich in meinem Bett, das seit einiger Zeit das im Gästezimmer war. Paul neben mir hätte ich in dieser Nacht nicht ertragen.

„Du warst gut."
„So ist es richtig."
„Still dem Herrn deinen Körper hinhalten." 2:30 Uhr

Meine Verletztheit führte meine Finger, die unentschlossen ein weiteres Mal seine Nummer löschten. Ich glaubte wirklich, dass Nikolas verschwinden würde. Mit seinem Profilfoto und unseren

Nachrichten, die einfach weg waren, sobald ich auf „diesen Chat löschen" gedrückt hatte, hoffte ich, würde das in mir verschwinden, wofür ich keine Worte finden konnte. Das Etwas, das mich zunehmend lebensuntauglich machte.

Er war weg. Für einen Moment fühlte ich mich leicht und befreit und verstand nicht, wie ich mit und ohne ihn das Gleiche fühlen konnte.

Einen Tag, aber immerhin diesen einen, kam ich ohne ihn aus. Stolz und tief erschöpft freute ich mich über die schmutzige Wäsche und das Durcheinander, das mein Zuhause war. Es zu reinigen hieß mich von ihm zu reinigen.

Am nächsten Morgen schwächte mich die Sehnsucht. Nikolas fehlte mir. Seine Nachrichten fehlten mir. Seine Aufmerksamkeit, sein Interesse an mir. Ich starrte auf mein Handy, aber kein „Was bist Du?" blinkte auf.

Gegen Mittag hatte ich noch immer nicht gegessen nach einer schlaflosen Nacht, hatte nicht gearbeitet, stand nur schweigend in Meetings und versuchte Nina nicht anzusehen. Ich fühlte mich krank. Ein Fieber brannte sich auf meine Haut.

„Geh," sagte Nina, „Ich mach das hier. Zum letzten Mal oder du redest endlich!"

Wie gern hätte ich jetzt eine Freundin gehabt. Eine zum Zuhören und eine, die mir Ratschläge gab. Beides war nötig.

Ich tippte in meinem Handy und suchte nach den Sätzen, die mich zur Ruhe kommen ließen. „Zuletzt gelöschte Chats" hieß die Medizin, die mein Fieber augenblicklich heilte, als ich den „Wieder herstellen"-Button drückte.

Unendliche Minuten, Stunden und Tage, es verging die Zeit und mein Gefühl dafür. Ohne Zeit wusste ich nicht mehr, ob ich Essen, Trinken oder Schlaf brauchte.

Seit diesem Tag veränderten sich unsere Spiele und seine Nachrichten.

„Was bist du?" 6:30 Uhr

„Antworte!“ 7:03 Uhr

Stolz zählte ich die Minuten, die ich mit einer Antwort zögerte.

„Was soll das?“ 9:30 Uhr

„Antworte, wenn dein Herr dich ruft.“ 11:30 Uhr

„Ich bin noch verwirrt wegen neulich Abend.“ 15:00 Uhr

„Dein Leid gehört mir.“
„Du leidest für mich.“ 15:15 Uhr

Schleichend, langsam, fast unmerklich wurden unsere Treffen weniger. Sie veränderten sich. Es dauerte Tage, die nun schon eine volle Woche füllten, bis ich endlich wieder seine Wohnung betrat. In gieriger Erwartung der Orgasmen, die er mir machen würde, rannte ich die zwei Treppen im Hinterhaus zu seiner Wohnung hinauf und öffnete die angelehnte Tür. Lächelnd kam er mir im Flur entgegen. Ich freute mich auf einen Kuss, eine Umarmung und bekam eine Ohrfeige, deren Wucht mich gegen die Wand warf. Etwas Warmes lief aus meinem Ohr meinen Hals hinunter. Sofort drückte er mich mit dem Gesicht an die Wohnungstür, die er schnell geschlossen hatte, und befahl mir, meine Beine auseinander zu machen. Mit meinen hohen Schuhen, die ich immer trug, war ich wirklich einen guten Kopf größer als er. Wie er es schaffte, mich dennoch sofort in den Arsch zu ficken, ist mir unklar. Stand er auf Zehenspitzen? Seine Technik dabei erlaubte es ihm maximal tief und hart zu stoßen. Mir gefiel das und es erregte mich. Das Blut trocknete, von ihm gesehen, aber unbeachtet, an meinem Hals.

Ein paar Tage später würde mich eine Ärztin beruhigen. So ein Trommelfellriss heile sehr schnell.

Er packte mich an den Haaren. Ich wollte zusammensinken, doch er hielt mich aufrecht und lehnte mich an die Wohnungstür.

„Sieh mich an“, befahl er kalt.

Wohl weil er mit links schlug, überraschten mich seine Ohrfeigen jedes Mal. Diese warf mich zu Boden. Wieder schlug mein Kopf gegen die Wand. Zusammengerollt vor Schmerz und Schwindel, der mich nicht aufstehen ließ, traf mich sein Fuß immer wieder im Bauch. Er trat nach mir und auf mir herum. Sein Fuß auf meiner Wange, hielt meinen Kopf am Boden, während er mit der Gerte, von der ich nicht wusste, woher sie plötzlich kam, auf mich einschlug.

„Auf die Knie!" Er sprach ruhig und bestimmt.

Ich tat, was er sagte, so gut es ging. Meine rechte Rippe schmerzte unerträglich. Panik überkam mich. Angst, er hätte mich ernsthaft verletzt. War sie gebrochen?

Lappen und Reinigungstücher wurden mir entgegengeworfen.

„Ausziehen! Ganz nackt! Du putzt jetzt!"

Schnell waren die Seile um meine Hände und Füße gebunden. Ich wagte nicht aufzuschauen. Es war jetzt fast halb zehn am Abend und ich begann zu putzen. Nackt, gefesselt und auf Knien rutschte ich über die Fliesen in seiner Küche.

Amtliche Briefe, in dicken Stapeln, würden die Sorgerechtsgeschichte hinter den rosafarbenen Glitzerkleidchen erzählen können. Sie lagen auf zwei zusammengewürfelten Stühlen, die sich um einen kleinen runden Tisch zwängten, dessen Wachstuchdecke meinen Kopf streifte. Ein Kühlschrank, zu dem man sich bücken musste. Ein geblümter Vorhang verbarg das Putzzeug unter der Spüle, die einsam, ohne die Einrahmung einer Arbeitsplatte, auskommen musste. Ein Regal aus unbehandeltem Holz gab den wenigen verbliebenen Töpfen, Tellern und Tassen, die nicht in der Spüle auf ihre Reinigung warteten, eine Art Ordnung.

Nikolas wusch sich ständig die Hände und seinen Schwanz. Eine Hygiene, die seine Küche nicht bekam. Ich hatte wirklich Lust sie aufzuräumen.

„Wo sind die Klammern?", schrie er mich an. Ich hörte, wie er erst in meiner Tasche kramte und fluchte. Die Balkontür öffnete und schloss sich. Ich hatte einmal beobachtet, dass er sein Sexspielzeug in einer Tüte auf dem Balkon aufbewahrte, die an einem Haken hing. So weit oben, dass er sich auf einen Stuhl stellen musste, um sie zu erreichen. Er kam mit Klammern zurück, die er mir an meine Brustwarzen klemmte. Die kleinen Rädchen daran, mit denen man die Festigkeit der Warzen, die wie in einem Schraubstock geklemmt lagen, verstellen konnte, drehte er bis zum Anschlag zu. Ich schrie vor Schmerz, der mich fast ohnmächtig werden ließ. Er trat nach mir.

„Zieh deine Schuhe wieder an, du blöde Fotze!"

Die Arme nach vorn, beide Hände zusammengebunden, auf Knien und Ellenbogen, die Füße ebenfalls zusammengebunden, rutschte ich durch seine Küche und reinigte so gut es ging die verklebten Fliesen, auf denen ich auch Glassplitter fand.

Aus dem Zimmer hörte ich den Fernseher, der an seinem Bett stand. Er musste sich hingelegt haben.

Eine Stunde oder zwei, vielleicht waren es auch nur Minuten, ich hatte kein Gefühl mehr, weder für die Zeit noch für mich, als ich mir in Küche und Bad die Knie wund schubberte, wischte und sortierte, säuberte, was ich von unten erreichen konnte. Mit gefesselten Beinen und Armen konnte ich nicht aufstehen. Meine Gedanken verliefen sich. Ich tat es einfach. Mein Leben war weit weg. Es war egal. Ich war hier und er in meiner Nähe. Nicht nachzudenken half mir zu vergessen und mich nur auf mich im Jetzt und diesen Augenblick zu konzentrieren. Der aufkommende Schmerz in meinen Knien verdrängte den in meinen Brustwarzen. Ihn wegzuatmen brauchte Konzentration und ließ keinen Raum, um an meine Arbeit oder mein Leben mit Paul zu denken. Ich fühlte mich frei und nach diesem Gefühl war ich süchtig.

Plötzlich im Bad stand er hinter mir. „Stell die Waschmaschine an!"

Er reichte mir Waschmittel und Hygienespüler nach unten. Ich benutzte nicht einmal Weichspüler, tat aber, was er sagte. In der Maschine lag die blau-weiß gestreifte Bettwäsche. Da erst fiel mir auf, dass fast jedes Mal andere Bettwäsche aufgezogen war, wenn ich kam.

Seine Hand griff in mein Haar. Er war wütend und beschimpfte mich, während er mich den schmalen Weg an der Badewanne vorbei über die kalten Fliesen zum Klo am Ende des schlauchartigen Bades zerrte.

„Leck es sauber, du dreckige Fotze. Ich bin den ganzen Tag auf der Station und habe Verantwortung für über 100 Patienten. Verstehst du!? Juristische Verantwortung. Und du bist zu blöd mein Klo sauber zu lecken!"

Ich bekam Angst. War das noch Teil des Spiels? Er war so echt. Seine Stimme fest und hart. Die Toilette roch nach dem zitronigen Reinigungsmittel, mit dem ich sie gerade gesäubert hatte.

„Leck", befahl er. „Leck sie sauber."

Er drückte meinen Kopf in die Toilette und klappte den Deckel zu. Minuten vergingen, mein Kopf eingeklemmt in seiner Toilette. Ich begann zu frieren.

Ein Gedanke kam mir. Mehr eine Frage. Sie war kurz, aber klar. Was tat ich hier? Warum stand ich nicht einfach auf und ging? Kurz sah ich mich von außen, neben mir und von oben, mit Abstand, wie ich da hockte, nackt, gefesselt in hohen Schuhen und auf Knien den Kopf in einem Klo.

Da klappte der Klodeckel schon hoch, seine Hand griff fest in meine Haare, an denen er mich zurück Richtung Waschmaschine zerrte und mich zwang, aufrecht zu stehen, auf meinen noch immer zusammengebundenen Füßen. Ich wankte, schwankte und hatte Angst auf Fliesen oder Wanne zu stürzen. Wieder schepperte eine Ohrfeige auf meine Wange und hätte er mich nicht an den Haaren gehalten, die nun mein gesamtes Körpergewicht trugen, wäre genau das passiert. Er zog mich aufrecht auf meine Füße, packte meinen Kopf mit beiden Händen so, dass ich auf die Waschmaschine schauen musste.

„Du solltest heute zu mir kommen. Verstehst du das denn nicht? Es ist wichtig, dass du immer machst, was ich dir sage. Nur so kann ich dich beschützen."

„Ich habe Durst und ich muss mal." Es war das Erste, was ich an diesem Abend sprach.

Sein Finger schnippte eine Parfümflasche um, die zwischen vielen anderen Flaschen, Zahnputzbechern und Kosmetika auf der Waschmaschine stand.

„Schade“, sagte er jetzt weich. Es klang enttäuscht. Dann erst erkannte ich, dass es mein Parfüm war, das er wie eine Figur neben seins gestellt hatte.

Heulend begriff ich den symbolischen Akt dahinter. Wann hatte er mein Parfüm aus meiner Tasche genommen? Wann es auf die Waschmaschine gestellt? Mein Parfüm in seinem Bad. Ich bin eingezogen.

Er befreite mich von meinen Fesseln, strich mein Haar zurecht. „Komm, Liebes.“ Nackt setzte er sich auf die Toilette und mich breitbeinig auf sich. „Jetzt kannst du pissen“, dabei legte er sanft zärtlich meinen Kopf auf seine Brust, seinen eigenen genießend nach hinten und schloss seine Augen. Seine Arme hielten mich fest. Eine Hand streichelte meinen Kopf. Ich entspannte mich an der Wärme seines Körpers, der Nähe, die von einem durch den anderen Körper strömte, und pisste. Es lief über seinen Bauch, Schwanz und Eier in die Toilette. Stöhnend, mit geschlossenen Augen, seine Arme hielten mich weiter fest umklammert. Friedlich, nah und vertraut gehörte ich nur ihm und wollte es für immer bleiben, würde dieser innige Moment nie enden.

„Du hast den perfekten Frauenkörper“, damit setzte er mich in seine Badewanne und ließ warmes Wasser über meinen Körper laufen. Wie ein Vater sein Kind wäscht und voller zärtlicher Sorgfalt, seifte er jeden Zentimeter meiner Haut ein und achtete darauf, dass kein Schaumrest zurückblieb. Eingehüllt in ein weiches, großes, sauberes Handtuch führte er mich zu seinem Bett und reichte mir ein Glas Wasser und einen Wodka.

„Du hast es dir wirklich verdient. Nun ist es Zeit für das Abendessen deines Herrn. Dafür muss ich dich ans Bett binden. Schaffst du das?“

Ich hauchte ein Ja und hatte keine Idee, was er vorhatte. Er legte mich mit dem Rücken auf sein Bett. Erst eine Schlaufe um Hand und Fußgelenke, dann fixierte er die roten Seile an seinem Bett. Zufrieden betrachtete er sein Werk und mich, die kein Wort mehr sprach und still dalag.

„Ich bin in 20 Minuten wieder da. Du hast Licht und Musik."

Er war schon früher zurück. Stellte mir etwas auf seinen Nachttisch neben dem Bett, das ich nicht essen würde. Sorgsam hatte er sich auf einem Teller etwas zu essen gelegt und die Serviette nicht vergessen. Unter dem Pfingstrosenstrauß neben der Vase stand auch ein Glas Rosé, alles schön arrangiert. Die Seile, die eben noch meine Handgelenke am metallenen Bettgestell fixiert hatten, waren schnell gelöst.

„Und, war es schlimm?", fragte er zärtlich.

„Nein."

Ich wusste noch nicht, dass das nur der Probelauf war und ich beim nächsten Mal fast daran sterben würde. In diesem Moment war ich bezaubert, erotisiert und fühlte mich so sehr zu Hause, angekommen, aufgehoben, dass nichts die ruhende Gelassenheit in mir hätte zerstören können.

Für mich gab es keinen Teller.

„Lutsch!" Ohne mich anzusehen, befahl er mich mit einer Kopfbewegung, nur im T-Shirt und ohne Hose bereits am Tisch sitzend, zu sich.

„Unter den Tisch, los!" Seine Stimme hatte alle Weichheit verloren.

Während er aß, lutschte ich seinen Schwanz und leckte seine Eier. Immer wieder strich ich mit meiner Wange an ihnen, streichelte sie, zog daran und übte mich darin beide in meinem Mund aufzunehmen. Die meisten Männer haben kleine, borstig zickige Hoden. Seine waren selbstbewusst, ausladend groß, mit so unglaublich weicher Haut darum. Es beruhigte mich und machte mich ekstatisch. Ich liebte es, den beschnittenen Schwanz mit dem kleinen Knubbel an der Seite tief im Rachen einzusaugen und so zu massieren. Dabei seine führend unnachgiebig drückende Hand auf meinem Kopf. Meine Nase tief gepresst in das weiche Fleisch seiner Eier. Keine Luft zu bekommen erregte mich nur noch mehr, ließ mich ankommen. Sicher, zu Hause, aufgehoben, ich wurde süchtig nach dieser ausgeglichenen Zufriedenheit, die ich dann spürte. Immer und immer wieder – wie eine

Droge wollte ich mehr und mehr, begann zu leiden, wenn ich es ein paar Tage nicht fühlen konnte.

„Das war's für heute. Du gehst jetzt!"

Es war zwei Uhr, als ich auf der Straße stand und erst da merkte, dass wir heute keinen Sex gehabt hatten.

„Was bist du?" 2:02 Uhr

„Dein." 2:03 Uhr

„Was brauchst du?" 2:04 Uhr

„Ich brauche dich, Herr." 2:05 Uhr

„Gut."
„Wir werden uns erst einmal nicht mehr sehen." 2:06 Uhr

„Was habe ich falsch gemacht? Warum?" 2:06 Uhr

„Weil ich es so will." 2:07 Uhr

Noch aufgewühlt vom Abend, dem innigen Erleben der Nähe, entzog mir dieser erneute Bruch alle Lebensenergie. Ich fand keinen Schlaf. Sehnsüchtig ging der Blick in der Nacht und am Morgen immer und immer wieder auf mein Handy. Es sollten keine Nachrichten kommen. Müde und leer, einem Haushaltsautomaten gleich, wusch und putzte ich das Haus. Erschöpft, unkonzentriert bewegte ich mein Rad durch einen eigentlich sehr schönen Sommermorgen durch den Tiergarten in Richtung Büro. Sitzungen reihten sich an Termine und Calls, denen wiederum Termine folgten, den Terminen folgten die Anträge. Ich würde reisen müssen, sagte man mir. Heute war mir alles egal. Die aufgeregten Diskussionen meiner Kollegen erschienen mir abgehoben, weit weg und hatten nichts mit mir zu tun.

Nina organisierte mir Verabredungen zum Lunch. So aß ich ab und an. Noch immer hörte ich nicht den erregenden Harfenklang von Nikolas' Nachrichten. Nina fand, dass ich elend aussah, und lenkte mich mit vielen Fragen und Kaffeepausen ab. Sommerfeste unserer Kunden, ich plante meine nächsten Abende. Verzweifelte Wut drängte in den Raum, den die Leere nicht mehr füllen konnte.

Nicht schreiben! Zeig ihm nicht, dass du ihn brauchst und er dich beherrscht. Doch jeder Versuch, mich von Nikolas zu lösen, scheiterte und strafte mich erbarmungslos mit einer Leere und der Unfähigkeit mein Leben zu leben. Was seine Texte an neuerlicher Kürze auszeichnete, war in den meinen die Länge, die mehr und mehr von meiner Verzweiflung zeugte. Letzte klägliche Versuche irgendwie so zu tun, als hätte ich mich noch im Griff.

„Ich fühle mich wohl mit dir. Ich brauche dich. Ich kenne One-Night-Stands, Affären, doch was ist es, was wir haben und machen? Du bist anders. Ich weiß einfach nicht, wie ich damit und mit dir umgehen soll. Ich lösche dich jetzt. Obwohl ich das gar nicht will. Ich brauche dich. Habe auf meinen Mann, andere Männer und anderen Sex keine Lust mehr. Gehört das alles zum Spiel? So will ich das nicht mehr. Mach's gut, Nikolas!" 15:42 Uhr

„Und was habe ich damit zu tun?" 15:53 Uhr

Die Unruhe verschwand in derselben Sekunde, da ich die Nachricht sah. Eine Ertrinkende, die schon Wasser in den Lungen hatte. Im wirklich allerletzten Moment drückte der Klang der Harfe das Wasser, das die Lungen schon erreicht hatte, heraus und ermöglichte einen überdosierten tiefen Atemzug Kontakt.

„Du willst mich verletzen? Ich war doch nur ehrlich zu dir. Offen, unvorbereitet auf das, was du mit mir machst. Ich möchte deine Hure, deine Sub sein, auch wenn ich keine Idee habe, was das wirklich für dich und mich bedeutet. Ich sehe die rosafarbenen Schuhe deiner Tochter, die Fotos von ihr und dir auf WhatsApp. Beginne mich fragen zu wollen, warum du mit ihrer Mutter nicht mehr zusammenlebst. Ich möchte mich für dich interessieren dürfen. Merke, ich weiß gar nichts von dir. Kein Grund mich so zu verletzen, nur, weil ich dich gern habe. Der Sex mit dir ist unglaublich, nie langweilig. Deine Schläge sind zart und der Schmerz dazu hat Suchtpotenzial. Du wolltest einmal, dass ich ‚Ich liebe dich' zu dir sage. Nun fühle ich es. Du willst das nun doch nicht. Ok, verstehe. Doch quäle mich nicht weiter. Verletze mich nicht mehr. Ich hätte dich sehr gern richtig kennengelernt. Mach's gut." 16:10 Uhr

„Du bist nichts." 16:11 Uhr

„Lass mich einfach." 16:12 Uhr

„Was brauchst du?" 16:13 Uhr

„Dich nicht mehr." 16:14 Uhr

„Du wirst verfügbar sein." 16:14 Uhr

„Nein. Es ist vorbei." 16:15 Uhr

„Nass und verfügbar." 16:16 Uhr

„Wie fühlst du dich?" 16:50 Uhr

„Leer, traurig." 16:55 Uhr

„Doch du bist noch nicht richtig fertig."17:05 Uhr

„Das will ich auch nicht. Hör auf mich so zu quälen." 17:06 Uhr

„Beschreib deine Situation." 20:30 Uhr

„Ich weine, ich vermisse dich, ich trauere, weil ich mich von dir verabschiede." 20:41 Uhr

„Kannst du dir vorstellen, ohne mich zu sein?" 20:45 Uhr

„Nein. Das ist ja das Problem." 20:46 Uhr

„Wem gehörst du?" 20:51 Uhr

„Sag es!" 23:02 Uhr

Ich war gerade in meinem Sportstudio und hatte versucht mit Yoga meine Gedanken an Nikolas zu verdrängen. Gestärkt, voll selbstbewusster Entschlossenheit, widerstand ich dem Drang ihm zu schreiben. Diesmal würde ich es schaffen. Einem Mantra gleich sagte ich mir diesen Satz beim Einschlafen wieder und wieder.

War es das lange Wochenende? Nur Paul, die Mädchen. Das normale Familienleben, kochen, grillen bei den Nachbarn, Freunde treffen, Gartenarbeit? Die Stunden vergingen, Nikolas schrieb nicht. Ich sah ein neues WhatsApp-Bild. Mit hochgekrempelten Hosenbeinen watete er durch ein steiniges Wasser und hielt seine Tochter, ganz in Rosa und mit langem, offenem Haar, auf seiner Hüfte fest umschlossen. Er bückte sich, sie tragend, nach einem Stein. Dieses Bild war so voller inniger Liebe und ließ nichts erahnen von seinen sadistischen Neigungen. Sofort verliebte ich mich noch mehr in ihn. Er war in einem anderen Leben. Einem Leben mit seiner Tochter. Ich gehörte nicht dazu. Die Erkenntnis, so klar und natürlich, traf mich kalt, kaum ertrug ich noch die Sonne dieses Sonntags.

## Montagmorgen

„Was bist du?“ 6:30 Uhr

„Deine dir hörige Süchtige.“ 6:31 Uhr

Buchstabe für Buchstabe reihte sich aneinander: Als hätte man es mir wieder erlaubt, kehrte mit jedem Klick das Leben in mir zurück.

„Wie fühlst du dich?“ 6:44 Uhr

„Unvollständig.“ 6:45 Uhr

„Wie war es ohne meine Anweisungen?“ 6:50 Uhr

„Sie fehlen mir. Ich brauche es.“ 6:51 Uhr

„Genauer.“ 6:55 Uhr

„Ich fühlte mich sinnlos, leer.“ 6:55 Uhr

„Wem gehörst du?“
„Sag es!“ 6:56 Uhr

„Ich gehöre dir.“ 7:04 Uhr

„Ich will nie mehr, dass mich jemand anderes anfasst oder fickt.“ 7:10 Uhr

„Dann beweise es.“ 7:20 Uhr

„Wie?“ 8:15 Uhr

„Du bist so gewöhnlich.“
„Musst du fragen?“
„Kannst du es nicht aus dir selbst heraus beweisen?“ 8:30 Uhr

„Hilf mir!“ 8:45 Uhr

„Wie sollte ich?“ 8:47 Uhr

„Du bist mein Herr.“ 8:48 Uhr

„Dann beweise, dass du das wert bist.“ 9:25 Uhr

„Was kann ich tun? Woran merkst du es?“ 9:45 Uhr

„Es muss von dir allein, selbständig kommen.“ 9:48 Uhr

„Ich habe dir alles gesagt, was ich fühle, war ehrlich zu dir in dem Wissen, dass du mich dafür wieder verletzen wirst. Hilf mir!“ 10:16 Uhr

„Schon deine Frage macht, dass es nichts mehr wert ist.“ 10:20 Uhr

„Warum tust du mir solche Sätze an? Ich weiß es nicht und verstehe dich einfach nicht. Alles, was ich tue und sage, ist immer falsch.“ 10:35 Uhr

„Du machst nichts.“
„Du fragst.“
„Du lässt machen.“
„Du machst nichts.“
„Weil du nichts kannst.“
„Weil du nichts bist.“ 10:45 Uhr

„Zeig es mir. Hilf mir.“ 10:46 Uhr

„Du solltest es aus eigener Motivation machen.“
„Du fünf.“ 10:46 Uhr

„Was soll ich machen?“ 10:47 Uhr

„Alles.“ 10:48 Uhr

„Ich bin müde, traurig, verzweifelt, Gefühlschaos.“ 10:49 Uhr

„Du geile Sau.“ 10:50 Uhr

„Ich fühle nur noch dich. Und mich nur noch, wenn du schreibst. Bin leer. Bin Hülle. Was machst du mit mir?“ 11:30 Uhr

„Was brauchst du?“ 12:32 Uhr

„Dich.“ 12:33 Uhr

„Genauer.“ 12:34 Uhr

„Das Gefühl, dich zu brauchen, macht mich zunehmend fertig.“ 12:35 Uhr

„Lenk nicht ab.“
„Weiter. Was brauchst du?“ 12:37 Uhr

„Deine Art wie du mich fickst. Den Sex.“ 12:38 Uhr

„Weiter.“ 12:38 Uhr

„Ich kann mich nicht mehr konzentrieren, schaffe es kaum zu arbeiten, zu leben, Mutter und Ehefrau zu sein.“12:39 Uhr

„Gut.“
„Du bist süchtig.“ 12:40 Uhr

„Ich denke den ganzen Tag nur an Sex mit dir.“ 12:41 Uhr

„Genauer.“ 12:42 Uhr

„Die Art, wie du mich stößt."
„Ich will und brauche das immer und immer wieder!"
12:43 Uhr

„Weiter, was noch?" 12:43 Uhr

„Du weißt es."12:44 Uhr

„Ich will, dass du es sagst." 12:44 Uhr

„Ich trau mich nicht." 12:45 Uhr

„Los. Schreib es!" 12:46 Uhr

„Ich brauche, den Schmerz, den du mir machst."
„Diese tiefen Orgasmen, die mich leer und erfüllt gleichzeitig machen." 12:47 Uhr

„Sehr gut." 12:47 Uhr

„Ich muss in deiner Nähe sein. Will die Spuren, die deine Schläge bei mir hinterlassen, jeden Tag spüren. Wenn Sie verblassen, verblasst du und hinterlässt eine Leere und mich losgelöst, schwebend. Das kann ich nicht mehr ertragen." 13:25 Uhr

„Du bist schon gut fertig."
„Aber noch nicht fertig genug."
„Du bist abhängig."
„Sag es. Was bist du?" 13:40 Uhr

„Ich bin abhängig von dir. Süchtig nach dir. Den Schmerzen, die du mir machst, dem Sex, den Orgasmen, die du mir machen kannst." 13:41 Uhr

„Du bist hörig."
„Du wirst es jetzt jeden Morgen schreiben, Nutte."
„Wem? Sag es!" 13:42 Uhr

„Ich bin dir hörig." 13:42 Uhr

„Sag es noch einmal."13:43 Uhr

„Ich bin abhängig von dir. Ich brauche dich. Bin dir hörig. Herr." 13:44 Uhr

„Ich muss bei dir sein, um vollständig zu sein." 19:51 Uhr

„Dann komm her." 19:52 Uhr

„Will deinen Schwanz lutschen. Deine schönen großen, weichen Eier. Brauche nur noch Sex mit dir." 20:01 Uhr

„Komm her." 20:01 Uhr

„Dann nicht, gute Nacht." 20:11 Uhr

„Doch. Ich komme. Ich drehe durch." 20:20 Uhr

„Du bist nichts."
„Jedes Mal, wenn du hier bist, finde ich dich schon nach fünf Minuten abturnend." 20:21 Uhr

„Warum sagst du das? Quäl mich nicht." 20:21 Uhr

„Du fünf."
„Du dumme Fotze."
„Du bist alles." 20:22 Uhr

„Bin auf dem Weg."
„Bitte hör auf, diese Psychospielchen mit mir zu spielen. Bitte sei doch einfach nur du." 20:23 Uhr

„Du weißt gar nichts.“
„Es geht nur um dich.“
„Du leidest noch nicht richtig.“
„Du flennst und jammerst nur.“
„Aber du leidest nicht.“ 20:25 Uhr

„Das stimmt nicht. Ich leide sehr.“
„Was fühlst du gerade?“ 20:26 Uhr

„Ich würde jetzt gern meine Schuhe auf dir abtreten.“ 20:27 Uhr

„Das ist kein Gefühl!“ 20:28 Uhr

„Auf deinem Gesicht und deinen Haaren.“ 20:28 Uhr

„Das sind Taten, keine Gefühle.“ 20:29 Uhr

„Ich werde dir eine Glatze schneiden.“ 20:30 Uhr

„Was fühlst du jetzt, da du weißt, wie sehr ich dir verfallen bin? Dich brauche. Dich liebe.“ 20:31 Uhr

„Ich weiß es nicht.“ 20:31 Uhr

„Weißt nicht, wie sehr du mich brauchst?“ 20:32 Uhr

„Belastet es dich?“ 20:33 Uhr

„Du schwafelst.“
„Das ist billig“ 20:34 Uhr

„Nie mache ich etwas richtig für dich.“ 20:35 Uhr

„Du bist die Richtige.“ 20:36 Uhr

„Du mäkelst, beleidigst mich, nörgelst ständig an mir rum.“ 20:37 Uhr

„Du Nutte.“ 20:38 Uhr

„Die Richtige? Wofür? Zum Annörgeln? War es das, was du gesucht hast?" 20:39 Uhr

„Du wirst dich für mich aufgeben." 20:40 Uhr

„Das ist es, was du willst?" 20:41 Uhr

„Du wirst dich aufgeben."
„Du weißt nicht, was hörig sein heißt." 20:42 Uhr

„Wieder so ein Vorwurf. Woher denn auch?"
„Ich habe schon so vieles getan, von dem ich nie gedacht hätte, dass ich es tun würde."
„Am Anfang hast du mich noch Liebes genannt. Jetzt behandelst du mich wie Scheiße." 20:43 Uhr

„Du wirst es machen, weil du es willst und brauchst." 20:45 Uhr

Meine Versuche, mich von Nikolas zu lösen, waren immer ernst, hilflos, inkonsequent, verzweifelt. Die Energie, das intensive Gefühl lebendig zu sein, die mir unsere Treffen gaben, entzog er mir zunehmend nur einen Moment später. Es war Sommer geworden und ich tat, was er mir sagte.

„Was bist du?" 6:30 Uhr

„Deine dir hörige Hure. Dein." 7:30 Uhr

„Wie war es neulich gefesselt zu putzen?" 9:32 Uhr

„Antworte." 11:14 Uhr

„Los." 14:01 Uhr

„Was hast du gefühlt?" 14:22 Uhr

„Antworte." 16:30 Uhr

„Was soll das?" 23:00 Uhr

Nur Stunden, manchmal eine Nacht, gelang es mir nicht zu schreiben. Doch dann trieb es mich nur noch tiefer und tiefer in die Abhängigkeit von ihm.

„Hast Du Liebeskugeln?" 6:40 Uhr

„Nein. Was ist das und warum fragst du?" 6:41 Uhr

„Kauf sie dir. Jetzt sofort. Du musst die großen Kugeln nehmen. 80 g schwer, minmum 3,5 cm Durchmesser." 8:42 Uhr

„Ja, mache ich." 8:43 Uhr

„Und?" 11:05 Uhr

„Was meinst du mit und?" 11:10 Uhr

„Hast du die Kugeln?" 11:11 Uhr

„Ich arbeite." 11:12 Uhr

„Wen interessiert das? Los!" 11:13 Uhr

Das Meeting, in dem ich saß, war nicht zu Ende. Was sollte ich tun? Nikolas drängte.

„Bist du unterwegs?" 11:20 Uhr

Ich würde noch mindestens eine Stunde festsitzen.

„Ich bin in einem Meeting. Kann noch nicht. Später." 11:21 Uhr

Schon das heimliche Tippen unter dem Tisch wurde von meinen Kollegen mit abwertenden Blicken registriert.

„Du dealst und lügst."
„Lass es."
„Billige Pseudo-Sub." 11:25 Uhr

Irritierte Blicke folgten mir, als ich einfach aufstand, etwas von einem Notfall sagte und den Raum verließ. Google spuckte schnell einen Sexshop in der Nähe aus. Ich fuhr ins „Erdbeermund". Ein Sexshop mit angeschlossenem Pornokino gleich am Adenauer Platz. Nikolas sprach oft davon mit mir dorthin zu gehen. Er wollte sehen, wie andere Männer mich fickten, mich anbieten als Billignutte. Das fand ich eklig und gefährlich. Doch es war eine seiner Fantasien die er mit mir erleben wollte. Für mich war es jedenfalls eine Fantasie. Weit weg und unerreicht immer im festen Wissen darüber, dass es unrealistisch unwirklich ist, hörte ich es mir an. Eben eine Fantasie. Doch nun, da ich die Räume betrat und dieser Geruch nach Plastik und Chemie mich fast benommen machte, war ich mir nicht mehr so sicher ob es wirklich nur eine Fantasie bleiben würde. Ich sah wie am hellen Tage Männer durch eine Drehtür gingen, die nach oben führte, und war mir plötzlich sicher. Nikolas kannte diesen Ort. Er wusste genauestens Bescheid. Doch ich hatte keine Zeit länger darüber nachzudenken. Mein Meeting lief noch. Ich musste zurück. So hastete ich durch die Gänge und tat, als würde ich durch einen Supermarkt gehen. Die Auswahl war nicht groß. Ich kaufte, was ich fand, und wollte gerade wieder zurück ins Büro.

„Schieb sie dir rein."
„Jetzt sofort." 12:15 Uhr

„Woher weißt du …?" 12:16 Uhr

„Was bist du?" 12:17 Uhr

„Ich bin deine." 12:18 Uhr

„Dann lass das dümmliche Fragen."
„Sind sie drin?" 12:22 Uhr

Noch im Laden, vor der Verkäuferin, die das nicht besonders beachtenswert fand, riss ich die Packung auf, versteckte mich am Ende eines Ganges und schob mir diese Kugeln rein. Woher wusste Nikolas, dass ich hier war und gekauft hatte, was er wollte?

„Ja, gleich." 12:23 Uhr

„Jetzt. Es ist komisch und tut etwas weh." 12:25 Uhr

Die Kugeln klapperten in mir, als ich auf dem Fahrrad zurück ins Büro und dann eilig in den Besprechungsraum zurückkam, in dem noch immer über den gleichen Punkt diskutiert wurde. Meine Gedanken waren bei den Silikonkugeln, die schwer in mir und vor allem auf meiner Blase lagen. Warum sollte ich sie tragen?

Es war das Letzte, was ich an diesem Tag von Nikolas gelesen hatte. Unsicher vermisste ich die Anweisung, wann ich die Kugeln wieder herausnehmen könnte.

An manchen Tagen schrieben wir uns fast durchgängig. Dann wieder hinterließen lange Pausen eine Leere, die zu füllen ich immer weniger imstande war. Was tat er in dieser Zeit? Jetzt trug ich jeden Tag diese Kugeln in mir. Beckenbodenmuskulatur trainieren. Das Internet wusste Erklärungen über Liebeskugeln, die er mir nicht gab. Losgelöst, schwebend, der Kontaktentzug paralysierte mich. Aktiv und klar war ich nur noch kurz vor und kurz nach unseren Treffen. Die Tage dazwischen wandelte eine Hülle, die nicht mehr ich war, durch ein Leben, das ich nur noch notdürftig aufrechterhalten konnte.

„Was ist mit mir?"
„Was hast du mit mir gemacht?"
„Ich brauche dich." 7:30 Uhr

„Was bist du?“ 8:10 Uhr

„Du meldest dich nicht, dann bin ich hilflos, unbefriedigt, unruhig, aufgeregt.“ 8:11 Uhr

„Du hast deinen Herrn gefunden.“ 8:12 Uhr

„Was ist mit dir?“ 8:12 Uhr

„Es geht nicht um mich.“ 8:13 Uhr

„Für mich geht es auch um dich.“ 8:13 Uhr

„Es geht um dich.“ 8:14 Uhr

„Was bedeutet das, meinen Herrn gefunden?“ 8:15 Uhr

„Sei still.“
„Bist du nass?“ 8:16 Uhr

„Nein gerade nicht, aber es beginnt wieder.“
„Ich möchte still sein, dir vertrauen. Ich möchte so gern, dass du mich bestimmst. Es erfüllt mich, macht mich ruhig. Doch ich habe ein Problem, eine Frage.“ 8:20 Uhr

„Bitte.“ 8:21 Uhr

„Nicht gleich wieder losschimpfen, bitte.“ 8:21 Uhr

„Natürlich nicht. Sag es.“ 8:22 Uhr

„Ich weiß nicht, was wir hier machen. Was für eine Art Beziehung ist das, wie funktioniert das? Ich kann es nicht einsortieren, ich weiß nicht, was ich für dich alles fühlen darf, was soll ich denken, ohne deine Nachrichten fühle ich mich losgelöst, verloren?“ 8:23 Uhr

„Gut."
„Du weißt, was du bist." 8:24 Uhr

„Was bin ich?" 8:25 Uhr

„Du bist meine Sub. Meine Hure."
„Du bist mein Alles." 8:26 Uhr

„Was heißt das praktisch?" 8:27 Uhr

„Du brauchst mich." 8:27 Uhr

„Das ist alles?" 8:28 Uhr

„Ja."
„Du machst, was ich dir sage." 8:29 Uhr

„Was hast du davon?"
„Du brauchst mich nicht, willst mich nicht und meinst gar nicht mich."
„Warum hast du mich neulich weggeschickt?" 8:30 Uhr

„Es geht um dich."
„Es geht nicht um deine Kontrolle." 8:31 Uhr

„Ja, das habe ich verstanden." 8:32 Uhr

„Dann gib endlich Ruhe." 8:33 Uhr

„Wie du willst, dann gebe ich jetzt Ruhe. Aber endgültig. Dieses Mal wirklich. Wir hören auf. Ich muss wieder ein normales Leben leben können. Wieder ich sein." 14:34 Uhr

„Ich dominiere dich." 14:35 Uhr

„Ich kenne Affären oder einmalige Sachen, verlieben, und ich habe meinen Mann, den ich liebe und mit dem ich dachte alt werden zu können. Was bist du? Was soll das werden mit uns? Sei einmal offen und ehrlich." 14:37 Uhr

„Ich dominiere dich. Dich, Marie." 14:45 Uhr

„Was für eine Art Beziehung ist das?"
„Was fühlst du?" 14:46 Uhr

„Es geht nicht um mich."
„Die Sub will raus." 14:47 Uhr

„Auch, wenn es nicht um dich geht, du kennst doch die normalen bekannten Beziehungskonzepte. Was willst du von mir?" 14:50 Uhr

„Ich will deine Aufgabe." 14:59 Uhr

„Nur ein einziges Mal. Nenn mir ein Gefühl, das du hast für mich." 15:02 Uhr

„Tiefe." 15:37 Uhr

„Das ist doch kein Gefühl." 15:40 Uhr

„Ich will jetzt deine Fotze vollpumpen." 16:17 Uhr

„Bitte, hilf mir da raus." 16:18 Uhr

„Bist du nass?" 20:19 Uhr

„Ich kann nicht mehr, ich will, dass es aufhört. Hilf mir bitte." 20:20 Uhr

„Halt den Mund."
„Ich will dich ohnmächtig würgen."
„Dann deinen reglosen Körper ficken." 20:21 Uhr

„Jetzt bin ich nass."
„Es erregt mich. Ich möchte, dass du das machst." 20:22 Uhr

„Ich bin also ein Gerät, eine Sache, ein Gegenstand, den man hat. Keine Bindung?" 20:23 Uhr

„Du nervst."
„Ich würde dir jetzt ins Gesicht schlagen." 20:24 Uhr

„Ich will dich. Ich brauche dich." 23:07 Uhr

„Halt's Maul." 23:34 Uhr

„Du bist wütend. Das ist ein Gefühl. Du fühlst etwas für mich." 23:35 Uhr

„Du langweilst mich."
„Wo bist du gerade?" 23:37 Uhr

„Im Bett." 23:37 Uhr

„Dreckstück." 23:38 Uhr

„Ich fühle so viel. Du nichts? Die Kugeln klappern den ganzen Tag in mir und ich muss so jede Minute an dich denken." 23:39 Uhr

„Gebäre sie."
„Mach ein Video. Los." 23:40 Uhr

„Ich schicke dir Videos, auf denen ich Kugeln gebäre, und weiß gar nichts über dich." 23:41 Uhr

„Was willst du wissen?“ 23:42 Uhr

„Können wir uns nicht einmal in Ruhe unterhalten und dabei ansehen? Wir waren noch nie normal draußen, zum Beispiel etwas essen.“ 23:43 Uhr

„Dann nicht.“ 23:44 Uhr

„Warum lebst du nicht mehr mit der Mutter deiner Tochter zusammen? Habt ihr überhaupt zusammengelebt?
„Hast du jemanden, den du liebst?“ 23:50 Uhr

„Ja, haben wir.“
„Nein, habe ich nicht.“ 23:51 Uhr

„Bist du manchmal einsam?“ 23:52 Uhr

„Nein.“ 23:53 Uhr

„Wie möchtest du leben, wenn du es dir aussuchen könntest?“ 23:54 Uhr

„So.“ 23:54 Uhr

„Warum antwortest du ausgerechnet jetzt darauf?“ 23:55 Uhr

„Los, gebär jetzt die Kugeln.“
„Schick das Video.“ 23:56 Uhr

„Was ist passiert? Warum hat es mit der Kindesmutter nicht geklappt? Kannst du dir vorstellen eine neue Frau zu lieben? Hast du je geliebt? Wer außer deiner Tochter bedeutet dir etwas? Ich möchte dich einfach nur verstehen und kennenlernen.“ 0:03 Uhr

Mal weil, dann weil wir nicht miteinander schrieben oder uns sahen, schlief ich kaum noch. Wahrscheinlich machte der latente Schlafmangel all das Kommende noch schlimmer. Müde und unkonzentriert schleppte ich mich durch die Tage von einer WhatsApp zur nächsten. Und immer wieder versuchte ich, den Kontakt bewusst zu beenden. Wenn es von mir käme, so dachte ich, würde ich das Ende besser aushalten können. Doch so war es nicht.

„Deine Fotze ist nass."
„Zeig mir, wie nass du bist."
„Mach."
„Spreiz die Beine."
„Zeig mir deinen Hurenkörper."
„Gebäre die Kugeln."
„Los." 6:20 Uhr

„Ich weiß nicht mehr, wie ich reagieren soll. Ich bin so leer." 7:30 Uhr

„Nikolas, ich danke dir dafür, dass du bist wie du bist. Ich sehe wirklich einen liebenswerten Mann. Ich habe nun schon ein paar Mal deine Nummer gelöscht. Doch wenn du mir immer wieder schreibst, wie soll ich so von dir loskommen? Du hast mir Lust gemacht, Zeit mit dir zu verbringen. Ich fühle mich wohl mit dir. Wenn dein Blick und deine Stimme fest werden, du musst nichts mehr sagen, ich bin ganz deine und süchtig nach diesem Moment, an dem ich auf die Knie gehe, süchtig nach deinem Schwanz, deinen Eiern, dem Sex mit dir. Dein Blick dabei ist unglaublich. Ich will und kann das nicht mehr anders. Wie du mit mir sprichst, mich stößt und schlägst. Ich bin süchtig danach. Brauche es. Wie geht es dir? Wie möchtest du, dass wir miteinander umgehen? Was spricht dagegen Regeln zu vereinbaren, die deine und meine Wünsche berücksichtigen? Darf ich mich für dich interessieren und fragen können, wann du wieder Zeit hast? Wäre das so schlimm? Eine Basis und Vertrauen braucht es, wenn ich mich noch mehr aufgeben und dir geben soll. Dann werde ich dir wieder schreiben und dir Videos davon schicken, wie ich Kugeln gebäre. Das tue ich dann für dich und es erregt mich, erfüllt mich so sehr, diese Dinge für dich zu tun. Dann bist du nicht mehr irgendein Tindertyp. Ich weiß gar nicht, was du mit all diesen Fotos und Videos machst. Eine virtuelle Brieffreundschaft möchte ich nicht mehr. Mich zerstört diese Art Beziehung, die wir haben, gerade. Nah und intim, dann wieder stößt du mich weg. Ich brauche dich. Sehne mich nach dir. Dafür hasse ich mich. Genauso wie für diesen Text. Aber ich kann einfach nicht mehr.“ 16:35 Uhr

„Du musst lutschen.“ 20:00 Uhr

„Stimmt. Das beruhigt mich immer.“ 20:01 Uhr

„Kann ich kommen?“
„Ich brauche dich.“ 20:11 Uhr

„Nein.“
„Ich verspreche dir, du wirst mich noch ausführlich und genügend nach Diensten für dich haben.“
„Du wirst in diesem Sommer meine Frau und Sub werden.“
„Du wirst arbeiten, deine Familie und Freunde haben und sonst für mich da sein.“
„Du wirst anziehen, was ich sage.“
„Du wirst essen, was ich sage.“ 20:33 Uhr

„Fickst du mich auch?“ 20:34 Uhr

„Was soll die Frage?“ 20:35 Uhr

„Ich brauch das. Werde gerade zickig, weil du es schon ein paar Tage nicht getan hast.“ 20:36 Uhr

„Ich sagte, du wirst zuerst meine Frau."
„Du wirst mich zweimal am Tag abmelken." 20:37 Uhr

„Was heißt das ‚deine Frau' sein?" 20:38 Uhr

„Du wirst deinen Frauenpflichten nachkommen."
„Haushalt, Küche und Sex,"
„Du wirst zu Hause in Wilmersdorf Dresscode tragen."
„Nackt oder Unterwäsche."
„Immer geklammert und bestückt." 20:40 Uhr

„Ich muss jetzt in deine Nähe. Wo bist du? Ich muss dich sehen." 20:41 Uhr

„Nein."
„Stell dir vor, du legst dich nackt auf meinen Körper."
„Dein Gesicht auf meine Brust."
„Deine Brüste auf meinen Schwanz."
„Ich komme bei dir zur Ruhe." 20:45 Uhr

„So wie ich. Ich komme bei dir zur Ruhe."
„Deswegen frage ich ja, ob ich zu dir kann." 20:46 Uhr

„Nein."
„Du kommst Montag." 20:47 Uhr

„Verstanden." 20:48 Uhr

„Ich werde mehr Seile und Neues an dir ausprobieren."
„Ich werde dich sehr lange schlagen."
„Hast du verstanden, was passieren wird?" 20:48 Uhr

„Ich habe es gelesen, verstanden und bin einverstanden. Nein, ich habe keine genaue Vorstellung davon, was mit mir passieren wird. Doch mein Körper brennt. Ich will das." 20:55 Uhr

„Du wirst nicht mehr ohne mich sein."
„Du wirst putzen und die Wohnung pflegen – Blumen, Tischdecke, frisches Obst." 20:56 Uhr

„Wie viel Verbindlichkeit brauchst du?" 21:00 Uhr

„Die Frage steht dir nicht zu."
„Ich lenke und versorge dich." 21:57 Uhr

„Du willst mich also nur haben im Sinne von besitzen? Nicht aber im Sinne von MICH haben?" 21:58 Uhr

„Ein letztes Mal."
„Was bist du?" 6:20 Uhr

„Dein." 6:30 Uhr

„Die einzige Regel, die du wirklich verstehen und verinnerlichen musst: Du machst keine Regeln. Du gehorchst."
„Bestimmen und kontrollieren gehört nicht mehr zu dir." 6:51 Uhr

„Das klingt so gut und scheint mir der schwerste Teil zu sein." 8:39 Uhr

„Jetzt musst du es nur noch umsetzen."
„Ich helfe dir dabei. Mit Schmerz und Leiden."
„Du wirst eine unfassbar schöne, starke und stolze Sub werden." 10:54 Uhr

„Darf ich dich dann dafür lieben?" 10:55 Uhr

„Das machst du schon." 10:56 Uhr

„Ich habe dich gefragt, ob ich es darf, nicht aber, ob ich es schon tue." 10:57 Uhr

„Darauf habe ich keinen Einfluss." 10:58 Uhr

„Möchtest du es?" 10:59 Uhr

„Lass das! Das steht dir nicht zu." 11:03 Uhr

„Ich bin verzweifelt und suche nach einem Ausweg." 11:04 Uhr

„Dann geh." 11:05 Uhr

„Du bist frei." 11:06 Uhr

„Einen emotionalen Ausweg." 11:07 Uhr

„Nein, du dealst, manipulierst auf eine dumme, peinliche Art."
„Du elende Fotze."
„Du entscheidest."
„Was bist du?" 12:35 Uhr

„Dein." 12:36 Uhr

„Bis Montag, Hure." 12:37 Uhr

„Dann bringen wir dich in eine sexuelle Dauerspannung." 12:50 Uhr

Ein neues Foto von ihm und seiner Tochter entließ mich in ein stummes Frühsommer-Wochenende. Ein Fahrrad wurde repariert, zwei Taschen gepackt. Die eine fuhr in ein Camp, die andere ins Leben. Und während sich Fahrradreifen über Waldböden quälten, verbrannte mich die Junisonne von außen und die Sehnsucht von innen.

Keine Nachricht am Montagmorgen. Schmerzhaft stach ein Gedanke meine Unruhe weg. Was wäre, wenn er sich nie wieder melden würde? Mit trotziger Erleichterung startete ich einen sehr frühen und ungewöhnlich produktiven Morgen in einem noch stillen Großraumbüro und wurde erst mittags wieder an unsere Welt erinnert.

„Hol mich ab."
„Jetzt."
„Zoo."
„Los." 12:40 Uhr

„Du redest nicht. Du schaust durch die Scheibe nach vorn und siehst mich nicht an. Ein Blick von dir und es ist vorbei. Ich steige wieder aus." 12:43 Uhr

Was wäre, wenn ich an diesem Tag mit dem Fahrrad gekommen wäre? Mit dem Auto waren es nur fünf Minuten durch mäßigen Berliner Mittagsverkehr. Von der Bundesallee aus kommend stand ich in der Busspur direkt unter der Brücke Richtung Tauentzien.

„Da." 13:00 Uhr

Wortlos stieg er ein, von wo er kam, sah ich nicht. Sofort öffnete er seine Hose, legte sein Gemächt raus. Ich liebte seine Eier. So weich. Er wusste das. Ich sah es nur im Augenwinkel, wagte nicht ihn anzusehen. Wortlos lenkte ich mein Auto in Richtung seiner Wohnung.

„Hast du die Kugeln drin?", fragte er.

Ich schüttelte den Kopf und deutete auf meine Handtasche, die zwischen unseren Sitzen stand.

Trocken und ohne Vorwarnung drückte er mir während der Fahrt das zweimal 125 Gramm schwere und silikonummantelte Metall mit je 3,5 Zentimetern Durchmesser in meine Fotze. Ich schrie und musste mich konzentrieren.

Später in seiner Wohnung würde ich sie wohl gebären. Das hatte ich schon ein paar Mal gemacht. Mal hockte ich dabei und er hielt mich von hinten unter den Armen, sodass ich hing. Ein anderes Mal lag ich halb aufrecht auf seinem Bett und er sah aufmerksam zu, wie sich das Rosa der Kugeln aus mir herauspresste. Ihm gefiel das. Sie waren so schwer, dass sie auf die Blase drückten. Wenn ich sie am Tage trug, konnte ich damit nicht auf die Toilette. Musste sie jedes Mal rausziehen, was im Büroalltag sehr unpraktisch war. Doch sie bewirkten, dass ich den ganzen Tag nass war. Das Klappern der Gewichte in meinem Unterleib war angenehm.

Irgendwann, an einer roten Ampel, griff er mir in die Haare und drückte meinen Kopf auf seinen Schwanz. Er war schon hart und stand aufrecht. „Weiter“, sagte er dann, als es grün wurde.

Die eine Hand am Lenkrad, die andere massierte seine weichen Eier, erspürte auch das Unrasierte. Ich schätzte eine Woche. Mir gefiel das. Ich fand es intim.

Das konnte bedeuten, dass er auch eine Woche keinen Sex gehabt hatte. In meiner Handtasche lag gut sichtbar oben auf die Kette für meine Brustwarzen, die ich mir mit den Kugeln im „Erdbeermund“ gekauft hatte. Im Augenwinkel sah ich, wie er das Auf und Ab meiner Titten beobachtete, die unter meiner Bluse wackelten. Ich hatte den BH schnell runtergestreift und meine Nippel bohrten sich nun durch den Stoff der leichten Sommerbluse. Schnell und entschlossen griff er plötzlich zu. Er wusste genau, was er tat, und die Klammern saßen an meinen Brustwarzen fest. Die Kette baumelte herunter. Dann legte er sorgfältig die Bluse darüber. Bei ihm zu Hause angekommen, lief ich immer einen Schritt hinter ihm. Der Spiegel im Hausflur des Vorderhauses zeigte eine schöne Frau und einen nur in meinen Augen schönen Mann. Über den kleinen Hof, an den stinkenden Mülltonnen vorbei und an einer alten Frau, die uns bohrend ansah. Die wenigen Stufen hinauf in den zweiten Stock, dann blieb er plötzlich stehen, drehte sich zu mir, griff an meine linke Brust und drehte mit aller Kraft die Brustwarze samt der Klammer, die fest an meinem Nippel hing. Meine Beine knickten ein. Mir blieb die Luft weg und ich sank vor Schmerz zusammen. Dass ich nicht schrie, sondern stumm auf dem Boden gekrümmt kauerte, mich vor Schmerz nicht bewegen konnte, registrierte ich erst Minuten später. Da war er schon in seine Wohnung gegangen. Nur sehr langsam konnte ich ihm folgen.

„Los“, herrschte er mich an. Ausziehen.

Er zog mich an der Kette, die noch immer schmerzhaft an meinen Brustwarzen hing, in das Zimmer und befahl mir, mich über das Bett zu hocken. Ich wusste genau, was das bedeutete. So streckte ich ihm meinen Hintern entgegen und noch in der Bewegung, die richtige Position gerade erreicht, schob er mir ohne Vorwarnung seinen Schwanz in den Arsch. Mehrere Minuten lang stieß er mich. Eine Hand in meinen Haaren zog er meinen Kopf zurück. Dann wieder drückte er ihn runter auf das Bett.

„Hast du wirklich geglaubt, du kannst jemand anderem gehören außer mir?“

„Nein.“ Ich konnte nur krächzen. Die Tränen liefen, der Orgasmus wallte durch meinen Körper. Als er merkte, dass ich gerade kam, hörte er sofort auf.

Ich hatte nicht gefragt, ob ich es darf. Nikolas bestimmte seit Langem meine Orgasmen.

Die Kugeln in meinem Körper wackelten. Der Saft, der Geilschleim, wie er es nannte, lief mir bereits die Beine runter. Mit einer heftig bestimmten Bewegung zog er mich vor sich auf die Knie.

„Mund auf, sauber lecken.“ Sein Schwanz war in meinem Hals. Ich lutschte daran herum, wissend, dass es nicht lange dauern würde, bis er merkte, dass mir das gefiel. Gierig leckte ich seine Eier, sog sie ganz in den Mund und genoss die weiche Haut, die ich immer mal wieder kurz an meine Wangen rieb. Wie kann man den weichen Hoden eines Mannes verfallen sein? So hätte ich lange weitermachen können. Doch er drückte seinen Schwanz in meinen Hals, hielt mir die Nase zu. Ich bekam keine Luft mehr und erbrach. Eine nach vergorenem Obst riechende gelbliche Pampe lief mir über meine Brüste und rann langsam über den Bauch auf die Knie.

„Gut“, kommentierte er mein Röcheln und den Schleim, der weiter aus meinem Mund tropfte. Er verrieb alles in meinem Gesicht.

„In die Badewanne, los“, bestimmte er.

Stumm klammerte ich mich an der Stirnseite am Wannenrand fest. Er öffnete mit je einem Klatschen auf die Innenseiten meiner Schenkel meine Beine. Das linke Bein hing aus der Wanne. Das rechte stützte ich auf den rechten Rand.

Er krempelte seinen linken Ärmel hoch, beugte sich hockend über den Wannenrand und begann seine Hand in meine nun nasse Fotze zu schrauben. Bis zum Ellenbogen in mir stieß und massierte mich seine Faust. Es dauerte nicht lange und ich spürte die Wellen aufsteigen. Der Drang pissen und abspritzen zu müssen wurde immer stärker, nur noch wenige Bewegungen und ich würde kommen. Doch Nikolas war geschickt. Er kannte mich und stoppte immer wieder. Stieß mal langsam mit ein paar Fingern, dann nur mit einem, und als würde er etwas aus mir rausziehen, nahm er seinen Arm weit weg, ohne seinen Blick von meiner Fotze zu nehmen. Er beobachtete genau, was passierte, wie ich reagierte. Meine Gedanken, alles in meinem Kopf begann in einem Nebel zu verschwinden. Tief aus meinem Rücken begann es zu kribbeln. Ich wünschte, ich würde jetzt liegen, denn ich spürte, wie sich alle Energie auf die eine Stelle in meinem Körper konzentrierte, die Nikolas gerade bearbeitete. Es blieb nichts, das mir hätte helfen können, mich auf dem Rand der Wanne zu halten. Mein Atem ging schneller und ich begann zu hecheln, zu jammern. Laute entwichen mir, von denen ich nie gedacht hätte, dass ein Mensch sie produzieren könnte.

Bei jedem anderen Mann vor ihm hätte ich längst aufgehört, mich diszipliniert, um dann am Ende einen artigen Orgasmus vorzuspielen. Hätte mich geschämt für das, was mit mir passierte, wie mein Körper auf das reagierte, was Nikolas mit mir tat.

Der Bogen war fest und erreichte das Ende der Wanne. Seine Finger mussten gespürt haben, dass alles auf einmal kam. Ich pisste im harten Strahl bis zum Ende der Badewanne. Gleichzeitig überwältigte mich ein Orgasmus, der mir die Luft nahm und mich bewegungsunfähig auf dem Badezimmerboden zurückließ.

Ich zitterte und nahm nur von fern seine Stimme war.

„Anziehen. Du gehst jetzt."

Er warf mir meine Sachen vor die Füße. Die Tür zu seinem Zimmer verschloss sich, mit ihm dahinter und mir davor auf den kalten Fliesen im Bad liegend.

Die Harfe erklang und holte mich zurück.

„In der Küche steht frische Rhabarbersaftschorle."
„Bio."
„Du musst trinken." 14:05 Uhr

6

# VERHÄNGNIS

Wieder ein Montag. Dieser begann früh und schön.

„Hol mich zu Hause ab." 12:37 Uhr

„Wann?" 12:40 Uhr

„Jetzt." 13:41 Uhr

Die Sonne schien. Es war warm und ich hatte ausreichend Überstunden. Diesmal weihte ich Nina ein. Mein mittäglicher Ausflug am vergangenen Montag hatte mir Ärger eingebracht. Mit Nina, deren Freundschaft ich zu sehr strapazierte. Ich versprach bald mit ihr zu reden. Um 13:50 Uhr entließ mich das Zeiterfassungssystem in meine Parallelwelt.

„Du wirst nicht hochkommen."
„Du wartest im Auto." 14:01 Uhr

„Bin da, Herr." 14:06 Uhr

Er warf eine Tasche auf den Rücksitz. Kaum neben mir befahl er mir loszufahren. In der Hand hielt er die Brustwarzenkette. Während ich fuhr, öffnete er meine Bluse und klickte die Klammern an meinen Brustwarzen und an meinen Schamlippen fest, die er schnell fand, als er meinen Slip beiseite schob. Jetzt noch, da ich es aufschreibe, lächele ich dabei, spüre die Kraft einer Nichtbesiegbaren. Ich fühlte mich leicht und war auf eine erregende Art nervös. Der leichte Schmerz förderte das. Die Welt außerhalb des Autos konnte mich nicht erreichen. Wir fuhren durch ein Berlin, das der Sommer zum Flirren gebracht hatte.

Gelöst plapperten wir über die Touristen, die immer mehr wurden, dass wir bald einmal auf eine Sex- und Tanzparty ins KitKat, dem dafür bekannten Club an der Janowitzbrücke, gehen wollten. Ich glaubte all das. Wir sprachen über unsere Mädchen und den Sexismus in den „Bibi und Tina"-Filmen und ereiferten uns über peinliche Elternversammlungen. Verliebt lauschte ich den Planungen über die anstehende Schuleinführung seiner Tochter, bewunderte seine gut durchdachte Schnitzeljagd für sie im Grunewald mit iPad zum Geburtstag. Zum ersten Mal erzählte er wirklich aus seinem Leben. Von der Mutter seiner Tochter, die er geliebt hatte. Ihr sehr nah gewesen war. Doch seit der Schwangerschaft hatte sie sich verändert. Er war nur noch der Erzeuger und sollte keine Rechte an seiner Tochter haben. Ein jahrelanger Kampf begann. Gerichtsverfahren, Mediationen und Streit begleiteten ihn von nun an. Ein Ende war noch nicht abzusehen. Ich dachte an die Briefstapel in seiner Küche, deren Höhe mehr Schmerz erahnen ließen als den, den er mir mit einem Lächeln erzählte.

Irgendwann hielten wir. Er müsse nur kurz etwas abholen. Ich wartete im Auto. Seine Nachrichten, Sekunden später, konservierten meine Erregung.

„Ich werde dich heute zum ersten Mal wie meine Sklavin schlagen."
„Du wirst nicht reden." 15:01 Uhr

„Du machst mir Angst." 15:02 Uhr

„Es ist alles gut."
„Du kennst alles."
„Du weißt für heute Abend alles."
„Du kannst ruhig sein."
„Wir haben Zeit." 15:03 Uhr

Seit wir auch Home-Office machen konnten, mit Laptops und Smartphone ausgestattet worden waren, konnte ich von überall arbeiten. Mails checken und schreiben, mit Nina telefonieren.

Nikolas war in meiner Nähe, ich würde ihn sehen und Zeit mit ihm verbringen. So produktiv wie in dieser einen Stunde, in der ich im Auto auf ihn wartete und arbeitete, war ich lange nicht gewesen. Als er mit Blumen, Wein und einer Tüte voll frischem Salat wieder zu mir ins Auto stieg, war er noch immer gelöst. Er hätte ein paar Gläser Rosé trinken müssen. Es täte ihm leid, dass es länger gedauert hätte. Freunde, deren Balkonpflanzen er gepflegt hatte, waren ihm sehr dankbar.

60 Stunden Arbeit in der Woche, 24-Stunden-Dienste in der Klinik, seine festen Zeiten mit der Tochter, wir waren im nördlichsten Prenzlauer Berg. Er wohnte in Wilmersdorf und besaß kein Auto. Im Sommer täglich Balkonpflanzen gießen? Es hätte mir auffallen können, dass an dieser Geschichte etwas nicht stimmen konnte. Seine Wangen strahlten errötet wie auf seinen jungenhaften Tinder-Fotos. Er war fröhlich. Entspannt fühlte ich jede glückliche Minute mit ihm. Für jemanden, der in Berlin nicht Auto fährt, kannte er sich sehr gut aus. Baustellen, Umleitungen und Umgehungsrouten, er dirigierte mich quer durch die Stadt zurück in seine Wohnung.

„Wir werden Sex haben und dann essen gehen", sagte er.

Was ich für Essen mögen würde, wollte er wissen. Alles, was ich mochte, jeden Wunsch würde er mir erfüllen. Wie hätte ich glücklicher sein können? Das leidvolle Auf und Ab der letzten Wochen verdampfte in der Hitze dieses Sommernachmittags. Charmant und schon eine leichte Bräune im Gesicht leuchteten seine schönen blauen Augen. Ab und an dieses unsichere Lächeln, gefolgt von einem verlegenen Blick nach unten. Damals sah ich darin nur die liebenswerte Gegensätzlichkeit zu seiner sadistischen Härte. Heute bin ich mir sicher, dass dies immer die Momente waren, in denen er sein Leben erfand. Das Leben, das er preisgeben wollte. Teilen wollte er es nicht mit mir. Doch an diesem Nachmittag genoss ich den jugendlichen Charme seines Geplappers. Während ich ihn durch die Stadt kutschierte, sog ich seine Vergangenheit und Gegenwart in mich ein. Studium in der Schweiz, Jude, französische Verwandtschaft, Arzt in Jerusalem, Amerika-Fan und ein digitaler Idiot.

„Lutsch", sagte er irgendwann und drückte an einer roten Ampel meinen Kopf auf seinen entblößten Schwanz. Seine schönen weichen Eier hingen aus dem geöffneten Reißverschluss seiner Hose. Sein Schwanz ragte mir entgegen. Unnötig, mehr zu öffnen.

Die Ampel sprang auf Grün. Weiter mit einer Fahrt, von der ich wünschte, sie würde nie enden. Gynäkologe in verschiedenen Berliner Kliniken, dann der Wechsel in die Psychiatrie. Warum nicht mehr Gynäkologe? Was war passiert? Ausweichen. Antworten mit Gegenfragen. Ich beließ es dabei. Doch etwas war komisch an seiner Geschichte. Warum brach jemand so kurz vor dem Facharzt ab und wechselte die Disziplin? Ein kurzer Moment des Zweifelns wurde von einem längeren, glücklichen abgelöst.

Mir gefiel dieses Bild seines Gemächts umgeben von seiner Jeans. Der Gürtel mit den blinkenden Noppen, noch immer geschlossen. Dieser Gürtel, mit dem er mich schon so viele Male geschlagen hatte. Er machte so schöne Muster auf meinem Hintern.

Anfänglich noch scheu, doch dann war es mir egal, wer mich sah, wenn ich seinen Schwanz tief in meinem Rachen einsaugte und in meinem Hals massierte. Seine Hand auf meinem Kopf dabei, die mich unnachgiebig drückte und losließ, wenn ich wieder hochkommen musste, es Zeit war, weiter zu fahren. Diese Autofahrten würden von nun an so etwas wie unser Lieblingsort, unser beider ganz eigenes Markenzeichen werden. Diese hätte für mich nie enden sollen, nur um ihm gehören zu können.

Es war fast fünf Uhr am Nachmittag, als sich seine Wohnungstür hinter uns schloss. Die Tüte mit dem Salat fiel auf den Boden. Er schlug immer mit der linken Hand zu. Diesmal sah ich Sterne, so sehr hatte sie mich umgehauen. Als ich mich langsam vom Boden wieder aufrichtete, hatte er seine Hose schon geöffnet. Wie bei unserem allerersten Mal schob er mir seinen harten Schwanz in den Mund. Ich liebte es ihn kniend zu lutschen. Mit der Zeit hatte ich gelernt, dabei meine Hände auf seine Brust zu legen, ihn zu streicheln, den Blick nach oben, ihn dabei anzusehen. Ob kniend oder wenn er dabei im Bett lag, meine Hände gehörten auf seine Brust. Augenblicklich war ich zufrieden und eine Ruhe erfüllte mich.

Es war der Tag im Jahr, an dem die Sonne am höchsten stand. Doch auch die Mitsommersonne schaffte es nicht, über die Brandwand des gegenüberliegenden Hauses in den zweiten Stock hinunter zu strahlen. Durch die offene Balkontür kam kühle Luft aus dem Hof. Er setzte mich in die Badewanne. Zärtlich wusch er jeden Zentimeter meiner Haut. Minutenlang eiskaltes Wasser zog mir die Hitze des Tages aus dem Körper. Ich konnte nicht sprechen, so sehr erstarrte mich die Kälte. Nikolas sorgte sich und sprach bewundernde Worte für meinen perfekten Körper. Diese Geste, seine Worte, hatten etwas Väterliches. Aufmerksamkeit und Zuspruch, für mich war es Liebe, die ich Wort für Wort, Berührung um Berührung aufsaugte.

Auf dem Bauch liegend band er mich an sein Bett. Ich wurde ein Kreuz, Arme und Beine auseinander, so wie er es schon oft getan hatte. Acht Gertenschläge auf Rücken, Arsch und Beine, dann wiederholte er seine Regeln.

Stopp heißt aufhören und das bedeutet, du gehst. Nein heißt, du gehst und wir sehen uns nie wieder."

Die Schmerzwellen erwärmten meinen frierenden Körper. Erregung floss durch meine Adern. Zwischen den Schlägen sahen wir uns an. Beieinander, ineinander, wie sollte ich je jemandem beschreiben können, wie verbunden und vertraut ich diese Innigkeit dieser Momente erlebte? Für mich unersetzbar konnte ich sie aus meinem Leben nicht mehr wegdenken. Mehr davon und länger, das war es, was ich wünschte.

Sein fester Blick traf sich mit meinem. Er setzte an, holte aus. Mein Gesicht in das Kissen gepresst. Ich würde nicht schreien, würde die Schmerzen still aufnehmen, die Zuckungen, die mein Körper machen wollte, zulassen. Doch er schlug nicht. Immer wieder setzte er an und brach ab. Unter meinem rechten Arm hindurch beobachtete ich ihn. Zum ersten Mal sah ich seinen Kampf mit sich. Er hielt sich seinen Arm, das Gesicht angespannt, die Muskeln arbeiteten. Wie sehr musste er sich überwinden zu schlagen, was er liebte. Er liebte. Ich hatte die Gesten gesehen. Das Glas Wasser, Wein und Wodka immer für mich bereitgestellt, die Socken. Er hatte mir tatsächlich warme Strümpfe hingelegt. Er fühlte, das wusste ich und liebte ihn umso mehr, jetzt da ich sah, was es mit ihm machte, wenn er mich schlug. Hatte er sich überwunden, dann drehte er sich weg. Musste sich die Anspannung aus dem Körper laufen. Ein- bis zweimal im Kreis gehen in diesem kleinen Zimmer. Manchmal ein tiefes Oh, das ihm entwich. Dann war ich, für ein paar Sekunden, allein mit meinem Schmerz. Wartete die Wellen ab, die meinen Körper warm und wohlig mit Leichtigkeit und dem Gefühl von Freiheit zuschwemmten. Dann suchte ich wieder seinen Blick, seine Augen. Er sollte meinen Schmerz in meinen lesen. Ich gierte danach in seinen zu sehen, wie es ihn erregte. Wenn man sich nicht mehr spürte, spürte man das Leben nicht mehr, und was war dieses dann noch wert? Ich spürte.

Nach acht Schlägen drehte er mich um, gab mir Wasser. Küsste und streichelte mich. Aufgespannt als Kreuz lag ich auf seinem Bett. Er sei gleich wieder da. Ich solle einfach liegen bleiben. Wie lang würde er weg sein? Was tat er in dieser Zeit und vor allem, wo ging er hin? Keine Musik, nur die Geräusche aus dem Hof waren mit mir.

## Fünf Minuten

Die ersten langen Minuten hinterließen Euphorie und Stolz, mit denen ich auch die nächsten und die danach erlebte. Wie auf dem Balkon Wochen vorher suchte ich Gerüche und Stimmen durch die offene Balkontür zu erfassen. Klappern, Essensgerüche, Ungenaues. Wo war die Uhr? Es gab keine. Frische Blumen in einer hohen Glasvase. Duftende rosafarbene Lilien, dazwischen grüne Zweige. Über dem Tisch lag eine Tischdecke. Etwas, das aussah wie ein handgeschriebener Brief. Französisch? Nur das analoge Thermostat der Heizung an der Wand klickte laut gegen das Langsame der vergehenden Zeit an. Unendliche Stunden zwischen jedem Klicken, das den Zeiger minutenweise bewegte.

## Zehn Minuten

Es war gar nicht so schwer. Das würde ich schaffen. Die Bettwäsche weich, duftend, weiß. Die Klammern an meinen Brustwarzen schmerzten jetzt. Den Schmerz wegatmen. An etwas Anderes denken. Als kleines Mädchen wollte ich FBI-Agentin werden. Ich dachte an Homeland und Carrie Mathison. Wie oft war sie irgendwo in einem Keller gefesselt und gefoltert worden. Ich hatte Licht, lag in einer Wohnung im zivilisierten Europa mitten in Berlin. Eine Wohnung, die von jemandem bewohnt wurde, den ich liebte und der mich liebte. So dachte ich. Meine Augen waren nicht verbunden. Ich hatte Wasser. Mir ging es also gut. Ich wusste, mich würde sehr bald jemand wieder von meinen Fesseln erlösen.

## 15 Minuten

Ich begann es als Training zu sehen und das gefiel mir. Es gab mir einen Adrenalinstoß, der mich weitere Minuten trug. Durchhalten. Du schaffst das. Es ist alles nur Psyche. Am Fußende des Bettes stand sein großer Fernseher. Staubbedeckt. Die Zeit verging nicht. Einatmen, ausatmen. Es war eine Yogaübung. Was hätte Carrie jetzt gemacht? Ruhig bleiben und die Gedanken weglenken. Eine Meditation. Ergib dich. Lass los.

## 20 Minuten

Stolz. Ich fühlte Stolz, es so lange schon ausgehalten zu haben. Für ihn wollte ich stark sein. Die Abendluft kühlte mich nun unnachgiebig durch die weit geöffnete Balkontür. Gedanken an die Hitze des Tages, der verging. Wo war Nikolas? Wann kam er wieder? Der Kloß in meinem Hals sollte weg. Einatmen, ausatmen. Carrie. Sei Carrie. Stark und jeder Situation gewachsen. Kühl. Nicht emotional.

## 25 Minuten

Aus Kühle wurde Frieren. Der Kloß ließ sich nicht wegatmen. Es war so still. Nur das dröhnende Klicken des Thermostats wurde lauter. Wie sollte ich mich bei dem Krach konzentrieren? Mein rechtes Bein schlief ein. Es wurde taub. Das Kribbeln erreichte meinen Oberschenkel. Was, wenn die Fußfesseln mir das Blut abquetschten? Mein Bein würde absterben. Herzklopfen. Einatmen, ausatmen. Carrie Mathison. Das war nicht Pakistan. Es gab aber auch kein Team, das mich trackte. Niemand wusste, dass ich hier war. Schlimmer noch, niemand wusste, dass es Nikolas gab.

## 30 Minuten

Stolz. Ich hatte es geschafft. Schon zehn Minuten über der Zeit. Es waren doch 20 Minuten? Er sollte längst zurück sein. Wo war er? Ich brauchte ihn. Sehnte mich. Mochte seinen Bart fühlen. Ich musste mein Bein bewegen. Es schmerzte. Es zuckte. Nein, jetzt keinen Muskelkrampf. Schreien. Ich müsste aufstehen, auf die Zehenspitzen und abrollen, das würde helfen. Ich hatte vergessen, dass ich angebunden war. Der Ruck war instinktiv, entschlossen. Jetzt waren die Fesseln an Händen und Füßen noch fester.

## 35 Minuten

Der Kloß ließ sich nicht mehr aufhalten. Jetzt zitterte ich am ganzen Körper. Konnte es nicht nicht steuern oder gar kontrollieren. Die Fesseln quetschten sich dadurch tiefer in mein Fleisch. Das Atmen fiel mir schwerer. Noch schwerer. Nein, ich würde nicht weinen. Hoffentlich kam er jetzt nicht. Nicht jetzt. Ich wollte stark und schön sein, wenn er zurückkam. Weine leise, Carrie.

## 40 Minuten

Stille Tränen spülten mir die Wimperntusche in die Augen. Es brannte. Ich spürte, wie das salzige Wasser hinter meinen Ohren an meinem Hinterkopf hinablief. Ich stellte mir vor, wie die schwarz gefärbten Tropfen auf der weißen Bettwäsche Muster hinterließen. Mein Körper zitterte. Das Frieren kam von innen. Ich wollte nicht zittern. Die Fesseln zogen sich fester um meine Handgelenke. Ich wollte mich beruhigen, doch ich merkte, dass mein Körper nicht mehr auf das hören mochte, was mein Wille ihm diktierte.

## 45 Minuten

Mein Körper zitterte sich durch unendliche Minuten, in denen ich nur hoffte, dass er jetzt nicht zurückkam. Ich wollte das für ihn durchstehen. Das Schluchzen zerriss meinen Brustkorb. Laut löste sich der Kloß mit einem Schrei. Ich jammerte, stöhnte, ließ es zu. Hoffte, es würde sich alles bald legen. Kalter, nasser Schweiß lag auf meiner Haut. Die Reaktionen meines Körpers mit meinem Geist zu kontrollieren, das musste möglich sein. Ich wollte das schaffen. Ruhig atmen, dachte ich nur. Doch mein Körper machte, was er wollte. Er zitterte und schwitzte. Mein Puls raste.

## 50 Minuten

Wo war er? Ich holte mir die FBI-Gedanken zurück. Zwang mich, einem Mantra gleich. Beruhige dich. Es kann nichts passieren. Was hätte Carrie jetzt gemacht? Wie hatte sie es geschafft, solche Situationen so cool zu überstehen? Ich wurde ein kleines Mädchen, das sich seine großen Helden zu Hilfe wünschte. Die Geräusche im Hof, der Geruch nach Essen und von irgendwo her zog Zigarettenrauch herein. Die Zimmertür zum Flur stand offen. Ich versuchte, Geräusche im Hausflur auszumachen.

## 60 Minuten

Die Euphorie, als ich merkte, dass mein Körper sich tatsächlich beruhigen würde, erwärmte mich. Aufregung, Adrenalin und Stolz. Ich schaffe das. Wenn es eine Prüfung war, dann schaffte ich sie. Jetzt erst sah ich mir die Fesseln an meinen Handgelenken genauer an. Die Seile waren weich. Das Material verklebte sich nicht. Ich rutschte soweit es ging mit meinem Körper Richtung Kopfende hoch, um die Spannung aus den Seilen nehmen zu können. Drehte, schüttelte mein Handgelenk und tatsächlich löste sich eine Schlaufe, durch die ich erst einen Fingernagel, dann meinen Daumen hindurch herausdrehen konnte.

## Eine Stunde, 10 Minuten

Die Wahrscheinlichkeit, dass er zurückkam, stieg mit jeder Minute. Meine rechte Hand hatte ich aus der Schlaufe genommen. War ich nur hysterisch? Eine „Drama Queen"? Ich hätte mich die ganze Zeit selbst befreien können. Meine Muskeln schmerzten. Nur eine Stunde lang hatten meine Arme gestreckt über meinem Kopf gehangen. In Filmen mussten das Leute tagelang so ertragen. Die Erkenntnis, dass es auszuhalten war, wischte die Banalität des kindischen Spiels hinweg. Irgendwie war ich stolz.

## Eine Stunde, 15 Minuten

Der Krampf, der sich vor gut 30 Minuten aus meinem rechten Bein in meinen Hintern zurückgezogen hatte, löste sich, nachdem ich die Fußfesseln in der gleichen Weise wie die an meinen Handgelenken lösen hatte können. Ich schlüpfte aus ihnen. Neben dem Bett stand eine Wasserflasche. Mir ging es gut. Meinen leicht fröstelnden Körper hatte ich unter die Bettdecke gerollt. Alles ist gut. Bleib ruhig. Wärme dich.

## Eine Stunde, 25 Minuten

Er musste jetzt einfach zurückkommen. Nach den Minuten der Klarheit begann mich nun eine nervöse Unruhe zu erfassen. Warum ließ er mich so lange allein? Was erwartete er, wenn er zurückkam? Meine Gedanken rasten, mein Herz schlug nun vor Aufregung und machte mir das Atmen wieder schwer. Ich erinnerte mich an seine Nachrichten der letzten Tage. Ich wüsste ja alles, bräuchte keine Angst zu haben. Mir wurde klar, dass er es tatsächlich lange vorher geplant und mich darauf vorbereitet hatte. Wenn er nun kam und sah, dass alles umsonst war, weil ich nicht seine gewünscht starke Sub war. Wie würde er reagieren? Den Gedanken einmal zugelassen, bekam ich jetzt Angst. Mehr noch, Panik. Fast anderthalb Stunden, ich hatte so viel durchgestanden und nun würde meine Schwäche, mein Ungehorsam alles zerstören.

Schnell schlüpfte ich mit Füßen und Händen in die Schlaufen zurück und rollte mich dabei etwas in die Decke. Ich begann wieder zu zittern, zu frieren und zu schluchzen. Ich hatte Angst vor dem, was kommen würde.

## Eine Stunde, 40 Minuten

Ich hörte seine Schritte im Hausflur, wollte ihm schon zurufen, als sich der Schlüssel in der Tür drehte. Die Angst und der schnelle Puls jedoch verschluckten meine Worte. Ich sehe ihn noch jetzt da stehen in der Tür. Erstarrt ließ er irgendetwas, das er in der Hand hielt, augenblicklich fallen. Ich versuchte, mit ihm zu sprechen. Flehte, bat ihn, mir zu verzeihen. Nikolas hörte nicht. Er riss mir die Decke weg und entblößte meinen nackten Körper. Die Gerte schnell gegriffen, schlug er unkontrolliert auf mich ein. Ich wand mich, drehte mich, versuchte mich wieder aus den Fesseln zu lösen. Er traf meinen Arsch, meinen Rücken, meine Oberarme. Ich fühlte keinen Schmerz. Dachte nur: Füße aus den Schlingen. Die Schläge fetzten mir die Haut auf den Brüsten auf. Endlich, mit freien Füßen konnte ich mich nun auf den Bauch drehen, mein Gesicht schützen. Dabei überkreuzten sich die Enden der eigentlich losen Handfesseln über meinem Kopf. Fatal, wie sich gleich zeigen würde.

Mein Rücken, Hintern und meine Beine nahmen seine Schläge auf. In meiner devoten Haltung, Oberkörper runter, Arsch hoch, hoffte ich zu unserem Ritual des Schlagens und Geschlagenwerdens wechseln zu können. Doch Nikolas zerrte an meinen Haaren, schrie mir ins Gesicht, was ich für eine Enttäuschung sei. Ein Nichts. Seiner nicht würdig. Ich rief Stopp und Nein, jedes Wort, das als Code oder Save-Wort hätte funktionieren können. Es half alles nichts. Dann geh, verschwinde, geh, forderte er mich auf. Aber ich konnte nicht aufstehen. Meine Hände hingen am metallenen Kopfende des Bettes fest. Die Schlaufen hatten sich nun sehr fest um meine Handgelenke geschnürt. Ich schrie, flehte ihn an aufzuhören. Sei still, sei endlich still, Nikolas schrie. Von irgendwo her griff er ein Halstuch seiner Tochter und stopfte es mir in den Mund. Ich bekam keine Luft mehr. Die Fasern trockneten meinen Mund augenblicklich aus. Ich dachte, jetzt ersticke ich. Die Panik, die mich nun erfasste, machte alles noch schlimmer. Während Nikolas redete, schimpfte und immer wütender wurde, kämpfte ich mit meiner Angst zu ersticken. Alles hätte ich zerstört. Sei es nicht wert gewesen. Ich konnte nicht mehr sprechen, stöhnte nur, wand mein Gesicht so gut es ging von ihm weg. Er, der jetzt mit bloßen Händen auf mich einschlug. Durch die Nase atmen, dachte ich nur. Ruhig bleiben und durch die Nase atmen. Es gelang mir nicht. Ich riss nur noch mit einer unglaublichen Kraft an den Schlingen. Meine Hände mussten aus den Schlingen. Panisch zappelte ich. Riss meine Arme ruckartig. Das Bettgestell begann zu wackeln. Doch es gelang mir nicht mich zu lösen. Die Kraft, die ich urplötzlich spürte, konzentrierte ich nur darauf meine Hände befreien zu können. Wieder ein Fehler. Die Seile zogen sich immer fester und schnürten mir nun das Blut ab. Als ich merkte, dass ich so nicht frei kommen konnte, war es zu spät für eine andere Idee.

Dann wurde es weiß. Auch durch die Nase konnte ich jetzt nicht mehr atmen. Nikolas hatte sich auf meinen Oberkörper gesetzt und drückte mir ein Kissen ins Gesicht.

Wie soll ich die Panik, die Angst beschreiben, die ich in diesem Moment empfand? Er saß auf mir, rückte sich auf mir zurecht und ich versuchte, ihn von mir zu schütteln. Es gelang mir nicht. Es gab von diesem Moment an nur noch zwei Gelegenheiten etwas Luft durch die Nase zu bekommen. Ich würde jetzt sterben, das war sicher. Hole Luft, soviel es geht, und sterbe in Ruhe. Ich holte Luft und wurde plötzlich klar. An die Zeit hatte ich bisher nicht gedacht. Jetzt fiel mir auf, dass jemand sie angehalten hatte.

Meine Gedanken hatten sich aus meinem Körper entfernt. Ich hörte ihnen zu. Sie saßen ausgeglichen neben mir und analysierten meine Situation. Du hast nur noch wenige Sekunden Luft. Deine Kräfte schwinden. Die Hände bekommst du nicht frei. Deine Füße und deinen Körper kannst du nicht nutzen und bewegen. Du bist ein Tier in der Falle. Ich sah meine Alternativen, wie sie sich in Zeitlupe vor meinem Auge durchspielten. Sah mich meinen Oberkörper aufwerfen und Nikolas abschütteln, der sich gleich wieder auf mich setzte. Dann rutschten meine Beine von seinen Hüften und der Zangengriff, mit dem Kathleen Turner im Film „Der Rosenkrieg“, den ich unzählige Male gesehen hatte, die Nieren von Michael Douglas zerquetschte, verfehlte Nikolas' unförmige Körpermitte.

Dann kam ich in einen gedämmten weißen Raum. Keine Geräusche. Stille. Die Zeit ging jetzt rückwärts. Während das Weiß um mich herum immer greller strahlte, erinnerte ich mich an Bücher, Filme, Reportagen. Ich sah Katzen, die ihre Babys trugen. Ich sah diese Bilder in Zeitlupe ganz klar, einzelne Worte blendeten sich ein und verschwanden wieder. Ganz deutlich las ich. „Tot stellen.“ Meine Gedanken hatten keine Gesichter, doch sie sprachen mit mir. Du musst dich tot stellen, sagten sie. Lass alle Kraft ruhen.

Dann Muskeln erschlaffen. Loslassen. Alles Leben entweicht. Energie versiegt. Bewegung unmöglich. Stille. Kein Zucken mehr. Ende.

Nikolas kippte von meinem reglosen Körper.

Ich traute mich nicht das Kissen von meinem Kopf zu schütteln und blieb liegen. Luft. Dann ein leichtes Bewegen meines Kopfes. Das Kissen kippte zu Seite. Die Farben des Zimmers kamen wieder mit jedem Zug Luft durch meine Nase. Nikolas saß auf dem Balkon. Er trank Wein und las in seinem goldenen Handy. Still drückte ich die staubig trockenen Fasern des rosaroten Tuches aus meinem Mund. Drei, vier langsame Drehungen um meine eigene Achse, unauffällig die Bewegung, auffällig, was sie offenbarte. Meine rechte Hand war taub.

Liebevoll ruhig dann der der Klang seiner Stimme. „Was machst du nur für Sachen?" Nikolas hatte sich plötzlich von mir unbemerkt neben mich gehockt und half beim Entwirren der Fesseln. Das Geschehene blieb verworren.

„Das sieht nicht gut aus", sagte er und meinte mein Handgelenk. Blau würde es erst am nächsten Tag sein. Dick und angeschwollen war es jetzt vom Daumen bis zum Ellenbogen.

„Du musst aufhören, solche gefährlichen Sachen zu machen", sagte er und meinte es. Ein Gesicht hatte er auf dem Balkon gelassen, ein anderes zeigte er jetzt.

Das sei ja schon fast gefährlich gewesen. Nikolas sprach, als hätte er mit alledem nichts zu tun. Ruhig entfädelte er meine Hände aus den Schlaufen und rollte sorgsam die losen roten Seile auf.

Nackt und frei lag ich nun auf dem Bett. Langsam ging er zurück zum Balkon und setzte sich.

Erst als er sich wieder in sein Handy vertiefte, wagte ich es, mich aufzurichten, massierte meine Hand und wickelte die Bettdecke um mich. Ich bat ihn, mir etwas zu trinken zu reichen. Nikolas reagierte nicht. Als wäre ich nicht da, als gäbe es mich nicht. Er hatte in eines seiner anderen Gesichter gewechselt.

Warum wollte ich nicht so schnell es ging die Wohnung verlassen? Warum hatte ich keine Angst mehr? Feuchte Abendluft aus diesem kleinen Innenhof, in den nie ein Sonnenstrahl fiel, wehte Frische in die Wohnung und stärkte mich langsam. Ich saß auf seinem Bett und wartete darauf, dass das Gefühl in meine Hand zurückkehrte. So konnte ich keinesfalls Auto fahren. Ich drehte meine Hand und pumpte mit meinen Fingern die Blutzirkulation an. Taubes Kribbeln war alles, was ich spürte. Irgendwann hatte Nikolas einmal gesagt, ich würde jederzeit medizinische Betreuung durch ihn erhalten. Also fragte ich ihn, ob er sich meine Hand einmal anschauen könnte. Nichts. Keine Reaktion. Er starrte in sein Telefon. Langsam stand ich auf. Mir war schwindlig. In der Zwischenzeit war es dunkel geworden. Nur das Licht aus seinem Handy leuchtete aus Richtung des Balkons. Die Dunkelheit verschluckte meine wackeligen Schritte. Keiner, dem ein Abschied oder ein Blick hätte gelten können, hielt mich auf. Einfach so zog ich die Tür hinter mir zu. Das Autoradio trällerte laut über die leisen Tränen, die laufen wollten.

Zu Hause in dieser Nacht umhüllte mich ein weiches Bett geborgen. Es war ein Montag und es war ein Uhr in der Nacht, als mir klar wurde, dass ich gerade, wenn auch nur beinahe, gestorben wäre. Reale Todesangst, ich hatte real Todesangst gefühlt. Ein hysterisches Schluchzen kam und klammerte sich an meinem Körper fest. Bis zum Morgen blieb es und ließ sich erst unter einer heißen Dusche beruhigen.

Müde und befallen von einer tiefen Erschöpfung ging ich dennoch ins Büro. Jetzt, und dieses Mal endgültig sicher, dass ich Nikolas nie wiedersehen würde, zählte ich meinen Trennungsversuch Nummer sieben.

Anträge, Zahlen und Sitzungen konnten den Schock nicht aufhalten, aber unter Kontrolle bringen. Ninas Lunchterminen folgte ich. Dankbares Schwatzen mit Kollegen. Nina hatte ein gutes Gespür dafür, was die Menschen in ihrer Nähe brauchten. Sie war einer der empathischsten Menschen, die ich kannte. Sie wusste oft lange vor einem selbst, dass etwas und sogar was mit jemandem gerade los war. Ihre beherzte Art, die Dinge dann in die Hand zu nehmen, Tatsachen zu schaffen, ohne viel zu reden, das mochte ich an ihr.

„Ruf Jacob an. Er weiß Bescheid“, sagte Nina. Der Zettel mit seiner Nummer, der diesen Satz begleitete, verschwand in meiner Tasche.

Jacob. Ninas ältester Freund und Psychotherapeut. Er würde mich auf gute und auf andere Gedanken bringen. Vielleicht auch auf einen Weg, der mich herausführte aus dem Wahnsinn, in den ich geraten war.

„Ich entlasse dich.“ 13:25 Uhr

Es war das Erste, was am Tag danach von Nikolas kam. Nicht das übliche „Was bist du?“. Es zog mir den kläglichen Rest Energie aus meinem zerprügelten Körper. Mein Kopf fühlte sich leer an. Ich brauchte eine Entschuldigung oder mindestens eine Erklärung. Aber das? Die nächsten Stunden verbrachte ich in einem Vakuum. Als fiele ich aus einer großen Höhe und dieses Fallen wollte nicht enden.

„Was bedeutet das? Ich brauche dich. Ich liebe dich.“ 13:26 Uhr

„Lass dieses Texten.“
„Du interessierst nicht.“ 13:27 Uhr

„Sag das nicht. Ich liebe dich. Brauche dich. Der Sex mit dir ist der beste, den ich je hatte.“ 13:38 Uhr

„Du hast nichts erfüllt.“
„Du hast gelogen und betrogen.“ 13:38 Uhr

„Ich bin pur. Ehrlich und sage dir immer, was ich denke und fühle.“
„Wobei soll ich gelogen und wie dich betrogen haben?“ 13:39 Uhr

Ich ging in die Empfangshalle hinunter. Dort gab es Besuchertoiletten. Eine davon war eine Behindertentoilette, groß und extra zu verschließen. Dort fotografierte ich meinen Hintern. Dazu stellte ich mich auf die Toilette und versuchte, über den großen Spiegel auch meinen Rücken zu erfassen. Am Morgen hatte ich mir das Ausmaß der Spuren gar nicht genau angesehen. Doch jetzt in dieser Toilette wurde mir schlecht beim Anblick. Das war mein Körper? Die Tränen, das Schluchzen und ein Brechreiz, ich konnte es nicht aufhalten. Wieder begann ich zu zittern und ich fragte mich, wie ich wieder zurück in mein Büro gehen sollte. Wie mein Gesicht wieder glatt bekommen mit Augenlidern, die nun immer mehr anschwollen.

Mein rechtes Handgelenk war vom Daumen bis zum Unterarm unnatürlich dick und wurde dunkelblau. Meine Oberschenkel waren vorn und hinten schwarz, unterbrochen von roten verschorften Streifen, die alle mindestens Fingerlänge hatten. Mein Hintern sah dunkelblau gefleckt aus. Meine Brüste hatten weniger helle als dunkle Stellen und zeigten großflächige Verschorfungen. Mein rechte Brustwarze hing nur an einem Rest Haut und schmerzte jetzt, da ich es sah, realisierte, was passiert war, so sehr, dass ich halb ohnmächtig auf die Toilette fiel. Mein rechter Oberarm war ein durchgehender blauer Fleck. Der Schwindel und die Übelkeit wollten so schnell nicht wieder weichen. Mein Puls ging schnell, schlug mir bis in den Hals, als ich dort auf dem Toilettendeckel sitzend die Fotos mit den Folgen der letzten Nacht an Nikolas schickte.

„Oh, was machst du denn für Sachen. Liebes."
„Wie ist das denn passiert?" 14:03 Uhr

„Das warst du."
„Was war gestern los mit dir?" 14:04 Uhr

„Du bist nichts."
„Schreib weiter. Es ist vorbei." 14:05 Uhr

„Vorbei? So einfach?" 14:06 Uhr

„Oder du machst es wieder gut." 14:07 Uhr

„Was wiedergutmachen?" 14:07 Uhr

„Dein Fehlverhalten." 14:08 Uhr

„Das worin bestand? Angst zu haben?" 14:09 Uhr

„Kein Vertrauen zu haben." 14:10 Uhr

„Ich hatte Panik."
„Hast du es nicht gemerkt?" 14:11 Uhr

„Was soll ich gemerkt haben?" 14:12 Uhr

„Dass ich ersticke."
„Bitte. Ich muss das wissen." 14:12 Uhr

„Nein, ich hatte nicht den Eindruck, dass du erstickst." 14:13 Uhr

„Es war aber so." 14:14 Uhr

„Deine Empfindung täuscht dich." 14:15 Uhr

„Ich dachte, du bist Arzt. Du hast nicht gesehen, dass ich einen Schock hatte. Ich habe gezittert." 14:16 Uhr

„Wie willst du dein Misstrauen wiedergutmachen?" 14:16 Uhr

„Das Kissen hat mich panisch gemacht."
„Deiner Hand an meinem Hals vertraue ich." 14:17 Uhr

„Hör auf zu schwafeln, Hure" 14:18 Uhr

„Sag was zu den Fotos, bitte. Das bin ich jetzt eben gerade." 14:19 Uhr

„Wann ist das passiert?" 14:20 Uhr

„Nikolas! gestern Nacht. Du hast das gemacht. Du hast unkontrolliert auf mich eingeschlagen." 14:21 Uhr

„Na, na, na." 14:22 Uhr

„Ich habe Stopp und Nein gesagt und mehrfach hör auf gerufen. Doch du hast nicht aufgehört gestern Nacht. Nikolas, niemand weiß, dass es dich gibt. Ich habe bisher noch nie mit jemandem über dich gesprochen. Rede mit mir darüber, was gestern Nacht passiert ist. Ich hatte Angst zu sterben und heute ist mein Körper ein einziger blauer Fleck." 14:27 Uhr

„Also ob, was, wann dir passiert ist, ist höchst verwirrend." 14:28 Uhr

„Ich kann das einfach nicht begreifen, was du getan hast." 14:29 Uhr

„Was soll ich denn um Himmels willen getan haben?"
„Du bist nichts."
„Du bist eine schwache Person ohne Inhalt, die viel redet und nichts weiß." 14:30 Uhr

„Ich brauche dich. Ich liebe dich. Doch ich muss wissen, was gestern Nacht mit dir los war." 14:31 Uhr

„Du wolltest Ohnmacht."
„Echte Ohnmacht."
„Du hast es von mir bereitet bekommen."
„Sieh, was du daraus gemacht hast." 14:31 Uhr

„Du bist das Letzte." 14:32 Uhr

„Ich brauche dich. Doch ich hatte Angst gestern. Zittere jetzt, da ich mit dir darüber schreibe." 14:33 Uhr

„Du bist lächerlich." 14:33 Uhr

„Vielleicht liebe ich nur eine Vorstellung von dir." 14:34 Uhr

„Sag ich doch. Höchst verwirrend, deine Texte."
„Was soll dir denn passiert sein gestern?" 14:35 Uhr

„Wenn du mir zuhören könntest, dann könnte ich dir jede der Minuten genau nacherzählen." 14:36 Uhr

„Nein."
„Ein einfacher Satz."
„Was ist dir passiert?" 14:37 Uhr

„Ich hatte reale Angst zu sterben, weil ich drohte zu ersticken." 14:39 Uhr

„Blödsinn." 14:39 Uhr

„Ich hatte Panik. Habe hyperventiliert."
„Du bist doch Arzt. Was ist mir passiert, würdest du sagen?" 14:40 Uhr

„Egal."
„Du manipulierst, lügst und betrügst."
„Du bist nichts. Wertlos." 14:42 Uhr

„Ich fühlte mich hilflos, fremdbestimmt, leer." 14:42 Uhr

„Und warum erzählst du mir das?" 14:43 Uhr

„Schau dir die Fotos an. Das sind Spuren der Schläge, die du mir gegeben hast. Ich habe Stopp gesagt.“ 14:43 Uhr

„Das hat nichts mit mir zu tun.“
„Ich muss schon sagen, sehr verwirrend.“
„Irrational.“
„Es tut mir leid, dass dir so was passiert sein soll.“
„Du solltest wirklich besser auf dich aufpassen. Liebes.“ 14:44 Uhr

„Es ist mir passiert. Du hast es gemacht.“ 14:45 Uhr

„Du lügst.“
„Lies deine Nachrichten.“
„Lass das alberne Jammern.“ 14:46 Uhr

„Ich hatte Angst und Panik. Du warst kalt.“ 14:47 Uhr

„Das wolltest du doch.“
„Hast es aber nicht ertragen.“
„Weil du schwach bist.“
„Ein Nichts.“
„Es hätte weitergehen müssen.“
„Vor allem hast du keine gute Selbstwahrnehmung.“
„Suchst die Schuld im Außen.“ 14:50 Uhr

„Schuld? Ich versuche nur zu verstehen.“
„Ich hatte Todesangst.“ 14:51 Uhr

„Ich habe ganz genau gesehen, dass du dich nicht gut schützt.“
„Das passiert nie wieder.“14: 51 Uhr

„Was hätte ich denn tun sollen?“
„Warum dieser Vorwurf?“ 14:52 Uhr

„Kein Vorwurf.“
„Eine Feststellung.“ 14:52 Uhr

„Dein ausdrücklicher Wunsch war es, genau das zu erleben."
„Ist das korrekt?" 14:54 Uhr

„Na ja, nein, das würde ich so nicht sagen." 14:55 Uhr

„Hat es dich erregt?" 14:55 Uhr

„Ja, am Anfang." 14:56 Uhr

„Gut." 14:56 Uhr

„Aber dann nicht mehr. Dann hatte ich Angst. Wo warst du in der Zeit, in der ich allein war?" 14:57 Uhr

„Du lügst. Lies deine Nachrichten. Alle. Du wolltest genau das erleben."
„Wenn du ihn authentisch lebst, deinen Trieb dich zu zerstören, dann ist es erregend, weil du dann erregend bist." 15:00 Uhr

„In dem Fall hat nach der Rückkehr in die Wohnung nichts mehr gestimmt. Nichts war erregend." 15:01 Uhr

„Was hat dich so wütend gemacht?" 15:02 Uhr

„Bitte sag es mir!" 15:10 Uhr

„Ich war so stolz auf mich, weil ich es so lange ausgehalten hatte. Dann aber hat mein Körper einfach reagiert. Ich konnte das Zittern nicht aufhalten." 15:12 Uhr

„Ich war wütend darüber, dass ich dir und deiner Einschätzung geglaubt habe und nicht allein entschieden habe." 15:20 Uhr

„Es tut mir leid, dass ich dich enttäuscht habe." 15:21 Uhr

„Ich beginne langsam zu verstehen" 15:25 Uhr

„Nein."
„Du kontrollierst."
„Du kannst gern regelmäßig zum Abreiten und Dehnen kommen." 15:35 Uhr

„Was bedeutet das?" 15:35 Uhr

„Wohnung putzen, kochen, dann Schläge."
„Mehr nicht."
„Ein- bis zweimal die Woche."
„Eine Woche Vorlauf." 15:36 Uhr

„Willst du diesen Sex mit mir?" 15:37 Uhr

„Ja."
„Jahrelang." 15:40 Uhr

Unfähig zu denken realisierte ich, dass ich nun schon über eine Stunde auf dieser Behindertentoilette saß und mit Nikolas schrieb. Es beruhigte mich nicht. Es war auch nicht das, was ich erhofft hatte. Keine Entschuldigung. Als hätte er nichts damit zu tun. War ich selbst Schuld an dem, was passiert war? Vielleicht hatte er ja recht. Es war gar nichts passiert. Meine Wahrnehmung hatte mich getäuscht. Ich wollte ihn nicht verlieren. Konnte nicht atmen, nicht leben. Denken unmöglich ohne ihn. Was für ein Zustand. Mehr schwebend und automatisch ging ich in unser Großraumbüro zurück.

Keiner schien meine Abwesenheit bemerkt zu haben. Nina telefonierte. Schwer fiel ich auf meinen Bürostuhl, starrte auf meinen Bildschirm und versuchte, die Zeit bis zum Feierabend zu überstehen. Die Unruhe, Rastlosigkeit, oder war es Nervosität, ließen keine klaren Gedanken zu. Ich hatte den ganzen Tag noch nichts gegessen und konnte das Gefühl, kotzen zu müssen, nicht kontrollieren.

„Dein Gefühl belogen zu werden, wird bestehen – das nervt enorm. Wir lassen es." 16:20 Uhr

„Was willst du hören?“ 16:21 Uhr

„Ich brauche dich. Bitte gib mich nicht auf. Hilf mir. Du bist schräg, lieb, sadistisch. Alles mit dir ist aufregend. Ich will die Orgasmen, den Sex mit dir. Deine anderen Frauen sind mir egal. Ich will dir gehören. Bitte.“ 16:30 Uhr

„Das nervt.“
„Du bist nichts.“
„Hältst keine Verabredung ein.“
„Manipulierst, kontrollierst.“ 16:32 Uhr

„Sag mir, was ich tun soll.“ 16:33 Uhr

„Mach deine Arbeit.“
„Werde endlich meine Maso-Hure.“ 16:34 Uhr

„Das ist es, was du willst? Eine sonst selbstbewusste Frau mit einem normalen Job ist in ihrem geheimen anderen Leben eine Hure?“ 16:35 Uhr

„Nein.“
„Es langweilt mich.“ 16:37 Uhr

„Was dann?“ 16:38 Uhr

„Dein freier Wille.“ 16:38 Uhr

„Ich tue alles, was du möchtest.“16:39 Uhr

„Definiere alles.“ 16:40 Uhr

„Ich möchte dein sein. Dir gehören.“ 16:41 Uhr

„Wie weit gehst du?“ 16:42 Uhr

„Nimm mich wieder. Sag mir, was ich tun soll. Bitte. Ich kann so nicht mehr weiter. Dieses Auf und Ab mit dir. Ich bin arbeitsunfähig. Esse nicht mehr und kann nicht schlafen. Mach, dass dieser Zustand endet!“ 16:43 Uhr

„Du wirst dich freiwillig für deinen Herrn prostituieren.“
„Du wirst eine schöne, stolze Hure sein.“ 16.44 Uhr

„Wenn das dein Wunsch ist.“ 16:45 Uhr

„Du wirst es freiwillig tun oder gar nicht.“ 16:45 Uhr

„Was möchtest du?“ 16:46 Uhr

„Dich in einen Zustand bringen, in dem du aus dir herausgehst!“
„Durch welche Beeinträchtigungen auch immer.“ 16:47 Uhr

„Beeinträchtigungen?“ 16:48 Uhr

„Du wirst auf Zuruf kommen.“
„Du wirst parieren.“
„Du wirst benutzt werden.“
„Du wirst bekommen, was du brauchst.“ 16:50 Uhr

„Danke.“ 16:50 Uhr

„Wo bist du?“17:10 Uhr

„Noch im Büro. Mir geht es nicht gut.“
„Ich kann nicht gehen, aber auch nicht arbeiten.“
„Was hast du nur mit mir gemacht?“
„Ich bin in einem Ausnahmezustand.“
„Hilf mir. Beruhige mich wieder.“ 17:12 Uhr

„Was brauchst du?“ 17:13 Uhr

„Dich!“ 17:13 Uhr

„Sag es in einem richtigen Hurensatz.“ 17:14 Uhr

„Ich brauche dich, meinen Herrn.“17:14 Uhr

„Gut.“
„Du kommst um 19 Uhr zu mir.“ 17:20 Uhr

„Ja. Herr.“ 17:21 Uhr

„Nicht reden.“
„Ganz eng.“
„Ganz nah.“
„Atem hören.“
„Haut an Haut.“ 17:40 Uhr

„Das wäre schön.“
„Das brauche ich jetzt.“
„Ich bin noch so aufgewühlt von gestern.“ 17:43 Uhr

„Sehr langsam.“
„Sehr intensiv.“ 17:45 Uhr

Wir schrieben. Solange ich das grüne Aufblinken des Wortes „schreibt“ sah, ging es mir gut. Er war da und schrieb mir. Das war alles, was in diesem Moment zählte. Der fieberhafte Trancezustand aber wich nicht wie sonst einer Ruhe. Er blieb. Meine Haut brannte. Das Herz schlug mir die Ruhe immer wieder weg. Ich fuhr viel früher zu seinem Haus und wartete, bis es 19 Uhr wurde.

„Du wartest unten im Auto.“ 18:45 Uhr

„Ich bin schon da.“18:46 Uhr

„Es wird 20 Uhr."

Noch einmal eine Stunde warten. Meine Hände wurden nass. Kalter Schweiß ließ meine Bluse am Rücken kleben. Ich war so aufgeregt und hoffte nur noch, ihn zu sehen und fühlen zu können, was mich wieder beruhigen würde.

„Du musst, glaube ich, zum Weinladen kommen." 19:10 Uhr

„Was ist los?" 19:10 Uhr

„Es eskaliert. Du musst kommen." 19:12 Uhr

„Welcher Weinladen?" 19:12 Uhr

Er hatte mal von einem Weinladen in seiner Straße gesprochen. Also fuhr ich aus meiner Parklücke heraus und langsam in seiner Straße auf und ab. In dieser Gegend gab es keine „Spätis" wie in Mitte oder Prenzlauerberg. Nur edle Boutiquen und Geschäfte mit hochwertigen Möbeln. Ein kleiner Edeka in einem „normalen" Laden hatte sich etabliert. Ich suchte nach einem Weinladen. Dann sah ich ihn. Er trug ein lilafarbenes Hemd und war zwischen den vier anderen graumelierten alten Herren gut zu erkennen. Der Weinladen hatte einen Gartentisch auf den Bürgersteig gestellt, an dem sie saßen. Ich hielt direkt davor. Bei offenen Autofenstern konnte ich Teile des Gespräches hören. Sie stritten und er versuchte, die Herren zu beruhigen. Sprang auf und kam kurz später mit einer Flasche Wein zurück. Er öffnete sie und goss den Herren ein. Es wirkte aufgekratzt. Wie auf dem Balkon neulich Abend. Seine Bewegungen waren groß und auffällig. Vielleicht sogar etwas tuntenhaft theatralisch. Hatte er die ganze Zeit hier gesessen? Unser Treffen verschoben, um hier Wein zu trinken, in dem Wissen, ich war schon da und wartete im Auto?

„Bist du betrunken?" 19:25 Uhr

„Was?"19:25 Uhr

„Habe dich gefunden." 19:26 Uhr

„Wo bist du?" 19:26 Uhr

„Du hast gesagt, komm und ich bin gekommen." 19:27 Uhr

„Du wartest." 19:28 Uhr

„Ich möchte auch ein Glas Wein." 19:29 Uhr

„Bei mir."
„Ein Glas Wasser."
„Nackt" 19:30 Uhr

„Nein."
„Jetzt bitte." 19:31 Uhr

„Um 21 Uhr." 19:31 Uhr

„Nein. Bitte nicht so spät. Ich bin schon da. Ich sehe dich vor dem Weinladen sitzen, bin im Auto." 19:32 Uhr

„Nein ist nein." 19:32 Uhr

Ich konnte ihn beobachten während er mir diese Nachrichten schrieb. 21 Uhr? Ich brauchte ihn und die Ruhe, die er mir gab. Klarer konnte es nicht mehr sein, was ich nicht sehen wollte. Die Erkenntnis riss mir die letzte Kraft aus den Beinen. Schwerelos, schwindlig klammerte ich mich in meinen Sitz. Nikolas hatte mit mir gespielt. Reine Willkür. Er hatte die ganze Zeit in diesem Weinladen gesessen, sich betrunken und mit mir gespielt. Unser Treffen, auf das ich so unruhig wartete, verschoben, einfach nur, weil er es konnte. Ich fühlte mich wie lebendiges, doch ferngesteuertes Spielzeug. Sein Spielzeug. Er hatte Macht über mich und übte sie aus, wann und wie er es wollte. Ich war damals nicht in der Lage zu sehen, was ich heute erkenne. War nicht fähig, einfach Nein zu sagen und nach Hause zu fahren. Die Nacht und das Gefühl von Todesangst, das Kissen, die Handfesseln, vergessen. Mein Handgelenk schmerzte und war noch immer sehr dick. Was tat ich hier nur? Erregt und voller Erwartung auf den Sex, den wir gleich haben würden, beobachtete ich ihn von meiner Parklücke aus. Er saß dort ganz gelassen, schwatzte, lachte und hatte Spaß. Doch ich brannte am ganzen Körper, als hätte ich Fieber. Ich war hörig. Manipuliert. Ferngesteuert. Fremdbestimmt. Ich war nicht mehr ich. Der Harfenklang seiner Nachricht katapultierte meine Anspannung in eine noch höhere Stufe.

„Was bist du?“ 20:05 Uhr

„Deine Hure – die du nicht willst.“ 20:05 Uhr

„Dann fahr wieder los.“ 20:06 Uhr

„Ich bin seit über einer Stunde da.“ 20:07 Uhr

„Dann warte.“ 20:08 Uhr

„Ich gebe auf. Du hast alle Macht über mich.“ 20:09 Uhr

Die Minuten zerrissen mich. Dann sah ich ihn zahlen. Er redete laut, aber ich konnte nicht mehr verstehen, was er sagte. Ich wagte nicht mich zu bewegen. Wartete auf seine Anweisung. Kurz nachdem er in seinem Hausflur verschwand, erhielt ich sie.

„Die Tür ist auf.“
„Komm rein.“
„Ausziehen.“
„In die Badewanne.“
„Hure.“
„Du bleibst über Nacht.“ 20:35 Uhr

Leise tapste ich die Treppe in den zweiten Stock hinauf. Die Tür war angelehnt. Er lag auf seinem Bett, der Fernseher lief. Fußball. Nackt legte ich mich zu seinen Füßen. Er schaute weiter in sein Handy. Nicht einmal einen Blick hatte er für mich. Minutenlang, als wäre ich nicht da. Kein Wort zu dem, was gerade einmal 24 Stunden zuvor hier in diesem Zimmer geschehen war. Eher wie ein Hund als seine Frau hockte ich zu seinen Füßen. Meinen mit den blauen Flecken und Wunden übersäten Körper, die mir seine Schläge zugefügt hatten, beachtete er gar nicht. Ich wagte nicht zu sprechen, wartete nur seine Anweisungen ab. Sein Finger deutete irgendwann auf seinen Schwanz. Noch immer hatte er mich nicht einmal angeschaut. Zitternd zog ich ihm seine Jeans aus und begann seinen Schwanz zu lutschen. Langsam beruhigte ich mich dabei. Seine Hand drückte meinen Kopf tiefer, was mich erregte. Ich stoppte kurz. Begann still zu weinen. Ich war glücklich, erleichtert, die Spannung wich langsam aus meinem Körper, der nun leichter wurde. Ich dachte nichts mehr. Ich war da und nur hier ging es mir gut. Er stöhnte und rief immer wieder ‚Ja' oder ‚gut so'. Meine Hände lagen dabei, wie immer, auf seiner Brust, die ich streichelte. Ich vergaß unser Spiel und meine Rolle der Hure, wenn es denn eine war. Zuneigung und Liebe führten meine Hände weiter hoch. Streichelten seinen Kopf, meine Lippen mussten ihn küssen. Überall. Meine Brüste und meinen Körper rieb ich leicht auf seinem. Er ließ es geschehen. Ich glaubte zu sehen, wie sehr er diesen innigen Moment genoss. Liebevoll wischte er meine Tränen aus meinem Gesicht und lächelte mich zum ersten Mal seit gestern Nachmittag an. Diesmal würden wir das haben, was er Mann-Frau-Sex nannte. Keine Gewalt, keine Schläge. Dann, ganz plötzlich, schubste er mich mit einem heftigen Stoß von sich. Ich kippte vom Bett und fiel hart auf sein Parkett. Noch am Boden warf er meine Sachen auf mich.

„Du gehst jetzt", sagte er nur, legte sich wieder aufs Bett, tippte in seinem Handy. Er sprach nicht mehr mit mir, sah mich nicht mehr an. Ich war nicht da.

Ich dachte nicht, ich fühlte nicht, ich funktionierte nur. Anziehen, nach Hause fahren. Ich musste nach Hause fahren. Noch auf dem Weg zum Auto erschütterten mich seine Nachrichten.

„Du wirst nicht übernachten."
„Du hast nicht gelitten."
„Ich will sehen, wie dir Schlimmes passiert." 21:10 Uhr

„Ich weiß." 21:11 Uhr

„Ich wollte dich morgen früh vollpumpen." 21:12 Uhr

„Fotze." 21:13 Uhr

„Du hast gesagt, geh." 21:13 Uhr

„Wir werden uns nicht mehr wiedersehen."
„Es ist vorbei."
„Der Funke ist nicht mehr da." 21:15 Uhr

„Dein Schwanz war hart. Der Funke war da."
„Warum tust du mir das an?" 21:20 Uhr

„Du nervst." 21:21 Uhr

Ich fühlte nichts mehr. Wie ich es geschafft habe, nach diesen beiden Tagen nach Hause zu fahren, ist mir bis heute unerklärlich. Hypnotisiert und abwesend fand ich den Weg in mein Bett.

Am nächsten Morgen schlief ich bis neun Uhr. Unmöglich arbeiten zu gehen. Mein Körper brannte. Ich fühlte mich in einer fieberhaften Trance. Nur kurz gelang es mir eine SMS an Nina zu schicken. Ich sei krank. Die nächsten beiden Tage quälten mich Alpträume und diese Unruhe, die einfach nicht verschwinden wollte. Im freien Fall wechselten sich Frieren und Schwitzen ab.

# 7

# ZUFÄLLE

Vom Nachbargrundstück roch es nach frisch gemähtem Rasen. Dankbar für meine Familie, die um mich herum unser Leben einfach weiterlebte, ließ ich mich von der Sonntagssonne blenden. Keiner hatte bemerkt, dass es mir nicht gut ging. In diesem Moment war ich sehr froh darüber. Ich sah meiner Familie beim Frühstücken zu und schämte mich.

Es folgten drei Tage Weiterbildung für Paul, drei Tage allein für mich. Die Mädchen übernachteten bei Freundinnen. Wie ein Roboter und ohne nachzudenken wusch ich Wäsche, räumte Fahrradwerkzeug an seinen Platz in der Garage und nutzte die Ruhe, mich und meinen Körper zu erholen.

Was hatte ich nur getan? Wo war ich da hineingeraten? Das alles wollte ich wirklich aufgeben? Dankbar für diesen klaren Moment saugte ich den sonnigen Sonntagmorgen ein und fasste einen Entschluss. Ich musste da raus. Die Verbindung zu Nikolas musste ein Ende haben. Gleichzeitig fühlte ich den Impuls, ihm nach drei Tagen Nachrichtenpause wieder zu schreiben. Es würde schwer werden. Wie schwer, hätte ich nicht mal geglaubt, wenn es mir jemand gesagt hätte. Mir fielen Gespräche ein, die ich mit Jacob, Ninas Therapeutenfreund, auf einem ihrer Geburtstage geführt hatte, und suchte seine Nummer. Er hatte eine Art einem zuzuhören, ohne je von sich selbst zu erzählen. Jeden Satz gab er in geschickter Weise seinem Gesprächspartner wieder zurück und ermutigte ihn so, weiter von sich zu erzählen. Um etwas von ihm zu erfahren, musste man schon sehr hartnäckig nachfragen.

Einfach so an einem Sonntagabend rief ich ihn an. Ich wusste nicht einmal, ob er eine Familie hatte. Es war mir peinlich. Unsicher und mit der Entschuldigung, ihn nicht stören zu wollen, begann ich. Stotterte mich unsicher durch meine Sätze. Jacob blieb ruhig. Ich hätte seine Nummer gewählt, was ich noch nie gemacht hatte. Es muss also einen wichtigen Grund dafür geben. Er hätte Zeit und würde mir gern zuhören.

Ich begann zu weinen. Seit einem halben Jahr gab es Nikolas in meinem Leben und ich hatte noch niemandem von ihm erzählt. Jetzt fühlte ich mich schon verstanden, nur, weil ich eine Gelegenheit hatte, es zu tun. Doch was sollte ich sagen? Womit anfangen und mit wie vielen Details? Ich hatte mir nichts zurechtgelegt. Hatte keinen Plan.

„Ich bin da in etwas hineingeraten, aus dem ich nicht mehr herauskomme", begann ich.

„Möchtest du herauskommen?"

„Ja."

„Was fehlt dir, damit du es schaffen kannst?"

„Mein ICH. Ich bin nicht mehr ich selbst. Ich bin fremdbestimmt. Ich glaube, ich bin manipuliert worden."

Das Wort kam einfach so über meine Lippen und in dem Moment, da es ausgesprochen war, wusste ich: Es war wahr. Ich wurde manipuliert.

„Das ist möglich. Warum glaubst du das?", fragte er.

„Weil ich mir Dinge wünsche und tue, von denen ich nie geglaubt hätte, dass ich sie machen würde. Ich weiß nicht, warum ich es mache."

Ich weinte und schluchzte am Telefon, konnte Minuten lang nicht weitersprechen. Ohne Nikolas' Namen zu erwähnen, begann ich doch über ihn zu sprechen, indem ich über mich sprach und über das, was diese Begegnung mit mir gemacht hatte. Jacob war da. Er sagte nichts.

„Ich falle. Bin im Sturzflug und ertrage das Gefühl einfach nicht mehr. Ich bin nicht mehr ich, muss mich zurückhaben."

„Wenn du da raus willst, dann geh", sagte er.

„Ich schaffe es nicht. Habe es schon so viele Male versucht."

„Wer kann dir dabei helfen?"

Jacob hatte einen entscheidenden Punkt getroffen und allein das Wort „helfen“ löste einen neuen Heulkrampf aus.

Unfähig noch ganze Sätze zu formulieren hockte ich auf der Toilette in unserem Badezimmer.

„Ich schäme mich so für alles. Ich bin so schwach. Warum passiert mir das?“

„Du bist keineswegs schwach. Du bist in Not und hast meine Nummer in Erfahrung gebracht. Das bedeutet, du kannst für dich sorgen. Jetzt besprechen wir, wie du das weiter und noch besser machen kannst.“

„Ich schäme mich so sehr.“

„Darf ich dir zwei Dinge sagen?“

„Ja gern, bitte.“

„Es gibt keinen Grund sich zu schämen. Du bist ein Opfer. Bitte denke von nun an daran. Du bist ein Opfer. Ich brauche keine Einzelheiten. Wenn du erzählen willst, dann kannst du es erzählen, aber du musst nicht. Ich glaube, ich habe verstanden, was passiert ist. Um dir zu helfen, sind Einzelheiten nicht wichtig. Wichtig ist, dass du das System unterbrichst. Wer weiß von dieser Sache?“

„Niemand. Jacob, ich habe mich mit einem Mann eingelassen, der mich schlägt, und ich finde das gut. Doch nun bekommt es Wendungen, die mir nicht guttun. Er spielt mit mir. Mal sehr nah, dann stößt er mich wieder weg. Mal ist er nett, dann wieder kalt. Ich kann ohne seine Zuwendung nicht arbeiten und bin nicht mehr in der Lage meinen Alltag zu bewältigen.“

„Deswegen ist es wichtig, dass du darüber sprichst. Rede mit so vielen Menschen wie möglich darüber, immer nur so viel, wie du kannst. So überwindest du Stück für Stück deine Scham. Du wirst erleben, dass dich keiner verurteilt. Erzähle es Freunden, von denen du weißt, sie wollen dein Bestes. Höre dir an, was sie aus ihrer Perspektive sagen. So kannst du die Realität, die dich gerade krank macht, durch eine andere ersetzen. Das wird langsam gehen. Aber es geht. Du hast den ersten Schritt gemacht. Sei stolz darauf.“

Jacobs Worte gaben mir Hoffnung und Orientierung, die einige Tage anhalten sollte. Wir verabredeten, dass ich ihn jederzeit anrufen könnte. Allein das tat gut.

In den nächsten Wochen schickte mir Jacob ab und an kleine Nachrichten, die mir Mut machten.

„Du bist nicht so allein, wie du dich fühlst. Das ist der Fake."

Oder:

„Lass die Isolation nicht zu. Rede und durchbreche so seine Welt."

„Allein ist nur, wer sich vorenthält", schrieb er.

Ich beschloss, jemanden einzuweihen, der mich und meine Familie noch nicht so lange kannte, mein normales, altes Leben nie gesehen hatte. Eine sehr gute Idee, wie sich zeigen sollte. Die Erste, mit der ich sprach, war Sandra. Ich kannte sie aus meinem Yoga-Kurs im Fitnessstudio. Sie war noch nicht sehr lange meine Freundin. Wir hatten nur ab und an nach dem Kurs bei einem Glas etwas gequatscht. Sie konnte sehr gut zuhören. Ihre Sicht auf die Menschen und das Leben um sie herum war immer wertschätzend. Ich hatte sie nie über irgendwen lästern oder ein schlechtes Wort sprechen hören.

Es war schon spät, der Kurs hatte erst um neun Uhr abends geendet, als wir unseren Wein an ihrem Gartentisch öffneten. Sandra hatte einen Kleingarten. Sie sprach oft davon. Auch davon, dass sie dort Gemüse und Kräuter anbaute. Früher hatte ich das auch einmal getan. Zu sehen, wie sich all ihre Gedanken darum drehten, erfüllte mich etwas mit Neid. Sie strahlte Zufriedenheit und Glück aus. Ihr Geist war nicht vergiftet.

Es roch wirklich nach Kräutern und Jasmin, der sich blühend um die kleine Holzhütte rankte. Mitten in Berlin eine auf den ersten Blick verwilderte Oase auf 300 Quadratmetern. Welch schöner Ort. Erst gegen Mitternacht, als die Flasche Wein fast leer und alles Belanglose gesagt war, schaute sie mich an und fragte mich, was los sei. Wie auch bei Jacob löste allein das einen Heulkrampf aus, den Sandra tapfer ertrug.

Ich sei da in etwas reingeraten, aus dem ich nicht mehr rauskäme, begann ich auch dieses Gespräch, entschlossen, wie bei Jacob, nicht allzu viele Einzelheiten preiszugeben.

„Erzähl von ihm", sagte sie ruhig.

„Es ist mir völlig unklar, wie das passieren konnte. Er ist gar nicht mein Typ Mann, mit Abstand betrachtet ist alles an ihm falsch."

„Was genau meinst du? Erzähl schon!" Sandras Interesse motivierte mich und ließ mich schwatzen, als wären wir Teenager und erzählten von unseren ersten Abenteuern.

„Er ist klein, dunkelhaarig, untersetzt, markante Nase, beginnende Geheimratsecken – gar nicht mein Typ, er ist über 40 – zu alt, ich kann jüngere haben. Er wohnt in Wilmersdorf, dort, wo die reichen Berliner wohnen – falscher Bezirk, da bin ich nie und die Menschen gefallen mir nicht. Er ist Arzt – falscher Beruf, meist eingebildete Spinner und dann auch noch Psychiater. Er hat schöne große, dunkelblaue Augen. Er sagt, er sei Jude, aber ehrlich, ich habe davon nicht viel gemerkt. Ich glaube, er lügt viel und doch hat er irgendetwas gemacht mit mir. Sandra, ich komme einfach nicht los."

Sandra saß still in ihrem Gartenstuhl. Sie trank ihr Glas aus, stellte es mit Bedacht auf den kleinen Gartentisch, sah mich direkt an, lehnte sich zurück und sagte:

„Den kenn ich."

„Quatsch."

„Doch meine Liebe, den kenne ich."

„Das kann nicht sein, er kommt aus dem Westteil der Stadt. Wir sind im Osten", versuchte ich das Unwahrscheinliche auch unmöglich sein zu lassen.

„Aber ich bin dort zur Schule gegangen."

Jetzt wurde ich aufgeregt und Sandra nervös.

Sie beugte sich vor und war sehr ernst. „Marie, der Mann heißt Nikolas und du darfst dich nie wieder mit ihm treffen." Ihre Stimme hatte sich verändert. Sie klang fest und entschlossen.

Was dieser Satz mit mir machte, kann ich auch rückblickend kaum beschreiben. Das ohnehin schon große Gefühlschaos brachte

Sandra damit in einer neuen Weise durcheinander. Wenn auch der Weg raus aus meiner Abhängigkeit von Nikolas noch lang sein würde, brachte dieser Moment eine entscheidende Wende.

Das Foto von Nikolas sah Sandra nur flüchtig an, mit der klaren Sicherheit der Wissenden. Sie hatte schon begonnen in ihr Handy zu tippen. Minuten, die mir die Gelegenheit gaben mich zu sammeln. Der erste Mensch, dem ich wirklich von meiner Nikolas-Obsession erzählte, kannte ihn? Ohne dass ich seinen Namen nennen musste? Jetzt erst fiel mir auf, dass ich eigentlich gar nichts erzählt hatte. Es war wie bei Jacob gar nicht nötig. Sandra schien Bescheid zu wissen. Aber woher?

Er war der Freund und Nachbar ihrer damals besten Schulfreundin Penelopé. Sie seien Tür an Tür aufgewachsen wie Geschwister. Er nannte sie auch Schwester. Sie alle waren zusammen zur Schule gegangen. Nikolas war der kleine, nervende Junge, der immer an ihrem Rockzipfel hing. Er war nicht besonders hübsch. Sie verstünde nicht, was ich an dem fände. Er war ein unsicherer Junge, der angepasst immer mal jemand anderem hinterhergewackelt sei. Sie und Penelopé fanden das lästig und manchmal war er ihnen unheimlich. Bei einem Klassentreffen hätte sie gehört, dass er kein guter Mensch geworden sei. Irgendetwas musste vor ein paar Jahren in seinem Job passiert sein. Was, könne sie nicht genau sagen. Doch Penelopé, ihre Freundin, wollte mit ihm nichts mehr zu tun haben. Nie wieder. Das wisse sie mit Sicherheit.

In diesem Moment ploppten die ersten WhatsApp-Nachrichten in ihrem Handy auf. Sie hatte in ihre Schulfreundinnengruppe geschrieben. Dann las mir Sandra die Nachrichten vor.

„Sag deiner Freundin, sie soll die Finger von ihm lassen. LG Susi“

„Deine Freundin ist in Gefahr. Solche Nachrichten von Frauen bekomme ich immer wieder. Wie der nur immer neue Frauen findet, verstehe ich nicht. Ich kann deiner Freundin nicht helfen. Ich will mit diesem Mann nichts mehr zu tun haben. Gar nichts! VG Penny“

„Der Mann ist irre und gefährlich. Hände weg. Das diese Geschichten seiner Frauen einfach nicht aufhören. VG Constanze"

Sprachlos kann bis heute nicht annähernd beschreiben, was diese Nachrichten mit mir machten. Aufgeregt und voller realer Angst gierte ich nach mehr Informationen. Sie kamen nicht und so ließ ich die Worte wirken, legte sie übereinander mit den Gedanken an Nikolas blaue Augen und die Art, wie er mich einst Liebste nannte. Ich suchte nach den Bildern unserer schönen und intensiven Momente und fand nur die, in denen ich Angst hatte.

Dann geschah noch etwas in diesem Moment. Ich hatte die Gewissheit, nicht allein zu sein. Was auch immer Sandras Freundinnen für Erfahrungen mit Nikolas gemacht hatten, ihre schnellen Reaktionen waren eindeutig, ähnelten sich und hatten alle dieselbe Botschaft. Etwas stimmte nicht mit Nikolas. Es war nicht mehr länger nur mein Gefühl. Jetzt war es eine Erfahrung, die ich mit anderen vor mir teilte. Übermütig, euphorisiert und gestärkt durch das Treffen mit Sandra tat ich etwas Dummes. Ich schrieb ihm, kaum dass ich im Auto war.

„Glaubst du an Zufälle?" 1:25 Uhr

„Ja." 1:30 Uhr

„Der erste Mensch, dem ich eben von dir erzähle, kennt dich." 1:30 Uhr

„Oha" 1:31 Uhr

„Was hast du getan, dass mich Frauen, die du kanntest, sofort vor dir warnen?" 1:34 Uhr

„Ich weiß nicht, was du für Leute kennst." 1:35 Uhr

„Ich sitze hier mit Sandra Kleinschmidt. Erinnerst du dich?" 1:40 Uhr

„Wie gesagt, ich weiß nicht, was du für Leute kennst.“ 1:45 Uhr

„Keine Erinnerung? Susi, Constanze, Penny?“ 1:46 Uhr

„Was willst du jetzt, soll ich dich beglückwünschen, dass du Freundinnen meiner Schwester von vor 30 Jahren kennst?“ 1:47 Uhr

„Deiner Schwester? Ich höre gerade, du bist Einzelkind.“ 1:48 Uhr

„Ob du Facebook-Nachrichten oder sonst etwas verarbeitest, hat mit mir echt nichts zu tun.“ 1:50 Uhr

„Was hast du damals getan? Warum reagieren diese Frauen so extrem ablehnend auf dich? Wieso warnen sie mich?“ 1:52 Uhr

„Juden … Immer Grund für Ärger.“ 1:53 Uhr

„Du hast mich angelogen. Du hast gar keine Schwester und bist auch gar kein Jude.“ 1:54 Uhr

„Dein Geschreibe ist reine Hysterie, die nichts mit mir zu tun hat.“ 1:55 Uhr

„Penny schreibt eben, dass sie einmal im Jahr Frauen anrufen und ihre Hilfe suchen.“ 1:55 Uhr

„Liebe Marie, was willst du?“ 1:56 Uhr

„Dich, den Sex mit dir und alles, was du bisher mit mir gemacht hast.“ 1:57 Uhr

„Nein, du willst Kontrolle.“
„Scheinbar schreibst du aus dem Nichts mit Menschen, die mir sehr nahestehen.“ 1:58 Uhr

„Nein. Sandra schreibt und übermittelt.“ 1:58 Uhr

„Das irritiert mich. Ich finde es sehr befremdend – stille Post.“
„Du bist echt verzweifelt.“
„Willst du etwas für mich machen?“ 1:59 Uhr

„Alles, was du willst. Ich bin dein.“ 2:00 Uhr

„Schreib Penny, dass ich sie liebe und sie sehr gern wieder bei mir haben will.“ 2:00 Uhr

„Das habe ich gemacht. Leider aber sagt sie, dass sie das nicht möchte. Auf gar keinen Fall! Sie will nichts mehr mit dir zu tun haben. Nikolas, was hast du getan, dass diese Frauen alle so durchdrehen?“ 2:11 Uhr

„Danke.“ 2:11 Uhr

„Geht es darum? Suchst du seither nach ihr. Ist sie die Frau aller Frauen? Die Frau Nummer null? Die, mit der alles angefangen hat? Ist sie deine Obsession? Was hast du ihr angetan? Dasselbe wie mir?“ 2:20 Uhr

„Nein.“
„Noch etwas.“ 2:21 Uhr

„Ja.“ 2:22 Uhr

„Willst du wirklich etwas für mich tun?“ 2:24 Uhr

„Alles, was du verlangst.“ 2:23 Uhr

„Dränge dich nicht in Angelegenheiten, die dich nichts angehen.“ 2:24 Uhr

„Die Angelegenheiten sind zu mir gekommen. Ich will sie nicht. Nimm sie zurück." 2:25 Uhr

„Schreib und rede und triff dich, bis dir der Schädel platzt – informier mich nicht." 2:26 Uhr

Am nächsten Morgen ging es weiter. So hatte ich Nikolas noch nicht erlebt. Scheinbar hatte ich da etwas in seiner Vergangenheit berührt, das ihn traf.

„Es ist ekelhaft." 6:40 Uhr

„Es sind deine Kontakte, lass mich in Ruhe, ich habe nicht gefragt." 7:23 Uhr

„Deine Handlungen und Äußerungen sind echt schräg." 9:30 Uhr

„Nikolas, schaffen wir es uns draußen irgendwo zu treffen, etwas zu trinken und in Ruhe zu reden? Wenn wir schreiben, scheinen wir uns misszuverstehen." 11:07 Uhr

„Nein." 11:10 Uhr

„Ich muss abgemolken werden." 15:30 Uhr

Von diesem Tage an war alles anders und es hatte sich dennoch nichts geändert. Ich reagierte noch immer auf den Harfenklang seiner Nachrichten und würde alles tun, was er verlangte. Doch ich hatte auch das Gefühl, eine Art Anker gesetzt zu haben, eine Rückholleine, an deren Ende mein Leben auf mich wartete.

„Komm her."
„Kümmere dich um deinen Herrenschwanz." 20:00 Uhr

„Mein Handgelenk von neulich schmerzt noch immer." 20:01 Uhr

„Wir lassen es." 20:02 Uhr

„Willst du mich loswerden?" 20:03 Uhr

„Hab ich dich denn?" 20:04 Uhr

„Oh ja, du hast mich." 20:05 Uhr

„Das bisschen Psychofick?" 20:06 Uhr

„Wie bitte?" 20:07 Uhr

„So billig." 20:08 Uhr

„Was soll das jetzt? Warum tust du das? Ich will dich. Ich brauche dich." 20:09 Uhr

„Genauer. Beschreib es." 20:10 Uhr

„Ich brauche die Art, wie du mit mir redest. Die Art, wie du mich fickst und schlägst." 20:11 Uhr

„Dann hast du ja ein phänomenales Spielzeug gefunden." 20:12 Uhr

„Hör auf so zu reden. Fick mich einfach." 20:13 Uhr

„21 Uhr bei mir."
„Nicht klingeln."
„Nicht sprechen."
„Ein Ton und du gehst." 20:15 Uhr

Ich war schon unterwegs, als mich noch eine Nachricht erreichte.

„Es kommt noch eine Frau."
„Ihr werdet euch begegnen." 20:30 Uhr

„Sie ist auf dem Fahrrad und ich kann sie gerade nicht erreichen."
20:55 Uhr

Ich sah tatsächlich eine kleine Frau auf einem Hollandrad ruhig neben mir in seine Straße einbiegen. Schnell parkte ich in der freien Einfahrt in der Hoffnung, dass aus diesem Hof nie ein Auto fahren würde. Die Frau suchte in Ruhe einen Platz für ihr Rad. Sie war unscheinbar, nicht hübsch, aber auch nicht hässlich, schlank, nicht geschminkt, halblange aschblonde Haare, und trug einfach nur Jeans und Turnschuhe. Sie hatte keine Tasche dabei. Nur eine Jacke um die Hüften gebunden. Über Nacht würde sie nicht bleiben. Während die Frau nach etwas suchte, woran sie ihr Rad anschließen konnte, nutzte ich diese Minuten, die mir einen Vorsprung verschafften. Im Augenwinkel konnte ich beobachten, wie sie ein paar Meter vor dem Haus in Richtung einer Laterne ging. Da hatte ich meine Nachricht schon geschrieben.

„Da." 21:00 Uhr

Wir hatten es uns angewöhnt, dass ich nicht mehr klingelte. Der Summer ging und diesmal rannte ich die Stufen hoch und begann schon im Laufen mich auszuziehen. In keinem Fall würde ich mir von dieser ungeschminkten Nichtfrau meine Stunde mit Nikolas verderben lassen.

„Leise."
„Ausziehen."
„Ins Bett kommen."
„Kein Licht." 21:01 Uhr

Nikolas lag nackt auf seinem Bett und ich begann, ihn hart zu lutschen. Dann, nach ein paar Minuten, erinnerte mich das Klingeln an die Frau, die er vergessen hatte. Er nickte nur Richtung Tür.

Ich lief hastig und außer Atmen stöhnte ich ein „Ja bitte" in die Wechselsprechanlage. Die Frau reagierte erstaunlich unberührt.

„Ist Nikolas da?"

„Bist du da?, will eine Frau wissen", rief ich zum Bett. Ich hasste mich für das, was ich gerade tat.

„Sie soll hochkommen und mitmachen oder verschwinden", rief er zurück.

„Du sollst hochkommen oder verschwinden", wiederholte ich.

„Nein", sagte sie nur und war weg.

Es begann wie eine fein abgestimmte Choreographie und es waren unsere intensivsten Treffen. Ich legte mich zwischen seine Beine und begann seinen Schwanz und diese unglaublich weichen Eier zu lecken. Wie bei unseren Autofahrten drückte er meinen Kopf mit seiner Hand tiefer, sodass ich seinen nun harten Schwanz in meinem Rachen fast verschluckte. Dank dieses Trainings musste ich dabei nicht sofort würgen. Im Gegenteil, ich genoss es, versuchte ihn mit meinen Hals- und Rachenmuskeln zu massieren. Das erregte mich selbst so sehr und produzierte jede Menge Speichel, der auf ihn tropfte und wiederum ihn mehr erregte. Wenn ich zu stöhnen begann, sagte er streng: Sei still. Warum? Ich habe keine Ahnung, aber das machte mich noch geiler. Zwischen meinen Beinen wurde es nass. Nur noch so begann nicht nur Nässe, sondern diese Art Geilschleim zu laufen. „Nimm ihn dir!", erst dann durfte ich mich auf ihn setzen. Minuten, in denen ich versuchte, mich weit zu machen, zu öffnen, süchtig danach zu fühlen, wie sein Schwanz an meinen Muttermund stieß. Etwas durfte ich zu diesem Zeitpunkt schon nicht mehr. Ihn anschauen, küssen und meinen Kopf an seinem Hals ablegen. Wenn er merkte, dass der Moment dafür gekommen war, drehte er mich um. Auf dem Rücken liegend schlug er mir seine Faust in meinen Bauch. Ich schrie und krampfte mich. Seine Hand an meinem Hals drückte er mich würgend wieder auf das Bett. Wie immer ohne Vorwarnung rammte er seinen Schwanz in meinen Arsch. Mein Schleim tropfte weiter aus meiner Fotze, die in dieser stillen Nacht heiß und unbefriedigt blieb. „Leck ihn sauber", sagte er dann und setzte sich auf mein Gesicht. Dann dauerte es nur noch Momente, bis er mir mit einem langen „Ahhhh" in den Mund spritzte. Er deutete mit dem Kopf in Richtung Tür.

Mein Zeichen zu gehen. Mit dem Gefühl, einfach nur benutzt worden zu sein, ließ ich ihn, ohne ein Wort gesagt zu haben, auf dem Bett zurück. Unbefriedigt, ohne Orgasmus, ging ich so leise wie ich gekommen war.

Die Stadt leuchtete mir ihre Leere entgegen. Müde und zufrieden hatte ich bisher diese Autofahrten zurück in meine Vorstadt, in der niemand auch nur eine Ahnung von meinen nächtlichen Erlebnissen hatte, genossen.

Genau dieses Gefühl hatte mich die Veränderungen in der Bank, meinen Alltag leichter ertragen lassen. Nikolas machte mein Leben aufregend. Mit ihm erlebte ich Dinge, die mir niemand zutraute, und dieses Wissen machte mich stärker, gab mir etwas Erhabenes. Nach einer dieser stillen Nächte, wie wir sie nannten, konnte ich jeden ungerechten Angriff, jede dumme oder abfällige Bemerkung meiner ausschließlich männlichen Chefs über meine Arbeit weglächeln. Mehr noch, ich stellte mir vor, dass das, was ich mit Nikolas tat, auch diese gern machen würden. Wahrscheinlich sogar mit mir. Mein Blick sagte ihnen – vergiss es, mich bekommst du nie. Das Gefühl, zu Nikolas zu gehören, ihm zu gehören, stärkte mich auf unerklärliche Weise. Es gab mir Ruhe und Sicherheit. Doch es entzog mir mehr und mehr Kraft. Schon lange gab es bei Nikolas keinen Jazz, keine Kerzen, nur noch selten Wodka und bald nicht einmal mehr Wasser. Und doch erfüllten mich diese immer kürzer werdenden Momente. Unmerklich schrieben wir uns mehr als dass wir uns trafen.

„Was macht das Stück?“ 11:35 Uhr

„Ich bin im Büro.“ 11:36 Uhr

„Was bist du?“ 11:40 Uhr

„Ich bin dein. Deine vernachlässigte Hure.“ 11:42 Uhr

„Das musst du dir erst verdienen.“ 11:44 Uhr

„Was meinst du?“ 11:45 Uhr

„Du redest und redest.“
„Du machst nichts.“
„Lügst.“ 11:45 Uhr

„Was möchtest du, das ich tue?“ 11:46 Uhr

„Mach deine Arbeit.“
„Werde endlich meine Maso-Hure. 11:47 Uhr

„Was heißt das?“ 11:48 Uhr

„Du weißt es.“
„Mach endlich das, was eine Hure für ihren Herrn tut.“ 11:49 Uhr

„Ich brauche dich. Muss dich reiten, deine Eier lecken und ich möchte, dass du mich so tief fickst, wie du es immer tust.“ 11:50 Uhr

„Morgen wirst du alles bekommen“ 11:51 Uhr

„Ich bin hibbelig. Kann mich nicht konzentrieren. Eine Unruhe verhindert, dass ich arbeiten kann. Denke nur noch an den Sex mit dir.“ 11:52 Uhr

„Die Hure ist abhängig.“ 11:53 Uhr

„Scheint so. Ist es das, ja? Bitte, ich muss dich sehen.“ 11:54 Uhr

„Mach deine Arbeit.“ 11:55 Uhr

„Was genau meinst du?“ 11:56 Uhr

„Lass deine Löcher von einem Fremden ficken."
„Danach kommst du zu mir."
„Du gibst das Geld ab."
„Erhältst deine Belohnung." 11:57 Uhr

„Wo soll ich so einen Mann finden?" 11:58 Uhr

„Gib eine Annonce auf." 12:01 Uhr

„Hat das schon einmal eine Frau für dich getan?" 12:02 Uhr

„Das geht dich nichts an." 12:08 Uhr

„Du wirst eine gute Hure sein." 13:30 Uhr

„Jetzt los." 14:16 Uhr

Der Gedanke, es wirklich zu tun, erregte mich mehr, als dass er mich abschreckte. Nikolas hatte mich erwischt. Woher wusste er das? Er musste es wissen. Würde er es sonst wagen, einen solchen Vorschlag zu machen? Vergessen und weit weg waren die Warnungen von Sandras Freundinnen. Es gab nur meine Welt, meine Realität und in dieser war ich fest entschlossen, wirklich zu tun, was Nikolas sich von mir wünschte. An diesem Nachmittag bearbeitete ich keine Anträge. Ich legte mir ein Profil auf einer Escortseite an, folgte seinen Anweisungen. Ein Foto meiner Brüste auf der Toilette geschossen, dann von mir am Schreibtisch. Ich trug halterlose hautfarbene Strümpfe in nicht ganz hohen Schuhen. Ich musste Nikolas sehen. Es war ein unerklärlich warmes Gefühl von Nähe und Sicherheit, das mich bei jedem Klick weiter einsog. Ich gehörte Nikolas. Alles war wieder gut. Ich war in Sicherheit. Wirklich?

*Nymphomanische Bürofee erfüllt nach Feierabend jeden Wunsch. TG gewünscht. Nur Hotel oder Hausbesuche möglich.*

Fast schockte es mich, wie schnell alles ging und vor allem, wie einfach es war. Ein simpler Satz und keine Stunde später kamen die ersten Mails in einem eigens dafür angelegten Mail-Account an.

„Machst du auch AO?"
„19 Uhr bei mir, was für ein Taschengeld stellst du Dir vor?"
„Schluckst du auch?"
„Machst du auch SM?"

Innerhalb von zwei Stunden hatte ich über 80 Nachrichten. Allein sie alle zu bearbeiten kostete Zeit. Wenn ich Nikolas heute sehen wollte, dann brauchte ich jetzt sofort meinen ersten Kunden. Doch die Männer hinter den Mailadressen fragten nach noch mehr Fotos von Fotze und Arsch, die ich nicht hatte und auch nicht machen wollte. Sie beschrieben mir in allen Einzelheiten, was sie mit mir machen wollten, und fragten jeden Punkt extra ab. Allein die Kommunikation mit nur drei dieser potenziellen 80 Kunden, die in der Zwischenzeit schon auf über 100 angewachsen waren, brauchte Zeit. Zeit, die ich nicht hatte. Langsam wurde ich unruhig. So nah und doch war es schwer, endlich einen festen Termin ausmachen zu können. Die Männer fragten nach einer Telefonnummer und wollten meine Stimme hören. Ich hatte keine Nummer. Keine, die ich herausgeben konnte. Jetzt erst wurde mir bewusst, wie unbedarft ich mich hatte hineinziehen lassen in etwas, dessen Tragweite ich nicht einschätzen konnte. Langsam wurde ich ungeduldig, fast verzweifelt. Ich musste Nikolas sehen, also beantwortete ich Mail um Mail mit den immer gleichen Fragen. Wie siehst du aus? Wir groß bist du? Was kann ich alles mit dir machen? Mittlerweile war es 17 Uhr und ich hatte auch nach mehr als 40 Antwortmails noch keine feste Verabredung, als ein Abteilungsleiter eines anderen Bereiches vor meinem Schreibtisch stand.

„Gut, dass Sie noch da sind, Frau Kosmala. Sie können doch Englisch?"

„Ich denke schon."

„Wir haben einen Termin, den uns eben unsere liebe Wirtschaftssenatorin reingedrückt hat. Ein amerikanisches Unternehmen. Bei mir sind alle weg. Die Herren sind in E 512. Kommen Sie!"

In diesem Moment erklang die Harfe.

Nur noch eine Etage. Der Fahrstuhl war heute besonders langsam. Vorbei an Kollegen, die in ihren Feierabend gingen.

„Marie, hey, hast du dich verlaufen?"

„Was macht denn unser Mittelstandsmädchen hier? Oben spielen nur die großen Jungs!"

Die Bemerkungen meiner Kollegen halfen mir paradoxerweise, wieder in der Arbeitswelt anzukommen. Als ich den Besprechungsraum betrat, saßen mir dort drei gut aussehende Männer gegenüber. Keiner älter als 50. Sie starrten mich an. Ich wurde rot, spürte, wie meine Wangen brannten. Erst jetzt fiel mir ein, dass ich mich für das Foto meines Escortprofils vorhin stark geschminkt hatte. Zu stark für einen einfachen Beratungstermin über finanzielle Fördermöglichkeiten im Land Berlin mit ausländischen Investoren. Mein Kollege am Fahrstuhl hatte recht. Hier oben wurden nur die Konzerne und große Unternehmensverbunde bearbeitet. Ich war für die kleinen Firmen zuständig, all die, die weniger als 250 Mitarbeiter hatten. Ich hatte keine Ahnung, was ich machen sollte. Also tat ich, was ich immer machte. Ich ließ die Leute erst einmal erzählen. Jeder Mensch möchte seine Geschichte erzählen. Der Rest würde sich finden.

„Dann erzählen Sie mal. Mich interessiert vor allem, worin genau Ihr Business besteht. Wie viele neue Arbeitsplätze Sie planen und wie viel Geld Sie in Maschinen und Gebäude investieren wollen. Dann schauen wir weiter." Ohne nachzudenken, hatte ich englisch gesprochen. Es gab Zeiten, da hätte ich mich das nicht getraut. Eine neue Selbstsicherheit ließ es einfach laufen.

Ein langer Blickwechsel der Herren folgte. Wo waren meine Kollegen? Sollte ich das hier etwa allein wuppen? Synchron griffen die drei in ihre Jackentaschen und schoben mir ihre Visitenkarten über den Tisch.

„Und Sie sind?", fragte der mit den fast durchsichtig hellblauen Augen, einem akkuraten Kurzhaarschnitt und einem Gesicht glatt wie ein Kinderpopo. Meine Visitenkarten lagen auf meinem Schreibtisch und ich hatte vergessen mich vorzustellen.

„Wir haben schon viel von der Berliner Unhöflichkeit gehört, dass sie aber so gut aussieht, das hat uns niemand gesagt", sagte Mann Nummer zwei, ebenfalls in perfektem Deutsch, lächelnd und keineswegs beleidigt.

Mann Nummer drei beugte sich zu mir, während er uns allen ein Glas Wasser einschenkte. Denn auch das hatte ich vergessen anzubieten.

„Wir sind Ihnen dankbar, dass Sie so spontan Zeit für uns haben, und müssen uns entschuldigen, dass wir Ihren Feierabend nun hinauszögern", sagte er mit nicht einmal einem Akzent.

Dieser Termin war anders als alles, was ich in den letzten 15 Jahren in der Bank erlebt hatte. Flirteten die Herren mit mir? Mein Kopf glühte. Ich musste bis in die Haarspitzen errötet sein. Auch ich lächelte. Es ging gar nicht anders.

„Kosmala. Wenn ihr darauf besteht", sagte ich frech, duzte sie und sprach deutsch.

So flirteten wir uns durch die nächste Stunde. Lachten viel und hatten Spaß. Ich weiß nicht, ob es insgesamt an meiner erotisierten Stimmung lag. An der Grundspannung, wie Nikolas es nannte. Sie waren mir alle drei sympathisch. Helfen jedoch konnte ich nicht. Der Grundstein ihres Firmengebäudes war schon gelegt und die Maschinen waren bestellt, alle Aufträge bereits ausgelöst. Eine Stunde hatte ich nicht an Nikolas gedacht und spürte zum ersten Mal seit Monaten Lust auf jemand anderen als ihn.

„Was machst du jetzt?", fragte der mit den wasserblauen Augen, während die beiden anderen sich telefonierend beim Warten auf den Fahrstuhl von uns abwandten.

„Feierabend", sagte ich.

„Willst du mit mir essen gehen?"

„Wir beide wissen doch, dass du nicht mit mir essen willst. Also überspringen wir doch den Teil und kommen gleich auf den Punkt."

Ich erschrak nur kurz über das, was mir da gerade herausgerutscht war. Mehr noch verwunderte mich die Selbstsicherheit, die bestimmte Klarheit, mit der ich aussprach, was mein verdutzter Mister wasserblaue Augen dachte.

„Willst du mich ficken? Ja oder nein?", schob ich noch frecher hinterher. Dass wir noch immer am Fahrstuhl standen und dieses Gespräch quasi in meinem Büro stattfand, irritierte ihn nicht.

„Ich will", sagte er und lächelte nun amüsiert. Das Spiel hatte er nicht erwartet, aber es gefiel ihm und so spielten wir.

„Gut. 20 Uhr. Ich brauche eine Zimmernummer und eine genaue Wegbeschreibung zum Fahrstuhl. Wenn ich komme, liegen 300 Euro sichtbar für mich bereit." Während ich sprach, schrieb ich meine Telefonnummer in meinen Block, riss ihm den Zettel raus, sah ihm fest in die Augen, als er ihn mir aus der Hand nahm.

„Deal?"

„Ich freu mich", sagte er, als sich die Fahrstuhltür mit allen dreien schloss und mich zurückließ.

War das wirklich gerade passiert? Aufgeregte Nervosität ließ mich die Nottreppen in mein Stockwerk hinunterhüpfen. Ich konnte es nicht fassen. Eben hatte ich meinen ersten Kunden gefunden und das musste ich Nikolas sofort schreiben.

„Ich werde deine Hure sein." 18:17 Uhr

„Gut."
„Keinen Kontakt während der Arbeit."
„Wo und wie viel? Mehr will ich nicht wissen." 18:20 Uhr

In diesem Moment schrieb Marc, der Mann mit den wasserblauen Augen. „Charlottenburger Hof, Zi 303, Rezeption ist links, vorbei geradezu auf den Fahrstuhl zu. 3. Etage, dann rechts. Das Zimmer ist groß. Es gibt Wein. Ich freue mich." 18:21 Uhr

Mir blieb gut eine Stunde, um aus mir eine Hure zu machen. Froh, heute mal wieder mit dem Auto gefahren zu sein, fuhr ich zum Tauentzien.

„Kann ich Ihnen helfen?", fragte eine kleine, untersetzte Verkäuferin bei Hunkemöller.

„Das können Sie in der Tat. Ich brauche Strapse, BH und Strümpfe, schwarz und sofort. Ich behalte das gleich an. Schaffen wir das in 20 Minuten?“

Die kleine Frau verschwand und 25 Minuten später stand ich in einem Schuhgeschäft und probierte hohe schwarze Pumps an. Bei H&M nebenan griff ich mir das erste schwarze Kleid, das ich finden konnte. Ich sah gut aus. In der Umkleidekabine schminkte ich mich und toupierte meine Haare. Marc mit den wasserblauen Augen sollte mich nicht wiedererkennen.

Hätte ich aufgeregt sein müssen? Gar Angst haben? Nervös sein? Ich war nichts davon. Es machte mir Spaß. Ich tat es für Nikolas. Es war, als wäre er dabei. Ich fühlte mich stark und schön und war Nikolas so nah wie nie, als ich wenig später durch die Hotelhalle schritt, so sicher, als würde ich dort wohnen.

Marc brauchte eine gute Sekunde, um mich zu erkennen. Während er mich hineinbat und mir ein Glas Rotwein brachte, überschüttete er mich mit Komplimenten. Das Geld lag sichtbar auf einem kleinen Beistelltisch am Eingang. Wir konnten uns gut unterhalten, was den Umstand, dass er ein sehr schlechter Ficker war, nicht ausglich. Ich hatte viele Filme gesehen, in denen der Moment, in dem eine Frau das erste Mal ihren Körper verkauft, gezeigt wurde. Immer war es eklig, die Frauen kämpften mit sich, waren angewidert und mussten sich überwinden. Nichts davon fühlte ich. Es machte mir Spaß. Ich genoss es, begehrt zu werden. Marc roch nach gutem, schwerem Männerparfüm und nach der Dusche, die er gerade genommen haben musste. Seine Haut war noch kalt und nass. Er bewunderte meinen Körper, was mich motivierte und anturnte. Mehr automatisch fiel ich auf die Knie, legte meine Hände auf den Rücken, blickte zu ihm hoch und öffnete meinen Mund.

„Ich dachte, solche Frauen gibt es nur in Pornos“, sagte er, während er seine Hose öffnete. Sein Schwanz war nicht schön. Er war sogar sehr hässlich. Darüber hatte ich noch nicht nachgedacht. Hässliche und schöne Schwänze, es gibt tatsächlich einen Unterschied. Seiner hatte keine Form. Er war blass wie eine ungebratene Currywurst, der Anfang genauso breit wie das

Ende. Kleine Eichel und viel zu viel Haut, die erst weggeschoben werden musste. Bei Nikolas war das anders. Da war keine Haut. Vielleicht war er doch Jude? Doch beschnitten konnte er auch so sein. Meine Zunge suchte die Rille unter der Eichel. Marc stöhnte. Ich nahm seine Hände und legte sie auf meinen Kopf. Drück mich auf dich, wie es dir gefällt, wollte ich damit sagen. Doch er verstand es nicht.

„Würdest du dich für mich auf das Bett legen und einfach nur die Beine auseinandermachen?" Fast schüchtern genoss er es, mir eine Ewigkeit lang seine Finger in die Fotze zu stecken. „Darf ich?", fragte er irgendwann viel zu höflich. Da konnte ich nur noch ein Ja stöhnen, denn seine Hand verschwand komplett in mir. Ängstlich und doch sichtlich froh, dass endlich einmal machen zu können, stieß er mich mit seiner Faust. Ich hatte einen Orgasmus. Meine Fotze zuckte und krampfte sich um seine Hand. Das entschädigte für sein schlechtes Zustoßen, das mich nichts fühlen ließ. Er hatte die Technik nicht raus und tat mir fast leid. Sollte ich ihm sagen, wie man das machte? Marc lag schwer mit seinem ganzen Körper auf mir. Es gab gar kein Rein-Raus. Es ist eh schwer, durch reines Rein-Raus Orgasmen zu bekommen, doch so ging es erst recht nicht. Ich drehte mich um, streckte ihm meinen Arsch entgegen. Es half nichts, nur sein Oberkörper klatschte auf mich. Ich spürte nicht einmal, ob er in mir war oder nicht. „Trau dich!", forderte ich ihn auf. „Mach, was du schon immer einmal machen wolltest."

Nach zwei Stunden spritzte er mir auf meine Brüste und sprach vom besten Sex seines Lebens. 300 Euro war eine lächerliche Summe für jemanden wie ihn, der noch nie für Sex bezahlt hatte. Lässig griff ich im Gehen mein erstes mit Sex verdientes Geld und ließ es einfach in meine offene Tasche fallen. Dass auch ich noch nie für Geld Sex hatte, verriet ich nicht. Ich war stolz. Jetzt war ich eine Hure. Nikolas' Hure.

„Fertig." 22:12 Uhr

„Bist du da?" 22:15 Uhr

„Wie lange hattet ihr vereinbart?“ 22:16 Uhr

„Egal. Es ist vorbei. Er kann nicht mehr.“ 22:16 Uhr

„Die Hure kommt still her und tut ihre Pflicht.“ 22:17 Uhr

„15 min.“ 22:17 Uhr

Ich fühlte mich, als hätte ich etwas Verbotenes getan. Das war großartig. Bonnie und Clyde auf der Suche nach Sexopfern. Es stärkte mich auf unerklärliche Weise. Aufgedreht fuhr ich zu Nikolas. Doch nichts konnte mich auf die Enttäuschung vorbereiten, die mich erwartete.

Er musterte mich und sein Gesicht konnte den Schock nicht verbergen, den mein Anblick bei ihm auslöste. Später erst wurde mir bewusst, dass er mich noch nie so gesehen hatte. Das enge schwarze Kleid und die zu stark geschminkten Augen, hochgesteckte Haare, rote Wangen und der Glanz in meinen Augen zeugten davon, dass ich gerade gefickt worden war und das nicht von ihm.

„Mal ehrlich, hat das jemals eine Frau für dich getan?“, fragte ich, als ich das Geld auf den Nachttisch neben seinem Bett legte. *Bretonische Flut* und *Irvin Yalom,* gleich zwei Bücher lagen da. Wann las er denn? Gerade wollte ich mit ihm über Bücher sprechen, da hatte er mich schon an den Armen gepackt.

„Raus.“ Nikolas war wütend.

Ich versuchte, wieder in unser Spiel zu kommen. „Meine Belohnung, Herr“, sagte ich und hockte mich auf sein Bett, streckte ihm meinen Hintern hin. Die Gerte in seiner Hand sah ich nicht, und so prügelte er mich ein weiteres Mal aus seiner Wohnung. Die Magie des Abends, alle Nähe war zerstört. Die Schläge trafen meine Arme, mein Gesicht. Er sah nicht, wie ich das Geld griff. Instinktiv. „Raus hier!“ Nikolas schrie jetzt. „Verschwinde!“ Dabei traf er meine Waden und Oberschenkel. Immer wieder knickte ich unter den Schlägen ein. Das schien ihm zu gefallen. Jedes Mal, wenn ich mich aufgerichtet hatte, schlug er wieder zu. Die Wohnungstür lag unendlich weit weg. Später im Auto verfolgte mich der Harfenklang.

„Was sollte das?“ 22:54 Uhr

„Was meinst du?“ 22:56 Uhr

„Wo ist das Geld?“
„Bring es sofort zurück!“
„Ich denke, das war es.“
„Du laberst und manipulierst und verschwendest meine Zeit.“
„Zweimal eine so schlechte Erfahrung mit dir. Es reicht.“ 23:03 Uhr

„Ich habe heute für dich angeschafft.“ 23:05 Uhr

„Wo ist das Geld?“ 23:06 Uhr

„Ich hatte es abgeliefert.“
„Du hast mich unwürdig aus der Wohnung geprügelt.“ 23:08 Uhr

„Nichts hast du.“
„Kein Geld, keine Hure, kein Anschaffen, keine Ehrlichkeit.“
„Du bist nichts.“
„Schreib weiter, von mir aus.“
„Rede, strample und mach einfach.“
„Es ist vorbei.“
„Ich entlasse dich.“ 23:15 Uhr

„Du weißt genau, dass das alles nicht stimmt. Ich bin ehrlich und liebe dich trotz allem, was du mir antust.“ 23:17 Uhr

„Lass dieses texten.“
„Du interessierst nicht.“ 23:20 Uhr

„Du hast gar nichts erfüllt. Nichts gemacht."
„Dein Verhalten ist eine Beleidigung für jede echte Sub." 23:21 Uhr

„Du hast gelogen und betrogen." 23:25 Uhr

„Nimm mich wieder. Bitte." 23:26 Uhr

„Was willst du anbieten? Auf Drogen sein?" 23:27 Uhr

„Ich verstehe dich einfach nicht." 23:28 Uhr

„Deine Täuschungen, dein Manipulieren, dein Pseudo-Psycho-Gerede." 23:29 Uhr

„Bitte. Was soll ich tun?" 23:30 Uhr

„Es gibt tatsächlich Frauen, die haben das für mich gemacht." 23:31 Uhr

„Was gemacht?" 23:33 Uhr

„Angeschafft für ihren Herrn." 23:34 Uhr

„Das habe ich auch – du hast mich aus deiner Wohnung geprügelt." 23:35 Uhr

„Lass es." 23:36 Uhr

„Ich möchte es wiederholen." 23:37 Uhr

„Nein."
„Mehr ist wirklich nicht nötig."
„Das war's." 23:40 Uhr

„Nein, nicht, bitte." 23:41 Uhr

## „Ich danke dir für eine spannende und gute Zeit." 23:42 Uhr

Ein blaues Auge und Hämatome, die so groß waren wie meine Handflächen, brauchten mehr als eine Sonnenbrille im Büro und langärmelige Blusen im Sommer, um sie vergessen zu machen. Grün und ein wenig ins Gelbliche verlaufend leuchteten die alten Kränkungen, die neuen sagten schwarz und dunkelblau, dass es so nicht weitergehen konnte. Ich sah fürchterlich aus. Die Behindertentoilette wurde mein Fotostudio, in dem ich den Wahnsinn der letzten Nacht dokumentierte.

Du musst ihn anzeigen, schrieb Sandra und eine extra Nachricht mit sehr vielen Ausrufezeichen unterstrich, dass sie das blaue Auge nicht gut fand. Anzeigen? Weswegen?

Wann wurde aus Lust am Schmerz Prügel? Wem glaubte man dann, wer wann was getan hatte? Woher konnte man wissen, wann wer was nicht mehr wollte? Alles würde öffentlich werden. Die Mädchen und Paul, jeder würde es wissen. Verurteilende Blicke; Blicke, die nicht verstanden, was ich selbst nicht begreifen konnte. Ich war nicht mehr ich selbst, aber wer würde das sehen?

Ich schäme mich, schrieb ich Sandra und würde sie treffen. Sie wollte es sehen und fotografieren, richtig und mit ihr als Zeugin. Bezeugen konnte sie nur die bunten Flecken auf meiner Haut. Unbezeugt bliebe, WIE sie dorthin gekommen waren. Nachrichten zwischen Nikolas und mir würden belegen, dass ich mich freiwillig hatte schlagen lassen. Was würde es ändern? Wem wäre geholfen? Vor allem die Frage, was wäre danach anders? Für mich? Für Nikolas? Gar nichts. Ich war eine Hure, hatte für Sex Geld genommen und er hatte mich geschlagen. Ende, nichts weiter. Wem könnte ich beweisen, dass ich mehrfach Stopp und aufhören gerufen hatte. Wem glaubhaft machen, dass ich mich neulich zwar erst freiwillig an sein Bett hatte fesseln lassen, an diesem einen Nachmittag dann aber zu blöd war mich selbst zu befreien. Und dann, als ich es konnte, mich wieder freiwillig in die Schlaufen gehängt hatte, die mich durch meine eigene Ungeschicktheit mehr fixiert hatten, als er es geplant hatte, und ich deswegen in Panik geriet. Er war dann ausgeklinkt und ich dachte, ich würde ersticken, was er nicht gemerkt haben wollte, denn er wollte ja nur, dass ich endlich still war. Warum sollte ich davon jemandem erzählen? Ich schämte mich für meine Lust und noch mehr für meine Unfähigkeit es zu beenden.

Als auch das neue Blau bereits Lila wurde, sendete ich Nikolas die Fotos, die Sandra an jenem Tag von meinem Rücken und Hintern gemacht hatte. Still, ohne bohrende Fragen hatte sie es getan. Nur einmal sagte sie etwas: „Du musst mit Penny reden."

Nach dem Yoga-Kurs, als der Duft der Kräuter ihrer Oase uns würzig um die Nasen wehte, versprach ich ihr, Nikolas nicht mehr zu treffen. Ich versprach, es diesmal ernsthaft zu versuchen. Doch noch hoffte ich auf eine erklärende Reaktion auf die Fotos meines grauenvoll aussehenden Körpers.

„Was ist dir denn passiert?" 9:30 Uhr

„Das warst du. An dem Tag, als ich für dich zur Hure wurde." 9:35 Uhr

„Also du hast bislang eh gar keine Hurenarbeit geleistet." 9:36 Uhr

„Das habe ich. Du hast nicht einmal gefragt, woher ich so schnell einen Kunden hatte."
„Wollte dir nur die Bilder schicken." 9:37 Uhr

„Verstehe den Zusammenhang nicht."
„War doch weder Hurenarbeit noch andere Arbeit."
„Bin echt irritiert."
„Was hat das mit mir zu tun?"
„Auf jeden Fall gute Besserung." 9:38 Uhr

„Also zwischen dem Wort Hurenarbeit, das du ja verwendest, und den Bildern gibt es in der Tat keinen Zusammenhang." 9:40 Uhr

„Und vor allem zwischen den Worten dir und mir nicht."
„Total verwirrend."
„Wirklich."
„Dir scheint es psychisch wirklich nicht gutzugehen." 9:42 Uhr

„Auf dem Rücken habe ich eine große offene Wunde. Sie brennt. Mein ganzer Oberarm ist ein einziger blauer Fleck. Ich finde es dennoch erregend, so an dich denken zu müssen. Küsse deine Eier." 9:43 Uhr

„Da keine Verabredungen gelten, kann ich mit deinen Nachrichten nichts anfangen." 9:44 Uhr

„Das sind die Folgen von deinen Schlägen." 9:45 Uhr

„Sehr verwirrend." 9:46 Uhr

„Nein. Es ist ganz klar. Du hast mich geschlagen." 9:47 Uhr

„Was soll ich denn gewesen sein?"
„Immer wieder diese verstörenden Nachrichten."
„Du bist unberechenbar."
„Ich habe wirklich Angst vor dir und das will ich nicht."
„Wir lassen es." 9:48 Uhr

Die Tage ohne Nachrichten füllten bald eine ganze Woche. Die Leere in mir füllten sie nicht. Ich vermisste ihn. Ich brauchte ihn. Aber was brauchte ich? Die Aufregung? Das Abenteuer? Die Orgasmen? Mir fehlte all das und mehr. Ich war nur noch eine von allem losgelöste leere Hülle, die nur Nikolas auszufüllen imstande war. Ich fühlte nichts mehr. Fiebrig wie in Trance, Watte und Nebel war ich da und doch wieder nicht. Meine direkten konfrontierenden Nachrichten an ihn bereute ich jetzt. Was hatte ich nur getan? Hatte er Angst vor mir?

Kränkend sagte mir das *online* unter seinem Namen im auf dem Rechner geöffneten WhatsApp-Fenster, dass er mit jemandem schrieb. Einem Jemand, der nicht ich war. Eifersucht krampfte meinen Magen ein. Ich hielt es nicht aus und musste, in dem Wissen, dass es unvernünftig war, ihm zu schreiben, wieder und wieder die Kontaktpausen unterbrechen. Die Droge wirkte immer nur kurz, aber sie wirkte. Kein Ende mit Schrecken, eher ein sehr zähes Sich-Entziehen, zählte ich die Stunden, die zu Tagen wurden, und hoffte, Nikolas würde aus meinem Kopf und Körper verschwinden wie ein Krankheit, die sich lange festgesetzt hatte. Versprechen wollten eingehalten werden. Das ich ihm nicht schrieb, war nicht dabei.

„Ich drehe durch. Vermisse Dich." 9:30 Uhr

„Du machst jede Woche zwei Termine."
„Alle zwei Wochen ein Abend Belohnung."
„Keine zwei Termine pro Woche – keine Belohnung." 10:30 Uhr

„Du antwortest nicht?" 11:40 Uhr

„Dann willst und brauchst du es auch nicht." 13:00 Uhr

„Ich denke jede Minute an dich. Kann nicht essen, nicht schlafen und bin nicht in der Lage zu arbeiten." 20:00 Uhr

„Dann komm jetzt her."
„Bring das Geld."
„Dann bekommst du, was du brauchst." 20:05 Uhr

„Du hast mich beschimpft, du hast mich freigegeben." 20:06 Uhr

„Halt deine Fresse." 20:07 Uhr

„Ich brauche dich. Bin süchtig nach dir." 20:07 Uhr

„Du kannst keine Verabredungen einhalten." 20:08 Uhr

„Was heißt das?“ 20:11 Uhr

„Der Hurendienst ist verabredet.“ 20:10 Uhr

„Ich muss dich sehen.“ 20:10 Uhr

„Nein.“
„Dein Verhalten ist willkürlich.“
„Du kannst keine Ehrlichkeit einhalten.“ 20:12 Uhr

„Ich verstehe dich einfach nicht. Bitte nimm mich zurück.“ 20:12 Uhr

„Halt's Maul und lutsch meine Eier.“
„Ich habe bis 21 Uhr Zeit.“ 20:13 Uhr

„Ich brauche mehr Zeit dafür.“ 20:14 Uhr

„Jetzt geht nicht mehr“ 20:15 Uhr

„Mehr Zeit, mehr Vertrauen, mehr Klarheit, mehr Schläge, mehr Stöße, mehr Sex, mehr Basis, mehr Verlässlichkeit!“ 20:16 Uhr

„Bis 21 Uhr. Das kann ich verlässlich geben.“ 20:16 Uhr

„Du hast mich rausgeworfen neulich.“ 20:17 Uhr

„Der Herr macht mit seiner Hure, was er will.“ 20:18 Uhr

„Mich geprügelt und beschimpft.“ 20:19 Uhr

„Vor allem aber rechtfertigt er sich nicht.“
„Du kannst es lassen und beenden, Hure.“ 20:20 Uhr

„Ich muss dich sehen und habe doch Angst.“ 20:21 Uhr

„Bring endlich das Geld bei, Marie!“ 20:22 Uhr

„Es lag auf deinem Nachttisch.“ 20:23 Uhr

„Dann kann sich die Hure ihre Belohnung abholen.“
„Fünf Minuten Herreneier lutschen.“
„Das ist mein Angebot.“
„Überleg es dir.“ 20:25 Uhr

„Ich habe es wieder mitgenommen, weil du mich unwürdig geprügelt hast.“ 20:26 Uhr

„Bring deinen ersten Hurendienst zu Ende.“ 20:28 Uhr

„Ich dachte, es geht um das Spiel und den Kick.“ 20:29 Uhr

„Es geht um dich.“
„Du hast nicht zu entscheiden.“
„Willst du meine Hure sein?“ 20:30 Uhr

„Ich muss. Ich will. Ich fühle mich unvollständig ohne dich.“ 20:31 Uhr

„Wirf das Geld in den Briefkasten.“
„Andernfalls beenden wir das hier.“
„Überlege dir mein Angebot.“
„Es geht nicht darum, was du willst.“ 20:35 Uhr

„Von meinem alten Leben bin ich losgelöst, in deinem, unserem nicht angekommen. Nirgends gehöre ich dazu. Ich schwebe in einer Art Zwischenwelt.“ 20:40 Uhr

„Gut.“
„Genau da, wo eine Sub lebt.“
„Da gehörst du hin.“
„Jetzt bist du so weit.“
„Endlich hast du verstanden.“ 20:45 Uhr

„Ich bin verzweifelt.“ 20:48 Uhr

„Sehr gut.“
„Noch nicht verzweifelt genug.“ 21:05 Uhr

„Wer bist du? Wieso hast du solch eine Macht über mich?“ 21:06 Uhr

„Ich bin dein Herr.“ 21:07 Uhr

„Du hast mein Angebot.“ 21:25 Uhr

„Du hast noch nicht geantwortet.“ 21:50 Uhr

„Das ist meine Antwort. Ich liebe dich, brauche dich, bin süchtig nach dir, muss zu dir. Jetzt. Ich brauche dich.“ 22:00 Uhr

„Du manipulierst und verarschst.“ 22:01 Uhr

„Ich war dir so nah. Es ist so unglaublich, was ich fühlte, als ich neulich aus dem Hotel kam. Stark, stolz. Es für dich zu tun, hat mich so erfüllt. Ich war glücklich und frei in der Gewissheit, dass wir jetzt endgültig miteinander verbunden sind.“ 22:15 Uhr

„Schwachsinn.“
„Du redest nur.“ 22:16 Uhr

„Du sagtest mal, jede Hurenarbeit von mir macht uns zur Symbiose.“
„Wo ist die?“ 22:17 Uhr

„Es steht dir nicht zu so etwas zu sagen.“
„Du bist pseudo und extrem unerotisch.“
„Ich will, dass du es richtig und regelmäßig für mich machst.“ 22:18 Uhr

„Was?“ 22:19 Uhr

„Zwei Termine jede Woche.“
„2.000 Euro monatlich an mich.“ 22:20 Uhr

„Darum geht es dir? Ums Geld?“ 22:21 Uhr

„Nein.“
„Um deine Veränderung.“
„Du willst Hure sein.“
„Behauptest du.“ 22:22 Uhr

„Ich habe es getan. Die Frage ist nur, bin ich auch deine Hure und was ist dann anders?“ 22:23 Uhr

„Die Frage stellt sich nicht.“
„Zurzeit bist du nicht meine Hure.“ 22:24 Uhr

„Na dann …“ 22:25 Uhr

„Gut.“
„Du hast selbst entschieden.“ 22:26 Uhr

„Wenn es dir wirklich darum ginge, zu sehen, wie ich mich verändere, dann wäre es geschickt, mich auch in dieser engen Trance und Verbindung zu halten. Doch immer wieder wirfst du mich weg und ich komme in meiner bürgerlichen Welt nicht mehr an, und in deine, unsere lässt du mich nicht. Du hast mich so verändert, seit wir uns das erste Mal gesehen haben.“ 22:30 Uhr

„Wirf das Hurengeld in den Briefkasten.“
„Du hast kein Recht, Geld zu behalten und Bedingungen zu stellen.“
„Machst du aber trotzdem.“ 22:40 Uhr

„Ich war in diesem Hotel. Ich hatte Sex und habe mich dafür bezahlen lassen.“ 22:41 Uhr

„Du bist so dreist und lügst.“ 22:42 Uhr

„Ich lüge nicht. Ich habe es getan!“ 22:43 Uhr

„Daher keine Veränderung durch mich.“
„Alles deine Willkür.“
„Dein hysterisches Ego.“ 22:45 Uhr

„Wieder beleidigst du mich.“ 22:46 Uhr

„Das steht dir nicht zu, zu beurteilen.“ 22:47 Uhr

„Ich sage doch nur, was ich fühle.“ 22:50 Uhr

„Die Grundlage unserer Verabredung ist, dass du dich aufgibst.“
„Was also suchen da deine Empfindungen?“ 22:52 Uhr

„Wovon sprichst du?“ 22:53 Uhr

„Also wann und wo gilt irgendetwas von unseren Verabredungen?“
„Nirgends.“ 22:54 Uhr

„Ich verstehe gar nichts mehr. Was willst du?“ 22:55 Uhr

„Deine Aufgabe.“
„Dass du deinen Auftrag als Subhure zu Ende führst.“ 22:56 Uhr

„Was kann ich tun, damit du mir glaubst?“ 22:57 Uhr

„Du gehorchst bedingungslos.“
„Keine Alleingänge mehr.“
„Dann geht die Erziehung los.“ 23:00 Uhr

„Verstanden. Eine Frage noch. Warum hast du mich rausgeworfen?" 23:01 Uhr

„Du bist alkoholisiert gekommen – ein absolutes Verbot."
„Das habe ich dir auch gesagt."
„Du bist nur zu dumm, um es dir zu merken." 23:04 Uhr

„Alkoholisiert? Ich habe zwei Gläser Wein getrunken."
23:05 Uhr

„Daraufhin warst du distanzlos und übergriffig."
„Noch ein strengeres Verbot." 23:06 Uhr

„Nikolas, du verwechselst mich. Ich habe nichts getan."
„Du hast ohne ein Wort mal wieder auf mich eingeschlagen."
23:07 Uhr

„Nein."
„Da siehst du, wie du manipulierst."
„Du hast diskutiert, geschubst, meine Anweisungen ignoriert."
„Ein absolutes NO-GO." 23:08 Uhr

„Was?"
„Nikolas. Das ist Wahnsinn. Du bist irre. So war das nicht."
23:09 Uhr

„Du hast komplett gegen alle Regeln und Verabredungen verstoßen." 23:10 Uhr

„Mir waren all diese Regeln nicht bewusst."
„Was jetzt?" 23:11 Uhr

„Nichts weiter."
„Es ist seit mehr als einem halben Jahr alles besprochen." 23:17 Uhr

„Morgen sehe ich eine Frau. Klein, sehr wollüstig und wirklich schmerzdevot." 23:40 Uhr

Es traf mich mehr als jeder seiner Schläge zuvor. Die Gewissheit, dass er dabei war mich zu ersetzen, löste eine neue Eifersuchtswelle in mir aus. Eine Eifersucht die mich ertränkte. Ging es mir zu diesem Zeitpunkt schlecht, dann gibt es kein Wort für das, was ab da mit mir passierte. Das ich nicht wirklich verrückt wurde, ist vielleicht auch einer Frau zu verdanken.

8

# OUTING

Sie hieß Penelopé Löwenstein und war eine angesehene Sozialwissenschaftlerin. Das Internet zeigte mir eine schöne Frau. Ihre Nummer könne sie mir nicht geben, hatte Sandra gesagt, und hatte mir nur ihren Namen preisgegeben, denn Penny wolle nicht über die Vergangenheit reden. Eine schonungslos ehrliche Facebook-Message mit meiner Telefonnummer an sie verfehlte nicht ihre Wirkung.

Ich sei in Gefahr, nur deswegen würde sie heute Abend mit mir telefonieren. Die Einkäufe waren gerade im Auto und es hätte keinen unpassenderen Moment für dieses Telefonat geben können. Ich sei da mit Nikolas in etwas reingeraten und wisse nicht, wie ich da wieder herauskomme. Auch bei Penny funktionierte diese Einleitung. Bei mir hat es zehn Jahre gedauert, sagte sie. Erleichterung bei mir, Sorge um mich bei ihr. Wir sind viele, sehr viele, erzählte sie. Meist selbstbewusste, gut aussehende Frauen, Anwältinnen, Ärztinnen, eine bekannte Moderatorin war auch dabei. Zweimal sei er verheiratet gewesen. Schock. Das hatte er nicht erzählt. Seine erste Frau kenne sie gut. Sie hatte ihren Namen gewechselt und sei in eine andere Stadt gezogen. Sie wolle auf keinen Fall gefunden werden. Auch die zweite Frau sei abgetaucht. Was da passiert sei? Penny wollte, konnte oder durfte nicht darüber reden. Ich sei in Gefahr, das sei das Einzige, das ich verstehen müsse. Kann man erleichtert und erschrocken gleichzeitig sein? Jude? Penny lachte und gab mir damit einen Teil meiner Kraft zurück. Sie sei die Jüdin, Nikolas hingegen katholisch. Jüdisch wollte er damals für sie sein. Er sei ein Chamäleon, passe seine Interessen der jeweiligen Frau an. Das schien sich bei mir alles geändert zu haben, warf ich ein. Weder hätte ich einen klangvollen Job noch sei ich berühmt. Sein Französischfimmel, wieder ein Lachen, nein er habe keine Verwandtschaft in Frankreich, seine

Familie stamme aus Polen. Sie hatte in der Schweiz studiert und sei dann nach Israel gegangen, nicht er. Nikolas hatte sie damals mit seiner ersten Frau nur für ein paar Tage besucht. Ja, sie seien Tür an Tür ein paar Jahre bis zur Schule aufgewachsen. Mehr nicht. Er sei ein Einzelkind. Es gäbe keine Schwester. Sie so zu nennen, sei krank. Das hätten allerdings schon andere Frauen berichtet. Ich war fassungslos. Nikolas hatte sein gesamtes Leben erfunden. Er lügt, sagte sie, und das grundsätzlich und das seit frühester Kindheit. Ab der Pubertät sei es immer unheimlicher mit ihm geworden. Er benahm sich seltsam, log jeden an. Bald hatte er keine Freunde mehr. Damals begann er auch Leute zu verdächtigen, ihm Dinge zu stehlen. Er fühlte sich gestalked und verfolgt. Alles Quatsch. Irgendwo im Süden Deutschlands hätte er Medizin studiert, weil er woanders keinen Platz bekommen hatte. Arzt wollte er nur werden, weil er hoffte, dass die Frauen ihn dafür bewunderten. Er war kurz vor dem Facharzt als Gynäkologe, als sich die Beschwerden von Patientinnen häuften. Er liebte es wohl seine Hand in den Frauen zu haben in einer Art, die längst keine medizinische Untersuchung mehr war. Die Familien kannten sich schon vor der Geburt der Kinder. Heute gab es keinen Kontakt mehr. Der Vater wurde irgendwann ernsthaft psychisch krank. Paranoide Wahnvorstellungen, Genaueres wüsste sie auch nicht. Dann verschwand er einfach. Sie hatte keine Ahnung, was mit ihm passiert sei.

Soweit sie wüsste, hätten sich in den letzten Jahren alle von Nikolas abgewandt. Sie kannte niemanden mehr, der mit ihm Kontakt hatte. Die Frauen trennten sich wegen seiner Porno- und Sexsucht, die Männer, weil er log, unberechenbar wurde. Sie hatte einen einsamen Mann in Erinnerung und sich jahrelang verpflichtet gefühlt seine Freundin zu bleiben. Sie bekam Angst vor ihm. Immer wieder Versuche, den Kontakt abzubrechen, über Jahre. Er hatte sie immer wieder gefunden. Neulich, bei einem Spaziergang mit ihrer Mutter im alten Kiez, trafen sie eine Freundin der Mutter, die heute im selben Haus wie Nikolas lebt. Seit Monaten höre sie Schreie im Hof. Er würde Frauen schlagen und hätte jeden Tag lauten Sex am offenen Fenster.

Ich konnte nur zuhören und wusste nicht mehr, ob ich mehr wissen wollte. Penny brachte rationale Klarheit und, wie es Jacob vorausgesehen hatte, eine andere Perspektive auf Nikolas. Meine Berichte über Prügel und Sexpraktiken kommentierte sie mit dem immer selben Satz: Du bist in Gefahr und darfst ihn nie wieder treffen.

Schütze andere Frauen, zeig ihn an und hol dir Hilfe, sagte sie. Es müsse ein Ende haben. Dass jemand wie Nikolas als Psychiater in einer Klinik Verantwortung für Patienten hatte und nun auch Therapeut werden wolle, empfanden wir am Ende beide als Ironie des Schicksals. Ich solle mich in keinem Fall schämen oder schuldig fühlen. So viele seien auf ihn reingefallen. Manipulieren könne er gut, er hätte es seit dem Kindergarten trainiert. Sie nannte ihn Bürschchen ohne Prinzipien und Freunde, eine arme Sau. Nach zwei Stunden sagte ich zigmal Danke und fühlte mich wie nach einer erfrischenden kalten Dusche im Hochsommer.

„Was bist du?“ 6:25 Uhr
„Antworte.“7:30 Uhr

„Lass mich in Ruhe.“ 9:05 Uhr

„Du bist hörig.“
„Du bist Sub.“
„Noch keine Hure.“ 9:10 Uhr

„Für dich weder das eine noch das andere!“ 9:11 Uhr

„Na, na, na.“
„Die Frau für morgen wählt gerade zwischen Stock, Gerte und Gürtel.“ 9:12 Uhr

„Ach, in dem Anfangsstadium seid ihr erst.“ 9:13 Uhr

„Ich habe sie erst zweimal gefickt.“
„Morgen zum ersten Mal Sub.“ 9:14 Uhr

„Süß." 9:15 Uhr

„Ja, und sehr erregend." 9:16 Uhr

„Dann brauchst du mich ja nicht mehr. Viel Spaß. Alles Liebe und alles Gute. Pass auf dich auf." 9:17 Uhr

„Oh ha. Da habe ich dich wohl getroffen."
„Du bist verletzt." 9:20 Uhr

„Du lügst mich an. Immer und immer wieder. Das verletzt mich." 9:25 Uhr

„Gut."
„Lass endlich los."
„Gib dich auf."
„Lass dich zerstören."
„Körperlich und seelisch."
„Damit ich dich formen kann, wie ich will." 10:30 Uhr

„Fotze." 12:10 Uhr

Der Sommer war heiß und näherte sich seinem Höhepunkt. Nina konnte meine Veränderung nicht mehr decken. Nach 15 Jahren tat ich also auch im Büro etwas, was ich noch nie zuvor gemacht hatte. Der Fahrstuhl brachte mich in den achten Stock und dort in das Büro der viel zu blonden Personalleiterin. Man wüsste nicht mehr, ob man mich noch im Kundenkontakt behalten könne. Zu unberechenbar mein Verhalten. Inadäquate Äußerungen, die Kollegen hätten sich schon beschwert, es sei ihnen peinlich mit mir in Terminen zu sein.

Was genau man mir denn vorwerfe, wollte ich wissen, was wiederum meine Gesprächspartner nicht zu wissen schienen. Dann könne ich ja gehen, sagte ich und ging wirklich. Ich solle das nicht auf die leichte Schulter nehmen. Die Personalleiterin brachte mich noch zum Fahrstuhl und legte mir beschwörend ihre Hand auf den Arm, als wären wir beste Freundinnen.

Nina bestand auf ein Mittagessen. Auf einer Bank im Park gegenüber unseres Bürogebäudes funktionierte die gleiche Eröffnung, die auch bei Jacob und Penny Erfolg gehabt hatte. Nina nickte nur. Sie hätte sich das schon gedacht. Liebeskummer könne wirklich eine Krankheit sein. Ich müsse mich ablenken und sie würde mir helfen.

Vielleicht sei der ja gar kein Psychiater, wer so chronisch lüge, hätte vielleicht auch das konstruiert. Ninas Gedanke war unglaublich und doch begann ich darüber nachzudenken. Es stimmte, an seinem Klingelschild stand kein Dr. vor seinem Namen und eine Arztzeitschrift hatte ich auch nie herumliegen sehen. Noch immer im freien Fall begann sich ein Gedanke festzusetzen. Was wäre, wenn Nina recht hatte? Was, wenn Nikolas gar kein Arzt war?

Google kannte keinen Psychiater namens Nikolas Barth. Auf der Webseite des Krankenhauses wurde kein Dr. Barth erwähnt. Auch auf dem dazugehörigen Teamfoto – nichts. In Gedanken bewegte ich mich noch einmal durch seine Wohnung. Nirgends ein Fachbuch. Ich erinnerte mich nur an das leere Regal mit der Thora und einem Buch über Israel. Ärzte müssen lernen, haben Bücher, Lexika, Aufzeichnungen aus dem Studium. Nichts davon hatte ich in der Wohnung gesehen. Wie viel verdiente man als Arzt? Nikolas lebte in einer dunklen, kleinen Zwei-Zimmer-Wohnung im Hinterhof. Ich musste an der Sache dranbleiben. Aber wie?

„Komm her."
„Ich bin nicht gut gemolken worden in den letzten Tagen."
20:00 Uhr

„Ja und?" 20:01 Uhr

„Die Frauen sind so schlecht" 20:02 Uhr

„Falsch ausgewählt?" 20:03 Uhr

„Ja." 20:03 Uhr

„Du bist nicht da."
„Komm zu mir."
„Wirf das Geld ein." 20:04 Uhr

„Du hattest mich fast so weit." 20:05 Uhr

„Verletzt? Immer noch? Sehr gut."
„Ein Lehrer – ein Schüler."
„Austauschbar. Ja das bist du."
„Guck, wie kleingeistig du bist." 20:06 Uhr

„Lass mich in Ruhe." 20:07 Uhr

„Halt deine scheiß Fresse."
„Ich bin zu Hause."
„Komm her." 20:10 Uhr

„Ich würde gern. Will aber nicht." 20:11 Uhr

„Ich muss kotzen."
„Du kommst besoffen und gedopt zu deinem Herrn." 20:12 Uhr

„Fängst du wieder an damit. Ich hatte zwei Gläser Rotwein getrunken." 20:13 Uhr

„Dann taugst du als Hure nicht." 20:14 Uhr

„Du bist echt krank." 20:16 Uhr

„Dir gehört die scheiß Zunge abgeschnitten."
„Du hast unser ganzes letztes dreiviertel Jahr bespuckt." 20:17 Uhr

„Deine Lügen, deine Unberechenbarkeit haben alles kaputt gemacht." 20:18 Uhr

„Ich gebe dich frei." 20:20 Uhr

„Du verstehst es immer noch nicht. Ich liebe dich und ich möchte alles für dich tun. Doch ich muss dir vertrauen können. Das tue ich nicht mehr." 20:23 Uhr

„Jetzt wird es langsam gut mit dir."
„Du bist auf dem richtigen Weg, fertig zu sein." 20:25 Uhr

„Nein. Ich bin wütend, traurig. Verzweifelt." 20:26 Uhr

„Du bist gut zu benutzen."
„Mehr nicht."
„In deinem Kopf ist nur Dreck."
„Deine Enthemmung ist gut."
„Ich habe eine neue Frau."
„Die gibt sich echt und glaubhaft hin."
„Dealt nicht süchtig rum."
„Manipuliert nicht." 20:30 Uhr

„Dann lass mich in Ruhe." 20:31 Uhr

„Lösch mich." 20:35 Uhr

„Ich will dich schreien hören."
„Vor Schmerz."
„Dann in den Schmerzschrei reinschlagen."
„Ich will sehen, wie du im Freien scheißt." 20:40 Uhr

„Mach es mit der Neuen."
„Du bist ein Lügner."
„Vielleicht bist du ja kein Psychiater." 20:41 Uhr

„Sieh an, sieh an."
„Du bist nur ein bisschen fertig." 20:45 Uhr

„Dass du niemals etwas ernst nimmst. Mich anzulügen ist dumm von dir."
„Dummheit turnt mich ab." 20:47 Uhr

„Ich bleibe bei dir."
„Das ist dumm, ja?"
„Ok."
„Dein Kräftemessen ist kleingeistig." 20:50 Uhr

„Die Wahrheit ertrage ich besser." 20:51 Uhr

„Warum bleibst Du dann bei mir?" 20:51 Uhr

„Der plappernde Junge auf dem Balkon, das glitzernde Rosa für deine Tochter, du bist ein guter Vater, die Autofahrten mit dir, wir konnten reden und lachen, dein Blick, wenn ich dich reite, du mir Schmerzen machst, ich sehe deine Geilheit und ich weiß, ich bin dir nicht egal. In diesen Momenten meinst du mich. Ich sehe dich. Deine vielen Gesichter. Ich liebe sie alle. Das Gefühl dir zu gehören." 21:10 Uhr

„Dann gib dich endlich auf."
„Wirf das Geld in den Briefkasten."
„Elende Fotze." 21:12 Uhr

„Du darfst mich zwischendurch auch einmal toll finden!"
21:13 Uhr

„Was soll das?"
„Du bist mein Alles." 21:14 Uhr

„Weißt du noch, was das letzte Nette war, das du zu mir gesagt hast?" 21:15 Uhr

„Nein." 21:15 Uhr

„Das liegt daran, dass du es noch nie getan hast." 21:16 Uhr

„Sei jetzt still." 21:16 Uhr

„Komm her."
„Nicht klingeln."
„Kein Licht."
„Du siehst mich nicht an."
„Wasser und Wein im Bad."
„Du pisst bei offener Tür."
„Ich will es hören." 21:17 Uhr

Das jährliche Firmensommerfest wollte ich eigentlich auslassen. Cocktails an einem Pool mitten in der Stadt unter freiem Himmel, tanzen und Spaß haben. Mitten in die Ruinen ehemaliger Industriehallen, in denen früher Eisenbahnwagons repariert wurden, hatte man diesen Ort gebaut. Aufgeschütteter Sand, Musik und Bars. Nina duldete kein Nein und einmal dort war ich froh, meine Freundin wiederzuhaben. Ich hatte wirklich Spaß an diesem Abend, und zum ersten Mal seit Langem spürte ich nicht das brennende Gefühl, endlos zu fallen.

Als die Musik längst leiser wurde und die Sonne schon über der Stadt kitschig rot aufging, ließ sich Christian aus der IT neben mir in einen der Liegestühle fallen. Man würde über mich reden, sagte er zaghaft und ich merkte, dass er mehr als ein Mut-Bier getrunken hatte. Christian war nicht der Typ, der tratschte. Wir stießen auf die alte Marie an, die ich nicht mehr sein wollte.

Ob es diese lauschige Sommernacht oder meine gelöste Stimmung war, kann ich heute nicht mehr sagen. Aber in dieser ausklingenden Nacht, als der Morgen begann, erzählte ich Christian, den ich gar nicht kannte, meine Geschichte. Ein Befreiungsschlag, der mich erleichterte und eine gute Idee war, wie sich zeigen sollte.

Der Hochsommer begann schon, seine Hitze in die Stadt zu drücken. Wir hatten gerade beschlossen noch gemeinsam frühstücken zu gehen, als sich Nikolas meldete. Ich ließ Christian mitlesen. Und so begann die letzte Woche meiner Nikolas-Obsession.

**Samstag**

„Deine und meine Grenzen sind nur erschöpft. Ich will etwas Neues mit dir." 8:00 Uhr

„Scheint so." 8:01 Uhr

„Ich werde dich anbieten und verkaufen, wenn du so willkürlich bist." 8:05 Uhr

„Willkürlich? Ich?" 8:06 Uhr

„Ich werde dich an einen Russen verkaufen."
„20.000 Euro im Monat." 8:07 Uhr

„Kennst du denn einen?" 8:08 Uhr

„Halt's Maul."
„Er wird deine Belastbarkeit prüfen."
„Er glaubt nicht, was ich erzählt habe."
„Wenn er es selbst mit dir erlebt, dann bezahlt er sehr viel Geld."
8:10 Uhr

„Das klingt irre." 8:11 Uhr

„Er ist kälter, brutaler und konsequenter als ich." 8:12 Uhr

„Woher weißt du das?" 8:13 Uhr

„Ich glaube ihm absolut."
„Er ist ein Global Player auf der Lietzenburger."
„Er ist professionell." 8:14 Uhr

„Nikolas, hast du was genommen? Du klingst fremd und wahnsinnig." 8:15 Uhr

„Er wird eine Million zahlen für ein Jahr." 8:16 Uhr

„Auf was für Drogen bist du?" 8:17 Uhr

„500.000 nach einem Monat, wenn er zufrieden ist und dich endgültig nimmt." 8:18 Uhr

„Was hast du gesagt, was er machen kann mit mir?" 8:19 Uhr

„Alles, was wir machen."
„Aber nicht er."
„Er bestimmt nur, wo, wie lange und wie viele."
„Du gehörst ihm 365 Tage." 8:20 Uhr

„Willst du mich loswerden?" 8:21 Uhr

„Daran gemessen bist du ein Schnäppchen." 8:22 Uhr

„???" 8:22 Uhr

„Das Angebot steht." 8:23 Uhr

„Woran gemessen und was für ein Angebot?" 8:24 Uhr

„Ein Jahr ihm bedingungslos zur Verfügung stehen."
„8.760 Stunden."
„Du bist 114 Euro die Stunde wert." 8:25 Uhr

„Zu wenig." 8:26 Uhr

„Also sage ich ihm ab?" 8:27 Uhr

„Warum willst du deine Hure verkaufen?" 8:30 Uhr

„Er trifft dich nur zweimal."
„Zum Test für den ersten Monat."
„Dann zur ersten Session, wenn du zu ihm gehst."
„Du gibst deinen Pass und dein Telefon ab." 8:32 Uhr

„Nach einem Monat bin ich tot."
„Man wird mich suchen und vermissen." 8:33 Uhr

„Ich will nach einem Jahr in deine Augen sehen."
„Er lacht sich tot über dich." 8:34 Uhr

„Warum denn? Weil er dachte, ich glaube den kranken Scheiß, den du hier schreibst? Nikolas, das geht echt zu weit. Du solltest das mal untersuchen lassen." 8:35 Uhr

„Weil Du kleingeistig bist."
„Er schüttelt sich kurz. Spendiert dir eine Flasche Ruinart und lässt dich liegen." 8:36 Uhr

„Ich bin viel zu alt für so was." 8:37 Uhr

„Nein, definitiv nicht."
„Er hat die Spuren an dir gesehen." 8:40 Uhr

„Wie denn das? 8:41 Uhr

„Ich habe ihm Fotos gezeigt." 8:42 Uhr

„Du hast einem kriminellen Menschenhändler Fotos von mir gezeigt?" 8:43 Uhr

„Nein."
„Vergleichbare aus dem Netz." 8:44 Uhr

„Ja klar. Das soll ich dir glauben?" 8:45 Uhr

„Er erwartet, dass er 1:1 umsetzen kann. Er hat keine Garantie. Er hat an dir nie etwas live gesehen – da hat er recht." 8:46 Uhr

„1:1? Was hast du gezeigt?" 8:47 Uhr

„Wirf das Geld in meinen Briefkasten."
„Ich will jede Woche 500 von dir." 8:50 Uhr

Fassungslos über das, was er gerade mitgelesen hatte, musste ich Christian versprechen, mich nie wieder mit Nikolas zu treffen. Er würde mal versuchen, etwas über ihn im Netz herauszubekommen. Dabei zwinkerte er so, dass mir klar war, dass das auch an der Grenze des Legalen sein könnte. Ich war nicht mehr allein.

### Sonntag

Ein Kennenlerntreffen unserer Familien in der Oase. Sandra versorgte uns mit frischer Minze in Smoothies aus Früchten aus ihrem Garten. Würste wurden auf einen Grill gelegt, Kinder bespritzten sich mit Wasser.

Ich hatte vergessen, dass die späten Sommerferien bald begannen und damit mein Urlaub, der noch ungeplant war. Paul wollte eine Woche mit Lina surfen, danach mit seinen neuen Fahrradfreunden nach Teneriffa. Ich mochte Teneriffa nicht. Jetzt, knapp eine Woche vorher, würde es unmöglich sein noch etwas zu finden. Das war nicht das größte Problem. Ich wollte nicht allein sein.

Sie würde am Samstag in ein Yoga-Camp nach Sardinien fahren. Ich könne doch mitkommen, sagte Sandra. Sie seien eine große Gruppe und wohnten in festen Loggien auf einem Zeltplatz. Es sei ein bisschen wie in einem Pfadfinderlager, nur eben mit mehrmaligen täglichen Yogaeinheiten.

Ein Urlaubsziel und zwei Wochen lang weg von Nikolas, sicher, dass mir so der Absprung gelingen würde, sagte ich zu.

Zum ersten Mal seit Monaten fanden seine Lippen die meinen. Erhole dich, steig mal aus. Paul wollte seine alte Marie wiederhaben. Reden und wieder ein Paar sein. Am Kräuterbeet sprachen wir über die Zukunft, in der es wieder ein „Wir" geben sollte.

Sandra lächelte und ich hatte das Gefühl, sie hatte das alles so geplant.

### Montag

Mit ernster Miene erschien Christian auf unserer Etage und nickte Richtung Teeküche. Es gäbe einfach nichts über ihn. Gar nichts. Keine Fotos, kein alter Telefonbucheintrag, nicht einmal eine Erwähnung bei stay friends. Das Netz kannte Nikolas Barth nicht und das sei beunruhigend.

„Was bist du?"
„Los."
„Antworte gefälligst." 9:30 Uhr

Frag ihn, wo er ist. Halt ihn hin, sagte Christian.

„Arbeitest du?" 9:40 Uhr

„Nein."
„Antworte. Was bist du?" 9:44 Uhr

„Deine dir hörige Hure." 9:45 Uhr

Ich blieb in meinem Muster. Diesen Satz im Beisein eines anderen zu schreiben entzauberte ihn augenblicklich.

Ein Arzt musste irgendwo studiert haben, hatte sich irgendwo in eine Vorlesung eingetragen, hatte eventuell einmal Sport gemacht, für die Uni etwas gewonnen, einen Vortrag gehalten.

Seine Dissertation, wenn er denn eine hatte, müsste doch irgendwo veröffentlicht worden sein, die Ärztekammer kannte ihn nicht und er stand auf keiner Teilnehmerliste für Fortbildungen oder Kongresse. Christian war aufgeregt. Vermutungen wurden ausgetauscht und langsam, ganz langsam begann sich ein neues, ein anderes Bild von Nikolas zusammenzusetzen. Sollte es wirklich so sein, dass er auch seinen Beruf erlogen und damit auch Penny und seine Mutter ein Leben lang belogen hatte? War es wirklich möglich, über so viele Jahre so viele Menschen grundsätzlich zu belügen und ein Leben zu spielen, das es nicht gab?

„Nein."
„Das bist du noch nicht."
„Doch du hast keine Ahnung, wie weit du schon bist" 9:50 Uhr

„Ich denke an meinen Herrn, es erfüllt mich." 10:05 Uhr

„Du verstehst es."
„Verinnerliche es."
„Lebe es." 10:15 Uhr

Ich musste mit Penny sprechen. Sandra und ihre Schulfreundinnen waren die Einzigen, die seine Identität, sein Alter und seinen Namen bestätigten. Ich wusste somit, wo er wann zur Schule gegangen war. Von da ab war Nikolas Barth ein digitaler Nobody. Ein Geist. Jemand, der keinerlei Spuren im Netz hinterließ. Er tat das mit Absicht. Da war sich Christian sicher. Ich erinnerte mich an Nikolas' Vorwurf, ich hätte seine Daten geklaut. In das neue Bild schien seine Reaktion zu passen. Doch das war nicht alles. Ob ich ihn jemals in dieser Klinik abgeholt hätte. Stimmt, ich hatte immer an der nächsten Ecke gewartet. Nie gesehen, aus welchem Gebäude er gekommen war. Was wohl auch kein Beweis war für jemanden, der chronisch log.

„Und du?"
„Wo bist du dabei?" 10:30 Uhr

„Ich bin überall.“
„Ich bin dein Alles.“ 11:00 Uhr

„Du sagst solche Sätze. Ich weiß nicht mehr, ob ich dir glauben kann.“ 11:05 Uhr

„Du kannst nicht ohne mich.“
„Du hast nicht im Ansatz verstanden, was das in Zukunft für dich bedeutet.“ 11:20 Uhr

Christian hatte die Nummer der Klinik getippt. Nein, Herr Dr. Barth sei nicht zu erreichen und man könne seinen Namen für die nächsten Tage nicht im Dienstplan finden. Das konnte alles heißen. Ein Beweis dafür, dass er gar kein Arzt war, war es nicht. Wir waren in einer Sackgasse. Arzt, ja oder nein, spielte im Grunde auch keine Rolle. Rache, das Gefühl ihn zu bestimmen oder gar Eifersucht, nein, ich suchte mehr als Genugtuung oder Vergeltung. Ich wollte mein altes Leben zurück und mich von Nikolas befreien. Irgendeinen wunden Punkt zu finden, sollte mir doch nur dabei helfen.

Wir könnten ja ein Tinder-Fake-Profil erstellen und sehen, ob es noch einmal mit einem Match klappte. Christians Idee begeisterte mich sofort. Aber wie sollte das gehen? Ich brauchte ein Foto und ein anderes Handy mit einer anderen Nummer. Wenige Minuten später schickte mir Christian per WhatsApp Fotos eines schlanken Frauenkörpers und einer blonden Frau mit großer Sonnenbrille, hinter der man nur ein schönes Gesicht erahnen, aber nicht erkennen konnte. Wenn Nikolas noch immer über Tinder suchte, dann könnte der Fake tatsächlich funktionieren. Der Gedanke gab mir Kraft und ließ den perfekten Profiltext aus meinen Fingern fließen.

*Neue Herrenhände gesucht. Mit Geist und Stil, denen ich mich vertrauensvoll ausliefern kann.*

Um 11:20 Uhr an einem Montag im August wurde Katharina, 33 Jahre alt, auf Tinder mithilfe meines neuen Diensthandys geboren.

Damit sich die Chance, schnell gefunden zu werden, erhöhte, stellte ich den Suchradius auf elf Kilometer ein. Egal, wo er war, zu Hause oder in der Klink, das müsste reichen. Das Alter konnte ich zwischen 39 und 43 begrenzen. Ich wischte bei Terminen unter dem Tisch. Beim Telefonieren, am Schreibtisch, in der Kantine beim Essen, irgendwann war es mir egal, ob und wer mich dabei sah. Ich war besessen. Nach der Mittagspause, kurz nach 14 Uhr, wurde Katharina das Profil von Nikolas vorgeschlagen. Es waren noch immer dieselben Fotos wie bei mir damals. Kein Text, noch immer das gleiche Alter, 43. Ich gab ihm ein Super-Like. Ich hoffte, dass er jetzt von Tinder eine Nachricht erhielt. „Du hast ein Super-Like bekommen. Schau dir an, wer auf dich steht."

Jetzt brauchte ich Geduld.

## DIENSTAG

„Was ist los?"
„Warum keine Nachrichten mehr von dir?" 6:30 Uhr

„Ich brauche dich. Vermisse dich." 9:30 Uhr

Der Tinderköder war gelegt, noch gab es keine Reaktion. Ob auch Nikolas Katharina liken würde? Was, wenn sie ihm nicht gefiel?

„Hat die Hure ihre Arbeit gemacht?" 9:35 Uhr

„Ja hat sie. Du weißt es." 9:40 Uhr

„Dann kann sie heute Abend zu mir kommen." 9:41 Uhr

„Ehrlich? Ich freue mich. Brauche dich."
„Kann ich mir etwas wünschen?" 9:42 Uhr

„Wenn du das Geld lieferst, kannst du wählen."
„Herrenurin trinken."
„Arsch ficken."
„Schläge." 9:43 Uhr

In diesem Moment blinkte das andere Handy und Tinder bestätigte mir einen neuen Match. Nikolas hatte Katharina gefunden.

Mein Herz schlug heftig, der Puls ging schneller. Ich war irrsinnig aufgeregt. Jetzt durfte ich keinen Fehler machen, musste genau überlegen, was ich ihm schrieb. Auf keinen Fall durften meine Antworten mich verraten. Das war gar nicht so einfach, wie sich zeigen sollte. Eilig schrieb ich Christian noch eine Nachricht.

Dann begann Katharina ihren Chat mit Nikolas:

*„Hallo Katharina, hier ist Nikolas aus Wilmersdorf." 9:44 Uhr*

*„Hallo Nikolas, freut mich sehr. Katharina hier." 10:00 Uhr*

*„Wo bist du jetzt?"*
*„Melde dich, los." 10:05 Uhr*

*„Im Büro." 10:06 Uhr*

Ich hatte einmal in einem meiner geliebten FBI-Filme gesehen, dass man beim Lügen immer dicht an der Wahrheit bleiben muss. Nach drei Lügen musste unbedingt etwas Wahres folgen. Damit die Lügen sich auch als wahr im Gehirn einprägen konnten. Wenn es diese Technik wirklich geben sollte, dann hatte Nikolas sie perfektioniert und ich musste das nun auch.

*Nikolas an Katharina:*

*„Wann machst du Feierabend?" 10:06 Uhr*

*„Du fragst viel." 10:07 Uhr*

*„Du kommentierst."*
*„Ich will dich sehen."*
*„Heute." 10:08 Uhr*

Aufgewühlt und verletzt konnte ich schon jetzt nicht fassen, was ich da gerade las. Eben noch hatte er sich mit mir als Marie verabredet. Während er das tat, hatte er getindert und wollte die neue Frau schon nach zwei Nachrichten treffen.

Ich verkroch mich mit Christian in den hohen orangefarbenen Polster einer „Flüsterecke", die neuerdings zwischen den Schreibtischen standen. Er sah, was ich Nikolas schrieb. Wenn dieser das wüsste, dachte ich nur. Einmal hatte er sich so empört, weil er dachte, auf meinem Bildschirm könnten alle unsere Gespräche im WhatsApp-Chat mitlesen. Ich würde unsere Intimität zerstören. Was tat er denn gerade? Waren wir nicht verabredet für heute Abend? Ich wusste, er würde mich verraten, und ich wusste, dass es mir wehtun würde. Wie absurd das war, das wusste ich nicht.

Mach ihn fertig, Christian hatte seine Hand auf meine gelegt. Dass ich zitterte, merkte ich gar nicht. Ich fühlte mich gut und schlecht gleichzeitig. Ich musste wieder klar denken, bevor ich Nikolas antworten konnte. Als Erstes schrieb ich ihm als Marie.

„Ich wähle die Gerte."
„Die blauen Flecken verblassen."
„Bald habe ich Urlaub. Mach mir neue, damit ich dich auf diese Weise mitnehmen kann." 10:15 Uhr

*Jetzt als Katharina:*

*„Huch, langsam, langsam!" 10:16 Uhr*

Nikolas an Marie:

„Du erhältst 60 Schläge."
„Kein Ton."
„Du erträgst still."
„Hast du das Geld dabei?" 10:16 Uhr

*Nikolas an Katharina:*

*„Es bestimmt immer der/die, die nicht will." 10:18 Uhr*

Marie an Nikolas:

„60 Schläge? Danach bin ich tot." 10:17 Uhr

„Sag, dass du es brauchst."
„Was bist du?"
„Sag es!" 10:18 Uhr

*Katharina an Nikolas:*

*„Verstehe ich nicht." 10:18 Uhr*

Marie an Nikolas:

„Ich bin deine Hure, Herr, und süchtig nach dir." 10:20 Uhr

„Dann komm nachher."
„Bring das Geld mit." 10:22 Uhr

*Nikolas an Katharina:*

*„Wenn du nicht willst, wird nichts passieren."*
*„Ich werde dir nur Gutes tun." 10:23 Uhr*

*„Ich weiß nichts von dir." 10:23 Uhr*

*„Was willst du wissen?“ 10:25 Uhr*

*„Was willst du mir von dir erzählen?“ 10:26 Uhr*

*„43, Single, Vater, Arzt, Linkshänder … weiter?“ 10:27 Uhr*

*„Frauen?“*

*„Was, Frauen?“ 10:28 Uhr*

*„Gibt es welche“? 10:30 Uhr*

*„Nein.“*
*„Aktuell keine Frau.“ 10:31 Uhr*

Heiß, kalt, schwitzen, frieren, mein Körper drehte durch. Für einen Moment konnte ich nicht mehr schreiben. Es gab keine Frauen? Er log so dreist. Es gab mindestens mich, und hatte er mir nicht gerade geschrieben, er hätte eine Neue? Auf keinen Fall solle ich da heute Abend hingehen. Christian war besorgt und legte stumm sein Arbeitshandy auf die kleine Ablage. Ich ahnte, was er vorhatte.

Diesmal nur ein einfaches Foto. Ich im Profil und Gegenlicht. Man sah nur meine Konturen, sonst nichts. Ohne Text, ein nichtssagendes Tinder-Profil in wenigen Minuten erstellt sollte eine Eingebung testen, die Christian hatte. Nikolas wählte nicht wirklich aus. Er wischte jedes weibliche Profil und schrieb einfach jeder Frau, die reagierte.

Tanja war 35 Jahre alt und wurde um 15 Uhr an einem heißen Hochsommerdienstag auf Tinder mit Christians Arbeitshandy geboren.

Und tatsächlich, keine 20 Minuten später, nach nur wenigen weggewischten Profilen, wurde Tanja Nikolas angezeigt. Doch das war noch nicht einmal das Ungewöhnlichste daran. Wir hatten sofort einen Match. Wie war das möglich? Nikolas musste Tanja gesehen und ihr Profil geliked haben, und das in den letzten

20 Minuten! Kein Text und ein Foto, auf dem man nichts sah, reichten ihm. Das bestätigte Christians Eingebung. Nikolas suchte wahllos. Es war ihm egal, wer oder was diese Frauen waren oder wollten egal wie sie aussahen. Er wischte einfach jedes weibliche Profil nach der Trial-and-Error-Methode.

Der Schock dieser Erkenntnis war mir wohl anzusehen. All sein Gerede von: Ich fand dich optisch attraktiv und ich wollte von Anfang an mit dir Grenzen überschreiten, war gelogen. War es das, was er immer tat, wenn er auf sein Handy starrend auf seinem Balkon saß oder im Bett lag? Nutzte er jede Minute, um jedes verfügbare weibliche Profil zu ertindern? Nikolas ließ Tanja keine Zeit. Die erste Nachricht blinkte auf und kam mir sehr bekannt vor.

„Hallo Tanja, hier ist Nikolas aus Wilmersdorf.“ 11:41 Uhr

Ich brauchte ein paar Minuten, um antworten zu können. Dass Christian dabei war, nahm dem Ganzen das Private. Ein Hauch Rationalität, der mir half, das Muster zu erkennen. Es tat mir gut. Durch den Chat als Tanja würde wieder ein Stück mehr von Nikolas' Strahlkraft ermatten. Einfach nur deswegen, weil die Berechnung dahinter nun offensichtlich wurde. Aufgeregt war ich dennoch.

Nikolas an Tanja:

„Was machst du?“ 11:50 Uhr

„Ich will Sex.“ 12:05 Uhr

„Komm her jetzt.“ 12:15 Uhr

Er bettelte. Macht war es, was ich fühlte, dann Schmerz. Ich stellte mir vor, wie er vor seinem Telefon saß und sich über mich lustig machte. Über mich, Marie. Die irre, doofe Marie, die sich so leicht manipulieren ließ. Ja, das war ich, leicht zu beeinflussen. Warum das so war, darüber nachzudenken würde mich noch Jahre nach dieser Geschichte beschäftigen.

Jetzt, nur einen kurzen Moment lang, konnte ich etwas erspüren, das wohl Macht war. Das war es also, was Nikolas fühlte, wenn er Frauen per WhatsApp fernsteuerte? Wie schämte ich mich in diesem Moment für all mein ehrlich gemeintes Ich-brauche-dich und Ich-bin-dein-Geschreibe. Die vielen Male, in denen ich schrieb, dass ich ihn liebte und wie schlecht ich mich ohne ihn fühlte. Jeder meiner wahren Sätze hatte seine Lust nach Macht nur genährt. Es ging nicht um mich oder uns. Ich war nur der Stoff, die Droge, die er brauchte, um sich gut zu fühlen. Mächtig groß. Voll Scham wollte ich verschwinden, mich unsichtbar auflösen, mich nie wieder ansehen. Es schüttelte mich. Es ekelte mich. Was hatte ich nur getan? Doch Nikolas ließ das nicht zu.

*Nikolas an Katharina:*

*„Melde dich."*
*„Ich will Sex."*
*„Jetzt." 15:55 Uhr*

*„Hallo."*
*„Wie gesagt, ich weiß nichts über dich." 15:58 Uhr*

*„Frag." 15:59 Uhr*

*„Was für ein Arzt bist du?" 16:30 Uhr*

*„Psychiater." 16:33 Uhr*

Nikolas an Marie:

„Melde dich, Hure."
„Antworte." 16:35 Uhr

„Ich kann gerade nicht." 16:36 Uhr

Nikolas an Tanja:

„Antworte!"
„Komm her!"
„Ich werde dir nur Gutes tun." 16:36 Uhr

*Nikolas an Katharina:*

*„Ich will dich benutzen." 16:38 Uhr*

*„Langsam. Hast du Frauen?" 16:50 Uhr*

*„Frauen?" 16:51 Uhr*

*„Ja. Stell dich nicht so an!" 16:52 Uhr*

*„Frauen wofür?"*
*„Ich sagte, ich bin Single." 17:01 Uhr*

*„Ach komm." 17:10 Uhr*

*„Du meinst für meine Lust?" 17:30 Uhr*

*„Ja, zum Beispiel." 17:31 Uhr*

Tanja an Nikolas:

„Guten Tag auch dir, Nikolas, hey, was machst du?" 11:33 Uhr

Marie an Nikolas:

„Ich muss dich sehen?" 17:37 Uhr

Ich war meine eigene Sekretärin und musste mich ernsthaft darauf konzentrieren, immer auf dem richtigen Handy im richtigen Chat zu schreiben. Nebenbei immer mal wieder eine Akte bearbeiten und telefonieren. Es war herausfordernd. Doch ich begann, Gefallen an diesem Spiel zu finden, und war entschlossener denn je, es auf die Spitze zu treiben. Ich nahm an, dass er in der Klinik war, und fragte mich, wie er das machte, während der Arbeit so viel zu schreiben.

Euphorische Gedanken im Wechsel mit vorsichtigen.

Was ist, wenn ich auffliege? Wohin soll das eigentlich führen? Was möchte ich erreichen? Gute Fragen, die ich nicht beantworten konnte, und die Erkenntnis: Ich hatte keinen Plan! Nicht mal eine Idee, was ich mit Katharina und Tanja eigentlich erreichen wollte. Rückblickend denke ich, ich wollte mir damit drastisch zeigen, dass Nikolas niemals mich, Marie, gemeint hatte, dass ich austauschbar und unbedeutend war für ihn. Eine schmerzvolle, aber dadurch heilsame Erkenntnis, die den Sog stoppen konnte.

Es blinkten gleich auf allen drei Handys Nikolas' Nachrichten, ich wollte ihn in Stimmung bringen und saugte ein Gefühl ein, das ich nicht kannte. Ich hatte ihn buchstäblich an der Leine. Es begann mir zu gefallen.

Nikolas an Marie:

„Fotze."
„Wo bleibt das Geld?" 17:30 Uhr

„Ich bringe es dir morgen Abend." 17:32 Uhr

„Gut."
„Ich werde nicht da sein."
„Du wirfst es in den Briefkasten." 17:33 Uhr

„Nein. So war das nicht vereinbart. Ich muss dich sehen."
17:34 Uhr

Nikolas an Tanja:

„Was machst du?" 17:35 Uhr

Nikolas an Marie:

„Sobald ich das Geld habe, wirst du meine alleinige Sub."
„Dann nehme ich nur dich zur Frau."
„Du bekommst am Donnerstag einen Schlüssel zu unserem Zuhause in Wilmersdorf."
„Es wird sein wie besprochen."
„Du bist meine Hure, Sub, Frau, Sklavin – du bist mein Alles."
17:45 Uhr

„Ja, das bin ich. Dein ALLES. Du versprichst es?!" 17:46 Uhr

„Versprochen. Bis dahin sei still."
„Ich werde am Donnerstag sehen, woran ich mit dir bin." 17:50 Uhr

Nikolas an Tanja:

„Los, antworte."
„Ich muss dich sehen."
„Wo bist du?" 17:51 Uhr

*Katharina an Nikolas:*

*„Keine Frau? Nicht einmal eine? Nicht einmal eine für Sex?"*
*17:52 Uhr*

*„Nein." 17:55 Uhr*

Tanja an Nikolas:

„Hey, du gehst ja ran."
„Bin noch im Büro und du?" 17:59 Uhr

„Komm her."
„Ich will Sex." 18:02 Uhr

*Nikolas an Katharina:*

*„Nein. Keine. Ich bin wählerisch."*
*„Gibt es Männer?" 18:05 Uhr*

*„Ja, gibt es." 18:06 Uhr*

*„Wie viele?" 18:07 Uhr*

Ich achtete darauf, nicht mehr zu erzählen, als er fragte, und, genau wie er, nur auf das zu reagieren, worauf ich wollte. Katharina würde er nicht so schnell bekommen. Sie sollte ihn mindestens eine Woche beschäftigen und er würde sie nie kennenlernen.

*Katharina an Nikolas*:

*„Du bist sehr fordernd." 18:10 Uhr*

Tanja an Nikolas:

„Warum sollte ich das tun?" 18:20 Uhr

„Ich werde dir nur Gutes tun." 18:21 Uhr

„Ich arbeite aber gerade." 18:22 Uhr

„Komm her."
„Ich will dich ausmassieren." 18:35 Uhr

„Ich weiß doch gar nichts von dir." 18:40 Uhr

*Katharina an Nikolas:*

*„Ich glaube dir das nicht. Es gibt immer eine. Immer eine, mit der man Sex haben kann." 18:41 Uhr*

*„Wenn du das sagst …" 18:42 Uhr*

Nikolas an Tanja:

„Frag. Was willst du wissen?" 18:43 Uhr

*Katharina an Nikolas:*

*„Dann frage ich anders. Gibt es Frauen, die dich wollen?" 18:50 Uhr*

*„Ja. Fünf." 18:51 Uhr*

Tanja an Nikolas:

„Was machst du? Bist du verheiratet?" 18:52 Uhr

„43, Single, Arzt, Vater, Linkshänder."
„Jetzt Du. Wie groß bist du?" 19:05 Uhr

*Katharina an Nikolas:*

*„Fünf. Das ist eine große Auswahl. Warum wird es nichts mit euch?" 19:08 Uhr*

Tanja an Nikolas:

„165." 19:09 Uhr

„Gewicht, Körbchengröße?" 19:09 Uhr

„65 kg, Körbchen A." 19:10 Uhr

„Wieviel Sex brauchst du?" 19:12 Uhr

„Weiß nicht. Manchmal wäre schön." 19:13 Uhr

„Nur so viel? Ich brauche zweimal täglich Sex."
„Bist du devot?" 19:14 Uhr

„Was soll ich sein?" 19:14 Uhr

„Ich will wissen, ob du Schmerz und Erniedrigung brauchst?" 19:15 Uhr

„Los."
„Antworte." 19:30 Uhr

„Ich weiß nicht, was ich dazu sagen soll. Ich weiß es nicht." 19:31 Uhr

„Bis du nass?"
„Erregt es dich?" 19:32 Uhr

„Ja." 19:45 Uhr

*Katharina an Nikolas:*

*„Hast du das Interesse verloren?" 19:45 Uhr*

*„Nein."*
*„Ich bin da."*
*„Ich will dich." 19:46 Uhr*

*„Erzähl mir von deinen fünf Frauen! Welche ist die beste?" 19:50 Uhr*

*„Die beste in welcher Hinsicht?"*
*„Sexuell? SM?" 19:51 Uhr*

*„Ja. Wenn du das erzählen willst. Was wäre denn für dich ein Kriterium?" 19:52 Uhr*

*„Sie ist die absolute Maso-Hure."*
*„Macht wortwörtlich, was ich ihr sage."*
*„Sie ist hörig."*
*„Fängt nur an zu kontrollieren. Ein absolutes NO GO." 19:54 Uhr*

*„Gut zu wissen." 19:58 Uhr*

*„Sie ist unfassbar belastbar." 19:59 Uhr*

*„Mehr. Es erregt mich." 20:00 Uhr*

*„Sei genauer."* 20:01 Uhr

*„Ich mag Frauen. Bin bi." 20:02 Uhr*

Ich wusste, dass Nikolas das gefallen würde. Langsam wurde ich sicherer in meiner Rolle als Katharina. Es erregte mich auf eine neue Art. Man sagt ja, Rache ist süß. Und ja, es fühlte sich zunehmend gut an. Ich war entschlossen, noch viel weiter zu gehen. Christian hielt ich auf dem Laufenden. Er war wie eine Versicherung, nicht wieder rückfällig zu werden. Ich tauchte ab in meine kleine Revanche. Doch wie weit Nikolas gehen würde, hatte ich unterschätzt. Sein Verrat an mir hatte gerade erst begonnen.

*Nikolas an Katharina:*

*„Sie trinkt meine Pisse und nennt mich ihren Herrn." 20:15 Uhr*

*„Wenn du das willst, sie es tut, dann hört sich alles perfekt an." 20:20 Uhr*

*„Willst du das auch?" 20:23 Uhr*

*„Was? Deine Nummer sechs werden?" 20:25 Uhr*

*„Sorry, es sind sieben“ 20:30 Uhr*

*„Sorry, ich muss jetzt aufhören.“ 20:30 Uhr*

Ich gebe zu, dass mich diese Information mehr schockierte und verletzte, als ich gehofft hatte. Dass Nikolas noch andere Frauen traf, das wusste ich, und ja, es stimmte, dass ich nicht die Einzige war, das hatte er immer gesagt. Doch sieben Frauen gleichzeitig? Wie hatte er das gemacht? Allein die Logistik. Für mich war es schon anstrengend, ihm im Namen von drei Frauen zu schreiben. Aber sieben?!

Nikolas an Tanja:

„Läuft der Saft?“ 20:50 Uhr

„Du bist sehr direkt: „20:51 Uhr

„Ich will dich kennenlernen.“ 21:00 Uhr

„Hast du eine Freundin, Frau?“ 21:01 Uhr

„Ich sagte, ich bin Single.“ 21:02 Uhr

„Na, ich dachte nur, weil du es ja zweimal am Tag brauchst …“ 21:03 Uhr

„Ja. Acht.“ 21:09 Uhr

„Wie bitte? Acht Frauen gleichzeitig?“ 21:10 Uhr

„Ja.“
„Komm her. Ich will Sex.“ 21:11 Uhr

„Ich glaube dir das nicht.“ 21:11 Uhr

„Katharina, Lilija, Simone, Marie, Annetta, Anna, Kerstin, Andrea, Heike, Christin.“ 21:12 Uhr

„Das sind ja zehn!“ 21:13 Uhr

„Ja. Ich wollte ehrlich sein zu dir.“ 21:14 Uhr

„Dann wäre ich Nummer elf?“ 21:15 Uhr

„Nein.“
„Du wärst die Nummer eins.“ 21:16 Uhr

*Nikolas an Katharina:*

*„Los.“*
*„Melde dich.“ 21:30 Uhr*

Tanja an Nikolas:

„Was suchst du hier auf Tinder?“ 21:30 Uhr

„Eine Frau für mich in meinem Leben. Ganz allein.“
„Eine Frau, die mich liebt und ab und an die totale Unterwerfung macht.“ 21:31 Uhr

„Du hast zehn! Warum suchst du weiter?“ 21:32 Uhr

„Dein agierendes, vorwürfiges Verhalten ohne Eigenverantwortung ist mir so bekannt.“ 21:40 Uhr

Ich musste vorsichtig sein. Hatte er etwas gemerkt? Ich beschloss, Tanja einfach ruhen zu lassen. An diesem Abend antwortete ich nicht mehr. Aber Nikolas gab keine Ruhe.

## MITTWOCH

Nikolas an Katharina:

*„Ich hatte gestern extrem guten Sex." 7:10 Uhr*

*„Oh, schön. Ich auch. Wollen wir uns davon erzählen?" 9:30 Uhr*

*„Ich will dein Gesicht sehen."*
*„Schick mir ein Foto." 9:35 Uhr*

*„Und ich will dich ficken." 10:00 Uhr*

Zehn Frauen und er nannte sie mit Namen und meiner war dabei. Unfassbar. Ich hatte Christian am Tag vorher nicht mehr sprechen können. Jetzt, als er den Chat las, wurde er nachdenklich. Dass es Männer wie Nikolas wirklich gab, konnte er nicht verstehen. Er würde nie so direkt und aggressiv vorgehen und hätte nicht geglaubt, dass es wirklich Frauen gab, die darauf auch noch reagierten.

Jetzt reichte es nicht mehr, Nikolas nur zu beschäftigen, indem wir ihn nötigten, mit Frauen zu schreiben, mit denen er sich nie treffen würde. Nikolas verdiente eine noch größere Lektion. Ich beschloss, Tanja endgültig ruhen zu lassen und perfektionierte Katharina.

*Nikolas an Katharina:*

*„Ich will deine Erregung." 7:20 Uhr*

*„Ich bin noch bei den vielen Frauen, die du hast." 9:50 Uhr*

*„Und deinen Orgasmus." 9:51 Uhr*

*„Ich glaube, du bist … ja, was eigentlich? Ich weiß nicht, du bist einfach ein Angeber." 10:05 Uhr*

*„Melde dich! Das ist meine Nummer: 0190/38734387 10:06 Uhr*

Nikolas an Tanja:

„Überlege es dir!"
„Ich mache dir unfassbare Orgasmen." 10:08 Uhr

Nikolas an Marie:

„Und, hat die Hure das Geld eingeworfen?" 10:10 Uhr

„Nachher."
„Ich bin deine dir hörige Hure." 10:11 Uhr

*Katharina an Nikolas*:

*Nein. Lass uns erst einmal hier weiterschreiben." 10:30 Uhr*

*„Glaube ist wichtig." 10:31 Uhr*

*„Du sprichst in Rätseln." 10:32 Uhr*

*„Ich will dein Gesicht sehen." 10:35 Uhr*

*„Nein, noch nicht." 10:36 Uhr*

Katharina brauchte ein Gesicht. Eines ohne Sonnenbrille. Ich hatte ein Problem. Christian musste sich etwas einfallen lassen. Schnell. Ich wusste nicht mehr, wie lange Katharina Nikolas noch hinhalten konnte.

*Katharina an Nikolas:*

*„Ich bin noch nicht überzeugt, dass du es wert bist." 11:40 Uhr*

*„Dann lass es." 12:30 Uhr*

*„Sieben Frauen?! Das ist entweder gelogen oder unanständig oder beides." 13:00 Uhr*

*„Es sind sieben. Eine davon SM." 13:08 Uhr*

*„Wie schaffst du es, mit sieben Frauen?" 13:10 Uhr*

*„Ich sage dir hier viel von mir und du sagst gar nichts." 13:11 Uhr*

*„Was willst du wissen?" 13:15 Uhr*

*„Du hast meine Nummer. Wenn du Lust hast, melde dich."*
*„Ich will dein Gesicht sehen." 13:30 Uhr*

*„Ich überlege es mir." 13:32 Uhr*

In diesem Moment schickte Christian ein wunderbar bearbeitetes Foto. Von wem? Ich wusste es nicht. Aber die Frau war hübsch. Volle Lippen, große, grüne Augen und langes, welliges, blondes Haar. Sie würde ihm gefallen. Seine Telefonnummer konnte ich nicht nutzen. Meine Nummer kannte er und mit unterdrückter Nummer nur SMS schreiben fand ich eine blöde Idee. Ich musste ihn unbedingt auf Tinder halten. Ich setzte auf seine Sexsucht, die Sucht nach Frauen und seine Gier nach Neuem. Ich lud das Foto einfach in Katharinas Tinderprofil. Ohne eine Nachricht an ihn. Ich spielte und hoffte, er würde mitspielen. Wenn er Katharina wirklich wollte, dann würde er sich ihr Profil immer mal wieder ansehen. Dann würde er das neue Foto finden. Was ich brauchte, war Geduld.

In Berlin hatten die Schulferien begonnen. Laras Abi- Abschlussfeier war vorüber. Ein Familienereignis mit Pauls Hand auf der meinen, als auf der großen Bühne Reden gehalten und Zeugnisse übergeben wurden. Ein Nachmittag ohne Nikolas, Tanja und Katharina klärte meinen Kopf. Lina verkündete, sie wolle nachkommen zu diesem Yoga-Urlaub auf Sardinien mit Sandra. Ja, ich war glücklich an diesem Mittwoch. Schwebte. Es ging mir so gut wie lange nicht. Später erst, als ich meine Decke aus dem Gästezimmer in unser Schlafzimmer trug, fiel mir ein, dass ich hätte Geld in einen Briefkasten werfen sollen. Ich hatte Nikolas vergessen.

## Donnerstag

*Nikolas an Katharina:*

*„Jetzt, will dich ficken."* 7:10 Uhr

*„Du hast das Foto gefunden?" 9:10 Uhr*

Nikolas an Marie:

„Wirf endlich das Geld ein, Hure." 7:30 Uhr

Nikolas an Tanja:

„Die Frau gestern Abend hatte unglaubliche Orgasmen. Sie konnte minutenlang nicht aufstehen danach. Wenn du das auch willst. Melde dich." 7:38 Uhr

*Katharina an Nikolas:*

*„Sage mir, warum du trotz der sieben Frauen weitersuchst. Dann entscheide ich, ob ich mit dir weitermache." 9:15 Uhr*

*„Weil ich Genuss und Geilheit liebe und mich trotzdem auch binden will." 9:20 Uhr*

*„An acht Frauen?" 9:21 Uhr*

*„An eine Frau." 9:25 Uhr*

*„Es mangelt mir nicht an Angeboten. Ich bin wie du auch sehr wählerisch. Würdest du die anderen Frauen für mich aufgeben? Wie soll sie sein, deine eine Frau? Ich brauche einen starken, ehrlichen Mann. Keinen Lügner. Jemanden, dem ich vertrauen kann. Das ist mir sehr wichtig. Ich liebe Männer und Frauen. Ich habe eine Freundin und ab und an, Herren'. Nichts Ernstes." 9:29 Uhr*

*„Mein Wunschziel ist eine SM-Beziehung, fest und dauerhaft. Der perfekte Zustand für jeden Mann, denke ich, wäre die eigene Frau bi und devot. Wie gesagt, ich weiß nichts von dir. Ich will dich treffen" 9:35 Uhr*

*„Was machst du jetzt?" 9:50 Uhr*

*„Arbeiten, und du?" 9:51 Uhr*

*„Im Bett."*
*„Komm her." 9:52 Uhr*

*„Warum? Was dann?" 9:53 Uhr*

*„Weil Sex am Morgen schön ist." 9:54 Uhr*

*„Ja: Sex am Morgen ist sehr schön. Hattest du welchen?" 10:00 Uhr*

*„Du bist unverschämt." 10:01 Uhr*

*„Nimm es mir nicht übel. Aber ich habe das alles genau so gerade gehört. Hatte einen Herrn." 9:56 Uhr*

*„Was ist passiert?" 9:57 Uhr*

*„Er hat dasselbe gesagt wie du. Als ich mich und mein Leben komplett aufgegeben hatte, genau da hat er mich verraten." 9:59 Uhr*

*„Ich will deine Lust." 10:00 Uhr*

*„Du sagst, du hättest sieben Frauen, und dennoch schreibst du mir? Wenn überhaupt, dann wäre es nur ok, wenn alle voneinander wüssten." 10:00 Uhr*

*„Die Frauen wissen alle ganz genau, dass es andere gibt. Komm her." 10:00 Uhr*

*„Ich hatte heute Morgen schon Sex." 10:02 Uhr*

*„Ich will, dass alle Nachbarn im Haus dich hören." 10:10 Uhr*

*„Ganz ehrlich. Mir sind das zu viele Frauen, die du hast" 10:11 Uhr*

*„Ich habe eine Maso-Sub."*
*„Sie war lange die Hauptfrau."*
*„Ich habe sie zur hörigen Hure gemacht." 10:15 Uhr*

*„Die eine, von der du schon geschrieben hattest?" 10:16 Uhr*

*„Ja. Ich gebe sie jetzt frei." 10:20 Uhr*

*„Freigeben? Warum?" 10:21 Uhr*

*„Ich sehe mir genau an, wie sie daran kaputt geht, dass ich den Kontakt reduziere und sie immer weniger treffe." 10:25 Uhr*

*„Ich will wissen, wie weit du abgerichtet bist." 11:00 Uhr*

*„Dann würdest du das auch mit mir so machen? Was hast du davon?" 11:15 Uhr*

*„Sie hat sich komplett aufgegeben. Sie hat ihre eigene Familie. Einen Mann, zwei Töchter, einen Job bei einer Bank. Mit mir hat sie ihre andere Seite gelebt. Sie ist so weit und geht." 11:20 Uhr*

*„Sie verlässt all das für dich?" 11:22 Uhr*

*„Ja. Sie gibt ihre Familie auf und will zu 100 Prozent meine Subhure sein. Wenn du auch kontrollierst und rummanipulierst, dann werde ich mit dir genauso sein." 11:30 Uhr*

*„Zu dir. Wie sehr bist du Sub?" 11:40 Uhr*

*„Ich denke, ich war wie sie. Exakt das hat mein Herr gerade mit mir gemacht." 11:45 Uhr*

*„Meine Sub ist fast komplett." 11:46 Uhr*

*„Was fehlt?" 11:50 Uhr*

*„Sie ist extrem masodevot. Sie ist Sklavin und macht, was ich ihr sage. Aber die fordert, sie duldet nicht. Was interessiert dich an ihr?" 11:51 Uhr*

*„Sie scheint wie ich zu sein. Ich mag Frauen. Bin bi, schon vergessen? Kenne nicht viele, die sind wie ich." 12:00 Uhr*

*„Bist du schmerzgeil?"12:30 Uhr*

*„Ja. Wie möchtest du angesprochen werden?" 12:31 Uhr*

*„Für dich bin ich dein Herr." 12:32 Uhr*

*„Ob du mein Herr wirst, weiß ich noch nicht." 12:35 Uhr*

*„Wo sind deine Grenzen?"*
*„Bist du jetzt nass?" 12:40 Uhr*

*„Ich weiß nicht. Ich finde es etwas erregend." 12:45 Uhr*

*„Du zögerst. Warum?" 12:45 Uhr*

*„Du scheinst eine wunderbare Frau gefunden zu haben." 13:00 Uhr*

*„Diese Frau geht dich nichts an."*
*„Jetzt antworte, Hure. Aber ehrlich! Wie groß, wie schwer bist du? Schuhgröße, Körbchengröße?"*
*„Los!" 13:05 Uhr*

*„Doch, sie geht mich etwas an, wenn ich ihre Nachfolgerin werden soll. Es hört sich an, als würdest du sie verstoßen, weil sie dich ehrlich liebt und sich für dich aufgibt, genau in dem Moment, da sie eigentlich perfekt war. Du hattest, was du dir gewünscht hast. Ich möchte einfach nicht, dass mir dasselbe passiert."*
*„170, 58 kg, Schuhe 40, Körbchen B–C" 13:30 Uhr*

*„Du bist perfekt."*
*„Die perfekte Sub."*
*„Wie weit bist du sexuell nutzbar?" 13:35 Uhr*

*„Was meinst du?" 13:40 Uhr*

*„Meine hat das Klo geleckt. Sich von mir anpissen lassen. Ich hatte sie auf dem Balkon gefesselt, nackt, im Frühjahr in der Kälte. Sie war stundenlang gefesselt allein in meiner Wohnung. Sie ist durchgedreht, weil sie nicht wusste, wo ich war und wann ich wiederkomme. Sie hat unter dem Tisch gesessen und mich gelutscht, während ich zu Abend gegessen habe. Ich habe sie in beide Löcher gleichzeitig gefistet und ausgesaftet. Ich kann ihr Orgasmen verbieten. Sie kann jetzt nur noch mit mir welche bekommen. Das macht ihr Wesen am stärksten kaputt." 13:45 Uhr*

*„Du klingst noch immer sehr begeistert von ihr. Oder bist begeistert von dir, dass du so viel Macht über sie hast." 13:50 Uhr*

*„Nein. Sie ist egal."*
*„Sie ist unwichtig."*
*„Sie hat für mich angeschafft. Das war ihre letzte Prüfung. Heute Abend wird sie ihrem Herrn das Geld abliefern. Sie denkt, ich werde sie ficken und sie wird ihre Belohnung erhalten. Ich werde nicht da sein. Das ist*

*maximal grausam. Sie wird ihre Familie verlassen haben und dann vor meiner Tür stehen, die ich für sie nicht mehr öffnen werde. Denn dann wirst du bei mir sein." 14:00 Uhr*

*„Ich will sie kennenlernen." 14:05 Uhr*

*„Dann stelle ich euch vor."*
*„So, nun zu dir. Beschreib dich sexuell." 14:06 Uhr*

*„Ich werde geschlagen mit einer Peitsche. Meinst du das?" 14:08 Uhr*

*„Weiter."*
*„Los."14:10 Uhr*

*„Ich suche noch. Diese Frau scheint mir etwas Besonderes zu sein. So wie sie möchte ich sein. Aber nicht von dir gemacht. Sie ist egal, schreibst du. Nach alledem? Dann würde ich so enden wie sie, wählte ich dich als meinen Herren. Du hast weder sie noch mich verdient. Schade, dass ich sie nie kennenlernen werde. Alles Gute, Nikolas. Katharina" 14:15 Uhr*

Ich setzte alles auf eine Karte, jetzt würde er Katharina sicher erst recht haben wollen.

Nikolas an Marie:

„Wirf endlich das Geld ein."
„Fotze." 18:00 Uhr

„Wann bist du da?"
„Ich brauche dich." 18:05 Uhr

„Jetzt."
„Komm her." 18:10 Uhr

Ich denke heute, dass ich es spüren, sehen und erleben musste, was und wer Nikolas wirklich war. Ahnen reichte nicht und ein Teil in mir wollte nicht glauben, was der Chat mit Katharina und Tanja längst an Klarheit gezeigt hatte. Nervös wie zu unserem allerersten Treffen fuhr ich ein letztes Mal zu Nikolas.

Marie an Nikolas:

„Bin da." 20:30 Uhr

„Hey, mach auf!" 20:40 Uhr

„Bin nicht da." 20:41 Uhr

„Was? Wo bist du? Was ist mit meiner Belohnung?" 20:42 Uhr

„Bin in der Klinik. Morgen sehen wir uns und dann bist Du mein ALLES."
„Jetzt wirf endlich das Geld ein. Schlampe." 20:42 Uhr

„Ich brauche dich. Mach auf. Bitte!" 20:42 Uhr

„Klingle dich rein."
„Drücke bei Peters und sag, du hast wichtige persönliche Post aus der Klinik für Dr. Barth."
„Dann mach ein Foto, wie du es einwirfst." 20:45 Uhr

Jemand öffnete mir, ich machte dieses Foto und tat so, als würde ich ihm 50-Euro-Scheine in den Briefkasten werfen. Das Loch, in das ich gefallen wäre, die Enttäuschung, wenn ich nicht gewusst hätte, was mich erwartet, oder besser, dass mich nichts erwarten würde.

Er war wirklich nicht zu Hause und wusste doch, dass ich kommen würde. Trotz allem Wissen, in diesem Moment schmerzte mich sein Verrat. Christian hatte recht. Nikolas brauchte eine Lektion. Noch nicht zurück am Auto lieferte er mir eine perfekte

Vorlage dafür. Und die Geschichte mit Lilija hätte wirklich nicht mehr passieren müssen, um mich zu überzeugen, dass Pennys Worte wahr waren. Ich war in Gefahr.

Gerade als ich das Auto starten wollte, erreichte Katharina eine Nachricht von Nikolas.

*Nikolas an Katharina:*

*„Ich muss dich morgen früh treffen." 20:50 Uhr*

*„Ich arbeite." 20:51 Uhr*

*„Wo?" 20:52 Uhr*

*„Nähe Zoo." 20:53 Uhr*

*„Wo genau? Wie heißt die Firma? Als was arbeitest du?" 20:54 Uhr*

*„Bürojob." 20:55 Uhr*

*„Morgen früh 9 Uhr vor dem Theater des Westens."*
*„Ich werde dort auf dich warten und du wirst kommen. Wenn du sein willst wie diese Frau, dann machst du ab sofort, was ich dir sage." 20:56 Uhr*

*„Ja, Herr." 20:56 Uhr*

*„Sehr gut. Du lernst schnell." 20:57 Uhr*

Manchmal sind es die kleinen Dinge im Leben, die sich fügen und uns führen. Hätte ich nicht noch diese Nachrichten geschrieben, dann wäre ich längst weg gewesen, als jemand versuchte, einen Lieferwagen in die enge Parklücke neben mir zu quetschen. Ein Vorgang, der sichtlich Zeit benötigen würde. Dann wäre ich an diesem Abend nicht in die andere Richtung als üblicherweise aus der Straße, in der Nikolas wohnte, gefahren. Und so kam es, dass ich am Olivaer Platz an einer Ampel halten musste. In einem lila leuchtenden Poloshirt, Sonnenbrille auf dem Kopf und einen schwarzen Stoffbeutel über der Schulter sah ich Nikolas aus einem Hotel auf der anderen Straßenseite stürmen. Ihm hinterher ein behäbig wirkender und arabisch aussehender Mann. Sie rannten, liefen direkt vor mir über die Straße und einen Moment lang fürchtete ich, Nikolas könnte mein Auto erkannt haben. Die Ampel sprang auf grün. Ich fuhr rechts ran und hielt in der Ladezone eines Supermarktes. Er war gar nicht in der Klinik, wieder hatte er gelogen. Mein Herz schlug, der Puls raste mir den Atem weg. Später dachte ich, wenn er mich in diesem Moment erkannt, mein Gesicht gesehen hätte, dann hätte ich womöglich anders gehandelt. Doch Nikolas stieg, ohne sich umzuschauen, direkt vor mir zu diesem Mann in einen dort geparkten dunklen SUV, der dann hastig davonfuhr.

Was hatte er hier gemacht? Und warum waren die beiden gerannt? Ich sah in die Richtung, aus der sie gekommen waren, und erkannte sie sofort. Auch wenn sie diesmal geschminkt war und ein Kleid trug. Es war die Frau vom Fahrrad.

Ich dachte nicht mehr, folgte nur meiner Intuition und wahrscheinlich war es sehr unvernünftig, was ich tat. Doch ich ließ das Auto stehen und ging zu ihr auf die andere Straßenseite. Sie stand noch immer dort, kaum aus dem Hoteleingang herausgetreten. Ob alles okay sei mit ihr, fragte ich und reichte ihr meine Wasserflasche, die ich noch schnell in meine Handtasche gesteckt hatte. Jetzt erst sah sie mich an, nahm einen großen Schluck. Sie hatte schöne dunkle Augen, die mir an dem Abend neulich gar nicht aufgefallen waren. Eine Gesichtshälfte leuchtete rot, die aschblonden Haare zerwühlt und ihre Schminke zerlaufen. Als ich sah, wie ihre Hand mit der Wasserflasche zitterte, hakte ich sie kurzentschlossen unter und führte sie zu einer Bank direkt am Park, der wenige Meter weiter an der Ecke begann.

Wie sie heißt, wollte ich wissen, und sie antwortete: Lilija. Jetzt begann auch ich zu zittern. Das konnte kein Zufall sein. Lilija war einer der Namen, die Nikolas Tanja genannt hatte. Also stimmte es. Es gab all diese Frauen wirklich.

Und während das Licht des Tages wechselte, die Sonne unterging und leichte Wolken aufzogen, erzählte Lilija von einem anderen Abend, der nun auf unheimliche Weise mit meinem verbunden war. Sie wirkte orientierungslos und wollte mir den Namen ihres Freundes nicht verraten. Es war auch nicht nötig. Nikolas' Handschrift erkannte ich schon nach den ersten Sätzen.

Lilija erwartete eine Überraschung, als sie gegen 19 Uhr bei ihrem Freund klingelte. So hatte er es ihr gesagt, er nannte sie Liebes, servierte sich Rosé und ein Glas Wasser für sie, bevor er mit ihr einen Spaziergang machte, an deren Ende sie Arm in Arm in ein Hotel gingen. Als sich die Zimmertür hinter ihr schloss, warf sie eine Ohrfeige mit einer solchen Wucht auf das Bett, dass es einen Moment dauerte, bis sie wieder zu sich kam. Sie lag auf dem Bauch, als er sie mit etwas, das ein Stock sein konnte, auf Beine und Arsch schlug, bis sie vor Schmerz schrie. Ihr Kleid sollte sie anbehalten, als er sie, wie ein Kreuz, Arme und Beine auseinander, an das Hotelbett band. Sie erkannte ihren Freund nicht, der von Liebe sprach und darüber, dass sie sein „Alles" sei, sich alles finden würde mit ihnen. Nach vier verliebten Wochen, in denen sie sich fast täglich getroffen hatten, immer bei ihm, eine schöne und normale Zeit, war das für Lilija, die noch nie geschlagen worden war, der Moment, in dem sie Angst bekam. Angst, die erst bei einer Begegnung auf einer Parkbank wenig später wieder verschwinden sollte. Und so war es eher eine schlechte Vorbereitung denn ein Zufall, dass die Seile zu kurz, nicht reichten für beide Arme und beide Füße und Lilijas Freund sie alle wieder lösen und neu justieren musste und dann das Klopfen an der Tür verhinderte, dass er sie vollständig fixieren konnte. So hing sie fest, nur in Schlaufen an ihren Handgelenken, an das Kopfende des Bettes gefesselt, mit einer schwarzen Binde vor den Augen, die keinen Lichtstrahl durchließ, als ein Mann in das Zimmer trat und ihr Freund zu flüstern begann.

Nur ich fragte mich in diesem Moment, ob Nikolas gewusst hatte, dass die Betten in diesem Hotel ein großes metallenes Kopfende hatten. Ihr Freund würde in einer Stunde wiederkommen, der Mann würde ihm dann eine Nachricht schreiben. Mehr konnte sie nicht verstehen. Doch dass Geld seinen Besitzer wechselte, das konnte sie eindeutig hören. Denn ihr Freund zählte laut dreimal hundert Euro, sagte Danke und mit einem Kuss auf ihre Stirn und einem: Du machst jetzt einfach alles, was der Mann dir sagt, ließ er sie allein. Er hatte sie verkauft.

Der Mann, den sie nie sehen würde, war erst nett, bevor er ihr unheimlich wurde. Erst löste er ihre Fesseln und zog ihr das Kleid aus. Dabei redete er wirr vor sich hin. Sprach vom Doktor und meinte ihren Freund, der sie nicht nett behandeln würde, aber das mache er mit allen Frauen. Wenn sie einen Ton sagen oder die Augenbinde abmachen, dann würde er ihr leider etwas antun müssen, denn ihn dürfe niemand sehen, weil er ja der Chef sei und das ginge nicht.

Der Mann redete viel und tat mit ihr wenig, das half die Zeit vergehen zu lassen, doch was er sprach, beruhigte Lilija nicht. Sie könne nicht sicher sein, sagte der Mann, dass der Doktor nicht den Auftrag für ihre Beseitigung gegeben hatte. Benny komme gleich. Sei bald hier. Der Doktor sei nämlich brutal. Er habe gewollt, dass er sie in diesem Hotelzimmer schlage. Aber er mochte Frauen und fände es nicht gut und morgen ficke er Simone. Lilija musste mehrmals einen Satz sagen und war sich sicher, dass ein Handy sie dabei aufnahm. Benny, komm und fick mich, sprach sie mit Tränen in der Stimme wieder und wieder, bis sie verstand, dass es Benny nicht gab, außer im Kopf des Mannes, der in der Erregung arabisch sprach. Ihr Freund, erzählte mir Lilija, sei Psychiater und kurz fragte sie sich, ob der Mann sein Patient sei. Walla, sagte der Mann dann und spritzte auf ihre Brüste. Sie musste ihre Telefonnummer nennen und ihren Namen, den echten, er würde das sofort überprüfen, wenn der nicht stimmte, müsste er ihr leider etwas antun.

In ihrer kleinen Handtasche, in der nichts war, was ihr die letzte Stunde hätte leichter machen können, klingelte der Kontrollanruf. Jetzt hätten sie ein Geheimnis, sagte der Mann zu ihr, der nicht wollte, dass der Doktor erfuhr, dass er keine Frauen schlage. Denn der Doktor repariere immer die Schusswunden und mache für Geld alles. Er brauche ihn. Aber ab heute würde er mit ihr Geld verdienen und nicht mehr der Doktor.

Im Bad, in das er sie mit verbundenen Augen führte, konnte sie sich waschen.

Ihr Freund kam zurück, da kniete sie am Ende des Bettes auf dem Fußboden. Er zerrte sie hoch an den Haaren, schlug ihr ins Gesicht, so sehr, dass die Augenbinde verrutschte und der Mann im Zimmer wütend wurde. Hat sie mich gesehen? Er fragte nicht, er schrie und es klang kläglich unnatürlich. Ihr Freund schlug nun wieder mit dem Stock auf sie ein und traf nicht immer den Arsch, auch die Arme, den Kopf, den sie nicht richtig schützen konnte. Damit sie sich merke, dass sie nichts gesehen hatte, sagte ihr Freund. Der Mann begann fast zu weinen und bat ihren Freund aufzuhören.

Dann sollte sie zählen, langsam und bis 200, doch als sie bei fünf kein fremdes Atmen mehr im Zimmer vernahm, da suchte sie ihre Schuhe und dann den Weg zum Fahrstuhl, der eben bei E hielt, als der zweite sie aus der dritten Etage in die Lobby brachte. Der Mann an der Rezeption zeigte erst schräg hinter seinen Kopf, dann auf die Straße und nach links, aber sie verstand erst jetzt, da sie hier saß und erzählte, dass er die Überwachungskamera und die Richtung meinte, in die ihr Freund gegangen war.

Lilija begann leise zu weinen und legte ihren Kopf an meine Schulter. Ich spürte, wie sich ihr Körper entspannte. Ich legte meine Hand auf die ihre, die eine Faust war und die sie nun unter der Berührung öffnete. Darin lag meine Augenbinde, mein schwarzes Haarband mit der orientalischen Stickerei.

## Freitag

*Nikolas an Katharina:*

*„Wann bist du da?“ 8.45 Uhr*

*„In fünf Minuten. Die Bahn!“ 8:50 Uhr*

*„Ich warte."*
*„Los. Wann bist du da?" 8:51 Uhr*

*„Du bist sehr fordernd." 8:55 Uhr*

*„Jetzt sag. Kommst du?" 9:00 Uhr*

*„Ich bin unsicher." 9:01 Uhr*

*„Wen interessiert das? Immer dieser Ungehorsam, wenn die Damen, die von sich behaupten Sub zu sein, ihre Aggressionen nicht im Griff haben." 9:05 Uhr*

*„Du machst mir Angst." 9:08 Uhr*

*„Gut so." 9:08 Uhr*

*„Bist du der kleine untersetzte Typ?" 9:10 Uhr*

*„Wo bist du?"*
*„Beobachtest du mich etwa?"*
*„Du Fotze." 9:11 Uhr*

*„Du hast graue Schläfen und trägst einen schwarzen Stoffbeutel mit einem orangenem Ratiopharm-Aufdruck, Sonnenbrille auf dem Kopf." 9:12 Uhr*

*„Wo bist du?"*
*„Antworte!" 9:13 Uhr*

*„Ein lila Poloshirt? Nicht dein Ernst." 9:14 Uhr*

*„Das ist gegen das Einmaleins des normalen Umgangs."*
*„Höchst irritierend." 9:15 Uhr*

*„Auf deinen Tinder-Fotos sahst du wesentlich jünger aus. Nein. Ich will keinen kleinen ergrauten Mann mit kurzen Beinen und beginnender Glatze am Hinterkopf kennenlernen."* 9:16 Uhr

Natürlich war ich nicht am Theater des Westens. Das hatte ich nie vor. Fast erschrocken darüber, wie leicht es war auch Nikolas zu steuern, blätterte in diesem Moment wieder etwas von der Faszination ab, die von ihm ausging. Seine sichtbare Gier nach immer neuen Frauen zeigte mir auch eine bedürftige Seite. Ich stellte ihn mir vor, wie er da jetzt stand und darauf hoffte, Katharina zu treffen. Fast hatte ich etwas Mitleid. Doch ich begann auch zu verstehen, was er dabei fühlte, wenn ich tat, was er mir schrieb und sagte. Es hatte etwas stark Machendes, Erhabenes. War das Macht? Ich fühlte eine Kraft und Selbstsicherheit in mir. Einzig mit Christian konnte ich diesen Moment und die Geschichte mit Lilija teilen.

Christian sprach von einer Straftat, die Nikolas begangen haben soll, und dass man den Mann anzeigen müsste. Ich wusste, dass damit niemandem geholfen wäre. Nicht, solange er immer wieder Frauen fand, die er wie mich manipulieren und lenken konnte. So hatte ich dann auf der Parkbank keinen guten Rat für Lilija außer dem, den auch ich bekommen hatte. Sprich darüber, lösch ihn, antworte nicht mehr; dass sie in Gefahr war, spürte sie. Sie fragte nicht, warum; ich wusste, dass sie und wo sie ihr Fahrrad abgestellt hatte. Als ihr Zittern aufgehört hatte, sah ich ihr nach, wie sie davonfuhr. Langsam und ohne sich umzudrehen. Sie hatte nicht gefragt, wer ich war, und ich hatte es ihr nicht gesagt. Auch Lilijas Schmerz trieb mich als Katharina. Ich fühlte eine Mischung aus Wut und Genugtuung darüber, dass auch Nikolas lenkbar war, ein Gefühl, das ich genoss.

Und wäre es nach mir gegangen und hätte sich Nikolas nie wieder gemeldet, dann hätte ich es dabei belassen können. Doch sein Interesse an Katharina war stärker denn je. Wohl, weil er nicht so schnell bekam, was er begehrte, reizte es noch mehr. Ich wusste das und spielte weiter mit ihm. Jetzt war ich aufgeregt, gespannt, wohin mich das noch führen würde.

*Nikolas an Katharina:*

*„Bist du nass?" 10:00 Uhr*

*„Hab Termine. Wir schreiben später." 10:01 Uhr*

*„Du machst eh, was du willst." 10:01 Uhr*

*„Nein ich bin nicht nass. Wovon auch? Von so einem billigen Spruch? Echt, funktioniert der bei anderen Frauen?" 10:05 Uhr*

Ich hatte meine kleine Revanche und war sicher, Nikolas nie wieder zu begegnen. Diese Sicherheit, das gute Gefühl, dass weder Katharina noch Marie ernsthaft ein Interesse an Nikolas hatten, ließ mich mit einer Lockerheit provozieren, die ich sehr befreiend für mich empfand.

Nikolas schien mich auch wirklich vergessen zu haben. Genauso, wie er es Katharina angekündigt hatte – ich war egal. Egal und unwichtig wie auch Lilija. Kein Wort von Nikolas dazu, dass er am Abend das erwartete Geld nicht gefunden hatte. Kein Wort dazu, dass ich gestern bei ihm einziehen, seine Schlüssel erhalten und endgültig seine Frau hätte werden sollen. Nikolas schrieb mit Katharina.

*Nikolas an Katharina:*

*„Du wirst geklammert und geplugged mit mir heute Abend etwas trinken gehen."*
*„Du wirst auf die Toilette gehen und deinen Finger in deine nasse Fotze stecken. Zurückkommen und deinen Finger in mein Glas tauchen." 10:30 Uhr*

*„Warum sollte ich das tun?" 10:31 Uhr*

*„Weil es entschieden ist."*
*„Du gehörst mir."*
*„Du bist meine Sub. Meine Hure. Mein Alles." 10:32 Uhr*

*„Wie kommst du darauf?" 10:33 Uhr*

*„Frag dich selbst."*
*„Frag deine Fotze, die jetzt gefickt werden will." 10:35 Uhr*

Ich erkannte diese Sätze. An Katharina verfehlten sie nun ihre Wirkung und ich begann mich zu fragen, was mich daran einst so gefesselt hatte. Es wiederholte sich. Nikolas hatte ein Muster. Ich dachte an Lilija, wollte mir gar nicht vorstellen, dass er das mit allen Frauen, deren Namen er genannt hatte, so gemacht hatte. Es verletzte mich, eine von vielen gewesen zu sein. Doch es klärte und relativierte auch. Nachricht um Nachricht formte sich in mir ein anderes Bild des Mannes, den ich glaubte zu lieben.

*Katharina an Nikolas:*

*„Ich glaube nicht, dass du all diese Frauen und vor allem nicht diese Eine hast. Denn um wirklich Macht über eine selbstbewusste Frau zu haben, brauchst du Stil. Den hast du nicht. Ich gebe dir aber noch eine Chance. Gib mir den Kontakt zu dieser Frau." 10:45 Uhr*

*„Los."*
*„Antworte." 10:50 Uhr*

*„Also im Moment willst du ja was von mir." 10:52 Uhr*

*„Ich will dich treffen. Das kleine Einmaleins sozialer Kompetenz. Über andere Defizite lasse ich mich hier gar nicht aus. Schon gar nicht im Tinder-Strandgut." 11:00 Uhr*

*„Gut. Wir lassen es." 11:01 Uhr*

*„Aber so viel Frust und Wut ist wirklich nicht gut." 11:02 Uhr*

*„Wen interessiert das?" 11:03 Uhr*

*„Also das ist wirklich komisch ..." 11:05 Uhr*

*„Uninteressant."*
*„Deine Gefühle sind unwichtig." 11:05 Uhr*

*„Verwirrend."*
*„Wem außer dir bringen die Nachrichten etwas?" 11:20 Uhr*

*„Ich muss dich treffen."*
*„Komm her."*
*„Los." 11:50 Uhr*

*„Du interessierst nicht."*
*„Die Bedingung ist klar."*
*„Du gibst mir den Kontakt zu dieser Frau und eine Stunde später kannst du mich im Schwarzen Café treffen." 12:00 Uhr*

Zu spüren, wie er zappelte und an Katharina festhielt, war eine Genugtuung. Mein Arbeitstag würde bald enden. Das anstehende Kofferpacken, der Flug am nächsten Morgen ließen mich mutiger werden. So schrieb ich mich Katharinas Enttarnung entgegen. Die Frage war nur, wie weit würde Nikolas gehen, um seine Gier nach dieser neuen Frau zu befriedigen?

*Nikolas an Katharina:*

*„Ich werde dir nur Gutes tun." 12:01 Uhr*

*„Du schwafelst."12:02 Uhr*

*„Ich muss gelutscht werden."12:03 Uhr*

*„Wen interessiert das?" 12:04 Uhr*

*„Komm her." 12:05 Uhr*

*„Es bestimmt immer der, der nicht will. Wenn du nicht willst, wird auch nichts passieren."*
*„Du kennst die Bedingung." 12:07 Uhr*

*„Jetzt wird es spooky." 12:10 Uhr*

*„Egal, du bist egal." 12:12 Uhr*

*„Es ist, als könntest du plötzlich meine Gedanken lesen." 12:15 Uhr*

*„Los."*
*„Antworte." 12:20 Uhr*

*„Gut. Ich frage sie."*
*„Dann treffen wir uns heute um 15 Uhr?" 12:25 Uhr*

„Oder soll ich gleich zu dir ins Büro kommen, Marie?" 15:00 Uhr

Katharina war aufgeflogen und Nikolas begann wieder mit mir zu schreiben.

Nikolas an Marie:

„Wie weit du gehst, um Emotionen zu provozieren, ist beängstigend, befremdend und abstoßend." 15:10 Uhr

Ich antwortete mit ein paar Textpassagen, denn ich hatte begonnen meine Geschichte aufzuschreiben. Wie fühlte man sich, wenn man erfuhr, dass man eine Woche mit genau der Frau geschrieben hatte, die man in der gleichen Woche verraten hatte und sie somit genau das wusste?

*„Nikolas hatte keinen Geruch, sein Schwanz war fies, ein mittlerer, nerviger Bohrer, der immer nur fast sein Ziel erreichen würde. Anders als seine größeren Konkurrenten, die mich schon beim ersten Eindringen zu Kontraktionen brachten." 15:20 Uhr*

„Was soll das? Schreibst du jetzt über Sex?"
„Was bist du?" 15:22 Uhr

„Antworte." 15:23 Uhr

„Du bist meine Hure." 15:24 Uhr

*Screenshot des Tinder-Chats mit Katharina:*

*„Sie ist egal."*

„Du bist mein Alles."15:26 Uhr

*„Gibt es Frauen? Aktuell nein."*

„Du bist meine einzige Sub, meine Hure, mein Alles." 15:28 Uhr

*„Sieben, es sind sieben Frauen."*

„Du brauchst mich." 15:30 Uhr

*„Für Sex gibt es immer eine – Nein. Ich bin wählerisch."*

„Was soll das?"
„Deine Exklusivität ist dir nicht bekommen." 15:31 Uhr

Screenshot des Tinder-Chats mit Tanja:

„Katharina, Lilija, Simone, Marie, Annette, Anna, Kerstin, Andrea, Heike, Christin – ich wollte ehrlich sein."

„Ich liebe euch Frauen nun einmal. Ihr seid so wunderbare Geschöpfe." 15:35 Uhr

*Screenshot des Tinder-Chats mit Katharina:*

*„Sie kann Orgasmen nur noch mit mir haben. Das zerstört ihr Wesen am meisten."*

„Ich weiß gerade nicht, was hier läuft." 15:36 Uhr

*„Ich schaue zu, wie es sie zerstört, dass ich den Kontakt zu ihr langsam reduziere."*

„Was ist denn jetzt genau dein Problem?" 15:40 Uhr

*„Sie ist die absolute Maso-Hure. Macht alles, was ich ihr sage."*

*„Sie wird ihre Familie verlassen. Aber meine Tür werde ich für sie nicht mehr öffnen."*

„Fürwahr, ich habe es gründlich vermasselt." 15:45 Uhr

Es folgten ein paar Fotos von meinen Beinen und Brüsten, die ich für mein Escort-Profil gemacht hatte.

„Diese unfassbar famosen Beine!"
„Dieser perfekte Frauenkörper." 15:46 Uhr

„Du wirst ihn nie wieder berühren." 15:47 Uhr

„Lass uns frühstücken gehen. Morgen früh um 11 im Tomasa am Kreuzberg." 15:50 Uhr

Nicht einmal jetzt konnte er das Lügen lassen. Wir waren noch nie normal irgendwo essen oder etwas trinken gewesen. Ausgerechnet jetzt wollte er es. Er würde niemals am nächsten Morgen frühstücken können. Warum, das würde ich genau um zehn Uhr am nächsten Morgen wissen. Nikolas hatte Angst. Ich konnte es spüren und war entschlossen, das noch eine Weile zu genießen. Während ich meinen Koffer packte und später im Garten lag, ließ ich ihn zappeln. Er begann sich für mich zu entzaubern. Einerseits fühlte ich mich gut mit dem Wissen, es ihm heimgezahlt zu haben. Traurig genoss ich sein hilfloses Winden. Es tat mir gut und gab mir etwas von der Kraft wieder, die ich in den letzten Wochen verloren hatte. Indem ich Nikolas entzauberte, verabschiedete ich mich auch von der Vorstellung, dass es das „Sich-Aufgeben" und die Freiheit, die ich dabei fühlte, so gar nicht gab. Zufriedenheit und Ruhe – würde ich sie jemals wieder erfahren? Der Traum war zu Ende. Ein Traum, aus dem ich nun so schmerzvoll aufwachte.

„Mein Wunsch ist ein glattes Konto." 16:00 Uhr

„Da läuft gerade etwas schief und zwar gewaltig."
„Du bist gerade ziemlich falsch abgebogen." 16:10 Uhr

„Wie gesagt, du bist abstoßend." 16:20 Uhr

„Glattes Konto?!" 16:35 Uhr

„Jetzt wäre es nett, wenn du antwortest." 17:00 Uhr

„Worauf möchtest du, dass ich antworte?" 17:10 Uhr

„Die letzten Nachrichten von dir sind Stalking." 17:11 Uhr

„?" 17:12 Uhr

„Lies deine Nachrichten noch einmal."
„Ich bin über den Verlauf irritiert." 17:13 Uhr

„Wie du mich siehst und mich behandelst, ist mir relativ egal."
17:30 Uhr

„Doch du hast die Mutter meiner Tochter erwähnt und das ist eine rote Linie.“ 17:45 Uhr

„Das ist abstoßend.“ 18:00 Uhr

„Du hast mich verraten. Du hast mich dazu gebracht, anzuschaffen. Du wolltest das Geld von mir kassieren. Du hast einer fremden Frau Details von mir erzählt. Du hast gesagt, ich sei egal. Hast mich in deine Wohnung kommen lassen und wusstest, du bist nicht da. Vor ein paar Wochen hast du mich fast erstickt. Du warst im Rausch. Du hast wie ein Wilder mehrmals auf mich eingedroschen. Du hast dein ganzes Leben erlogen. Wahrscheinlich bist du gar kein Arzt. Wer weiß, was du in dieser Klinik wirklich machst. Wer von uns beiden macht Dinge, die abstoßend sind?“ 18:10 Uhr

„Deine Bedürfnisse haben nichts mit meiner Person zu tun. Was auch immer du da glaubst ausgebuddelt zu haben.“ 18:11 Uhr

„Katharina oder Tanja, Marie oder Simone, Lilija oder Heike, du wirst nie erfahren, wer wirklich hinter all den Profilen steckt.“ 18:12 Uhr

„Ich habe ernsthaft Angst vor dir und deinem unberechenbaren Verhalten.“ 18:15 Uhr

„Ich habe den Nachrichtenverlauf meinem Anwalt übergeben.“ 18:16 Uhr

Ich schickte ihm mehr als 10 Fotos, die die Spuren seiner Schläge zeigten. Jeden einzelnen blauen Fleck.

„Gib deinem Anwalt doch auch gleich diese Fotos mit dazu. Damit er genau versteht, was ich meine mit, auf mich eingeprügelt‘.“ 18:20 Uhr

„Wenn ich du wäre, dann würde ich mich ja mal fragen, wer diese Fotos gemacht hat, wenn meine Hände auf allen Fotos zu sehen sind. Dann frage dich, warum. Dein Anwalt wird dir sicherlich erklären, was Spurendokumentation und Zeugen bedeuten." 18:21 Uhr

„Ich will mich nicht mit dir streiten." 18:25 Uhr

„Ich auch nicht." 18:26 Uhr

„Dann gib endlich Ruhe." 18:30 Uhr

„Nikolas ich habe dir seit einem Tag nichts mehr geschrieben." 18:31 Uhr

„Gut."
„Ich will mich nicht mit dir streiten." 18.32 Uhr

„Worüber auch? Ich weiß überhaupt nicht, wer die Mutter deiner Tochter ist." 18:40 Uhr

„Dann bitte ich dich höflichst um Ruhe." 18:41 Uhr

„Es wäre nett, wenn du dein asoziales Verhalten abstellen könntest und respektiere bitte die Privatsphäre meiner Familie. So viel Anstand darf ich doch erwarten. Das ist Respekt. Einfacher Respekt." 18:45 Uhr

„Und ein glattes Konto." 18:50 Uhr

„Bitte streite nicht mit mir. Bitte!!!" 19:00 Uhr

„Niemals!" 19:01 Uhr

„Dann sind wir quitt?" 19:05 Uhr

„Liebe Marie, deine Nachrichten waren wirr und bedrohlich." 19:10 Uhr

„Das ist für mich in keiner Weise akzeptabel." 19:15 Uhr

„Ich habe seit heute kein Bedürfnis mehr und sehe auch keinen Sinn darin, weiter privaten Kontakt zu haben." 19:30 Uhr

„Dein Verhalten in dieser Woche will ich nicht wissen." 20:00 Uhr

„Es geht mich auch nichts an. Ganz allgemein benutzt du Daten und Kontakte ohne Rücksprache und entgegen den Willen anderer." 20:10 Uhr

„Du stalkst. Das ist unstatthaft." 20:15 Uhr

„Mehr ist nicht zu sagen." 20:20 Uhr

„Und die Vorstellung, dass in einem Gespräch viel und laut gesprochen wird, lehne ich ab." 20:30 Uhr

„Nikolas, ich habe gar nichts gemacht." 20:31 Uhr

„Meine Wahrnehmung ist eine andere. Lies deine Nachrichten." 20:32 Uhr

„Für mich ist das ein beendetes Thema. Du bist distanzlos, übergriffig und bedrohlich." 20:40 Uhr

„Wie gesagt, lies deine Nachrichten!" 20:50 Uhr

„Es reicht." 21:00 Uhr

„Meine Erfahrung mit dir ist, dass du bei Wut, Enttäuschung und Kränkung unberechenbar und gefährlich wirst." 21:10 Uhr

„Du hast deine Impulse nicht unter Kontrolle."
„Das lehne ich kategorisch ab." 21:20 Uhr

„Du bist der Psychodoktor, wenn das deine professionelle Einschätzung ist, dann möchte ich nie deine Patientin sein. Ich bedrohlich? Habe ich dich denn jemals gegen deinen Willen geschlagen? Habe ich dich fast erstickt? Nein. Das warst du. Du bist bedrohlich und du bist der krankhafte Lügner." 21:21 Uhr

„Das zeigt es mal wieder. Unberechenbar und bedrohlich. Und dieser Text jetzt reicht zum Beweis." 21:22 Uhr

„Alles Gute, Nikolas. So sehr du auch versuchst mich jetzt zu kränken, es erreicht mich nicht mehr. Zerstöre so deine Bilder im Kopf. Meine gehören mir und ich behalte das Gute von uns in Erinnerung. Ich wünsche dir alles Liebe und Gute dieser Welt und hoffe sehr, dass du viele gute Menschen um dich herum hast." 21:28 Uhr

„Du hast eine gute Sicht." 21:30 Uhr

„Ich verstehe nicht, warum du so freundliche Nachrichten schreibst, wenn du gleichzeitig mit persönlichen Daten manipulierst und seit Monaten meine Bitten ignorierst. Du interessierst nicht." 21:35 Uhr

„Und danke. Dir auch alles Gute." 21:39 Uhr

„Nikolas. Als ich merkte, dass du an jenem Tag nicht mehr auf mein Stopp reagiertest, hatte ich Angst zu sterben. Ich habe mich tot gestellt. Du hattest dich nicht mehr unter Kontrolle. Du musst das anschauen lassen. Wer weiß, wie das das nächste Mal endet. Bitte mach es für deine Tochter, sie braucht ihren Papa noch." 21:40 Uhr

„Zum letzten Mal, lass deine übergriffigen Kommentare." 21:41 Uhr

„Ich will nur dein Bestes. Irgendwann zeigt dich eine an. Weil ich dich wirklich gern habe, bitte ich dich darum." 21:42 Uhr

„Das erfüllt die Kriterien für Stalking." 21:43 Uhr

„Das ist Erpressung durch Dritte." 22:00 Uhr

„Anwalt ist informiert." 22:15 Uhr

„Ich äußere mich nicht mehr dazu." 22:20 Uhr

„Morgen 10 Uhr Termin auf der Wache."
„Anzeige aufgeben. Wegen Stalking." 22:30 Uhr

„Also dann hier noch einmal auch für deinen mitlesenden Anwalt. Ich lag fast zwei Stunden angebunden in deiner Wohnung, dann hast du mich verprügelt und mit einem Kissen fast erstickt, dass war alles gegen meinen Willen und nicht OK. ICH möchte deswegen mit dir nichts mehr zu tun haben." 22:40 Uhr

„Du stalkst und ich bitte dich höflichst mich und mein privates Leben in Ruhe zu lassen." 22:41 Uhr

„Du willst mir offensichtlich ernsthaft schaden. Du planst mein Leben zu zerstören. Das ist eine weitere rote Linie. Nicht akzeptabel." 22:50 Uhr

„Sage mir etwas zu diesem Nachmittag in deiner Wohnung." 22:51 Uhr

„Hörst du dann auf zu stalken?" 22:52 Uhr

„Bleibe bei dem Nachmittag. Du weißt, was ich hören muss. Du bist doch Psychodoktor, oder stimmt das auch nicht? Sag mir etwas, das mir sagt, dass du fühlst und den Nachmittag reflektieren kannst." 22:55 Uhr

„Wenn es dir schlecht geht, tut es mir leid." 22:56 Uhr

„Ich bin der festen Überzeugung, dass du stalkst. Sage nicht ich. Sagen zwei Anwälte. Strafanwälte. Die haben immer recht." 22:57 Uhr

„Ich gehe zur Wache." 23:00 Uhr

„Empfindest du so etwas wie Reue?" 23:01 Uhr

„Noch einmal, wenn du leidest und dich hilflos fühlst, dann tut es mir natürlich leid." 23:02 Uhr

„Ich bereue, nicht genügend Abstand gehalten zu haben." 23:05 Uhr

„Morgen früh 10 Uhr auf der Wache. Übergabe der Daten." 23:15 Uhr

„Mein Handgelenk tut heute noch weh." 23:16 Uhr

„Du brauchst Physiotherapie."
„Elektrostimulation." 23:20 Uhr

„Anwalt sagt, ruhig bleiben und nicht mehr schreiben." 23:25 Uhr

„Ich bereue eine Bekanntschaft eingegangen zu sein, die ich nicht einschätzen kann und die mir nun ganz offensichtlich gefährlich wird." 23:30 Uhr

„Schade, dass du das so siehst. Ich hatte versucht, den einen Satz als Eingeständnis zu sehen, dass an diesem Nachmittag mit dir etwas nicht in Ordnung war." 23:40 Uhr

„Ich traue dir nicht." 23:41 Uhr

„Ich bin ganz klar und versuche, mit dir darüber zu reden, was mir an diesem Nachmittag passiert ist." 23:42 Uhr

„Was hat das alles mit mir zu tun? Warum müllst du mich zu damit?" 23:43 Uhr

„Weil nur du und ich dabei waren. Deswegen will ich es mit dir besprechen. Mit wem sonst sollte ich darüber reden?" 23:44 Uhr

„Nochmal, sollte ich dir jemals Angst gemacht haben, Marie, durch Worte oder Taten, dann tut mir das leid." 23:45 Uhr

„Was soll ich deiner Meinung noch sagen?" 23:46 Uhr

„Ich kann dir dabei nicht helfen. Die Worte müssen von dir kommen" 23:47 Uhr

„Vielleicht so viel. Das hat alles definitiv nicht stattgefunden." 23:50 Uhr

„Schon deshalb nicht, weil wir klare Absprachen hatten und ich nicht nur sofort mit Abgrenzung reagiere, sondern Konsequenzen ziehe." 23:55 Uhr

„In unseren Begegnungen die Konsequenz, dich immer gleich nach Hause zu schicken. An dem Tag hast du das klar abgelehnt. Egal, was du mir vorwirfst. In jedem Fall hatten wir keine klare Kommunikation. Soviel steht fest." 0:00 Uhr

„Ich konnte das gar nicht ablehnen, weil ich ja nicht sprechen konnte. Du hast mich nicht gehört. Nicht reagiert." 0:01 Uhr

„Ich traue dir nicht mehr."
„Es ist vorbei."
„Morgen Wache." 00:05 Uhr

„Du hast gegen meinen Willen vertrauliche Daten gesammelt und verwendest jetzt intime Details gegen mich." 0:10 Uhr

„Du weißt tatsächlich nur Teile aus meinem Leben. Gut so." 0:20 Uhr

„Respektiere die Distanz." 0:25 Uhr

„Ich gehe davon aus, dass du ernsthaft fest planst mich direkt oder indirekt zu gefährden." 0:28 Uhr

„Daher bin ich sehr fest, klar und distanziert."
„Ich muss meine Familie vor dir schützen." 0:30 Uhr

„10 Uhr Wache, dann lege ich alles vor."
„Beide Anwälte werden da sein." 0:31 Uhr

„Stalking ist unsittlich und eine Straftat." 0:40 Uhr

„Sage nicht ich. Sagen die Anwälte und auf die muss man hören." 0:45 Uhr

„Nikolas, ich plane nicht dir zu schaden. Ich muss nur endlich verstehen, was passiert ist, und möchte meinen Frieden finden." 0:46 Uhr

„Du hast Angst, Hilflosigkeit und Leere gefühlt."
„Das war ganz real – du bist dekompensiert." 0:47 Uhr

„Also gibst du es zu?“ 0:48 Uhr

„Du hast genau das bekommen, was du wolltest.“
„Doch du konntest es nicht aushalten.“
„Du weißt, was du gefühlt hast.“
„Du weißt, was es war.“ 0:49 Uhr

„Nein.“
„Ich dachte, ich sterbe.“ 0:50 Uhr

„Deshalb habe ich auch abgebrochen.“
„Ich habe dich aufgeweckt und zu dir zurückgeholt.“ 0:51 Uhr

„Also bereust du? Du hast mich nicht mehr beachtet und mich in einem Zustand gehen lassen, in dem ich nie hätte fahren dürfen!“ 0:52 Uhr

„Ich bereue nicht nur unsere Begegnung, sondern auch, nicht viel früher selbst viel klarer gewesen zu sein.“ 0:53 Uhr

„Ich stimme dir zu. Ich bin definitiv zu weit gegangen. Ich hätte viel früher Abstand von dir nehmen müssen. Vor acht Monaten etwa.“ 0:55 Uhr

„Du bist eine gefährliche Stalkerin.“ 1:00 Uhr

„Borderline und manisch-depressiv, typisch für das Krankheitsbild.“ 1:10 Uhr

„Dringend untersuchen lassen.“
„Lithium hilft.“ 1:11 Uhr

„Aber Achtung: Medikament muss immer pünktlich eingenommen werden.“
„Vorher unbedingt Herz checken lassen.“
„Lithium reduziert nachweislich das Selbstmordrisiko.“ 1:12 Uhr

„Deine Texte sprechen für dich. Du bist unberechenbar und krank." 1:20 Uhr

„Gut, dass der Anwalt da ist."
„Acht Wochen."
„Bekommst Post," 1:25 Uhr

„Du bist nicht berechenbar." 1:30 Uhr

„Aber extrem geil."
„Komm her."
„Ich muss dich schlagen. Muss dich ficken." 3:05 Uhr

„Was bist du?" 4:10 Uhr

Seine Sprache hatte sich verändert. Sie kam mir in Teilen hilflos und altmodisch vor. Hilflos und mit etwas Angst vor mir. Das war eine gute Mischung, in der ich Nikolas sich selbst überließ. Ich antwortete nicht mehr. Ich hatte genug.

## Samstag

Es hatte geregnet. Die Stadt konservierte die Kühle, um einem neuen Sommertag etwas entgegensetzen zu können. Froh, der Aufregung der letzten Monate zu entkommen, betrat ich exakt um 10 Uhr das Abfertigungsgebäude am Flughafen Schönefeld, als mir Nikolas mit seiner Tochter an der Hand entgegenkam. Sichtlich erfreut mich zu sehen, wurden Küsschen auf linke und rechte Wangen ausgetauscht.

Wir hatten uns seit gut zwei Wochen nicht gesehen und in der letzten Nacht miteinander geschrieben. Er sagte nur Ach, als er mich sah, und ich gestehe, ich freute mich. Vielleicht hielt ich die Umarmung einen Moment zu lang. Er nahm meinen Arm, bog ihn langsam runter. Ich möchte dir meine Tochter vorstellen. Josephina, das ist Marie.

Sie hatte seine Augen, schob ihren viel zu langen rosafarbenen Strickjackenärmel hoch, die Jacke, die ich schon einmal auf seinem Sofa in der Wohnung gesehen hatte, und streckte mir ihr kleines Händchen mit rosa lackierten Fingernägeln entgegen.

So, als wären wir Freunde. Als hätte es die letzte Woche, als hätte es die Sache mit Katharina nicht gegeben. Wo geht es denn hin? Was machst du dort? Wann kommst du wieder?

Weder Marie noch Katharina wussten von diesem Urlaub, der jedes vorgeschlagene Versöhnungsfrühstück und Treffen mit Katharina unmöglich gemacht hätte. Wollte er mich nicht anzeigen?

Wir wünschten uns eine schöne Zeit, so wie sich Freunde eben eine schöne Zeit wünschen. Sein weißes T-Shirt schlabberte aus seiner Jeans. Er trug neue weiße Espadrilles. Einen Pullover über dem Arm und einen schwarzen Stoffbeutel. Die Kleine zog ein winziges Köfferchen. Er trug eine kleine Reisetasche. Lange würde dieser Urlaub nicht dauern. Liebevoll flüsterte er seiner Tochter etwas in ihr Ohr. Sie wirkten vertraut miteinander. Niemand sah ihm den Sadisten an, der er war, niemand den krankhaften Lügner und Sexsüchtigen.

Der Harfenton erklang im Moment, da ich mich zum Einchecken in Richtung Schalter abwendete.

„Was bist du?“ 10:08 Uhr

**ENDE**

## Psychiatrische Rezension von Dr. Matthias Bechem

# WIR UND MARIE

Bei Jacques Lacan konnte man schon 1958 lesen, dass „In der Begierde die Wahrheit des Subjekts" erkennbar wird (Lacan Schriften II, Seite 156). Gemäß Maries Weg zur Wahrheit sind pervers, im Wortsinn, verdrehte Wendungen der Liebe. Marie ist uns allen vorausgegangen, weiter als wir, die Normalen, es könnten. Wir, die sogar in der romantischen Liebe nicht wagen uns ganz aufzugeben, hinzugeben, herzugeben. Daneben Kaskaden des Genießens, der Wasserspiele der Begierde, wäre es nicht das, was wir wollen, aber nicht erreichen können?

Damit ist Marie, der halbherzigen und auch harmlosen „50 Shades of Grey"-Romantik haushoch überlegen, weil sie in ihrem Masochismus mit dem Ende aller Grenzen spielt. Grenzen, die wir nicht einmal erahnen können. Sie hatte den Mut, so weit zu gehen wie niemand sonst um sie herum. Sie hat gewagt Medusa anzublicken, ohne zu erstaunen, hat sich in totaler Begierde ihres Anderen in Nikolas erkennen lassen. Sie spielt mit dem Ende aller Grenzen und riskiert, wenn auch nicht bis zum Ende, fast alles.

Da Marie die gewöhnlichen Wege der Lust verschlossen sind, muss sie alles wagen, um im Schmerz und der Opferung ihres Selbst den Gipfel ihrer Lust zu erreichen.

Maries Schmerz durchläuft einen physiologisch längeren Zyklus als die Lust, da der Reiz sie erst ab dem Punkt erregt, wo die Lust endet. Ihre Geschichte zeigt uns: Schmerz kann tiefer gehen als Lust. Wenn man Befriedigung von Liebe abzieht, dann ist das Begehren. Denn die Lust endet in Begehren der Unlust, der Schmerz findet seinen Höhepunkt. Notfalls in der Ohnmacht des Subjekts – der totalen Hingabe an die Existenz selbst.

Marie riskiert sich selbst, rückhaltlos, um den Preis des Begehrens zu erhalten, der sich darin erfüllt, dass Nikolas ihr in seiner sadistischen Distanz das Geschenk totaler Nähe macht. Die fatale Dichotomie von Nähe und Distanz im Leben von Marie, nur Nikolas kann sie mit einem Schlag ins Gesicht, einem Stoß in den Leib, mit einem Binden, Hängen und Würgen beenden. Maries Orgasmen sind die präsente, gleichzeitige Vereinigung von endgrenzter Nähe und totaler Distanz. Signum einer intimen Liebe, die pervers, aber einzigartig ist, für sie.

Insofern gibt uns Marie einen Hinweis auf einen unerreichten Ort, dem sie sich zu nähern wagt, mehr als andere. Einen Ort, wo die Existenz des Subjekts enden könnte, weil es in den Wellen der eigenen Lust untergeht; einem Begehren, das wir „Normalos" nur als fernes Wetterleuchten betrachten können.

Und was wir Leser daraus mitnehmen können, ist: Marie, dieses Subjekt im Wortsinn, sie ist eine Unterworfene, die an der Fuge, der existenziellen Kluft zwischen sich und dem Nichts zurückschreckt. Marie hat den Preis für die Erkenntnis bezahlt, dass „Ich bin dein. Herr" dann doch nicht in der von ihr begehrten Einzigartigkeit und Exklusivität einer Liebe enden konnte.

Am Ende hatte Marie ihren Versuch in der totalen Begierde ihres Herrn aufzugehen abbrechen müssen, als sie bemerkte, dass es um ihr Überleben selbst gegangen wäre.

Dafür war dann ihre Verbindung zum Kontinent ihrer Angst doch zu stark. Doch sie hat das Land der Verheißung, des totalen Begehrens gestreift. Und für uns Leser, für uns Mittelmäßige, hat Marie eine Botschaft, auch wenn ihr Weg ein anderer ist als der gewöhnliche: Es lohnt sich, dass wir uns der Wahrheit unseres Lebens nähern, auch wenn sie nicht schön und friedlich ist. Denn auch auf anderen Wegen als den perversen ist es das Exzentrische, das Zerreißende, das Außer-sich-Sein, das uns im Hingeben, Hergeben und Aufgeben mit dem Geliebten anderen verbindet. Denn in der vollständigen Liebe gibt uns der Geliebte eine Ganzheit, die niemand hat, die wir dennoch, im Moment der Ekstase, erleben können. Oder in Maries Worten: Ich muss bei dir sein, um vollständig zu sein. Das kann das Leben für Augenblicke zum Leuchten bringen.

Wenn wir uns da finden, wo wir in der Begierde des Anderen unser Begehren finden. Das kann unser Leben für Augenblicke zum Leuchten bringen. Das Licht dazu hat Marie für sich angeknipst. So suche jeder seinen Schalter und die Existenz im Dunkel des Lebens zum Glänzen zu bringen. Das hat Marie in der unbedingten Hingabe für Nikolas auf selbstzerstörende Weise für Momente geschafft.

Ja, wir können es schon raunen hören aus den besorgten Mündern und Mienen der Moralapostel. Ist denn nicht dieser Nikolas der Prototyp eines psychopathischen Sadisten, ausgestattet zugleich mit der distanzierten Eiseskälte eines Folterers aber mit der tiefen Empathie für die Begierde seiner Erwählten? Maries Sehnsucht nach Erlösung von ihrer unglücklichen Existenz in den Fallstricken ihrer Ungeborgenheit, in der schmerzhaften Trennung von der Welt, die für sie nur in Momenten des Schmerzes, der Erniedrigung, des Benutzt- und Beschmutztwerdens aufgehoben sind.

Ja, ihr beamtenartigen Psychodoktoren, ihr habt ja Recht. Nikolas ist ein Scheißkerl, nennt ihn ein Monster, aber ihr vergesst dabei eines: Nur er und nur so wie er kann man Marie geben, was sie braucht. Das Glück des Augenblicks, indem die kalte Distanz des Sadisten ihr die totale Nähe ermöglicht, die ihr, um in ihrem Denken zu sprechen, kein Klitschlutscher, kein Schmuser und kein Fingerer geben könnte.

Sie braucht nicht die klebrige Nähe von gewöhnlich Liebenden. Sie kann nur genießen, wenn sie benutzt, gedemütigt, zerstört wird. Dann ist sie ganz bei sich und vollständig. Dabei ist die Distanz ihres Herren die größtmögliche Nähe. Ja, natürlich, die besorgten Mienen und Münder der Psychodoktoren haben auch hier recht. Diese Frau ist eine depressive Borderlinerin, mehr die die Semisuizidalität des Ritzens, des Schlitzens und des scharfen Schluckens nicht selbst vollzieht sondern an ihren Peiniger delegiert. Sicher eine geschickte Verschiebung der Selbstschädigung nach außen. Doch die psychiatrische Diagnostik greift hier am entscheidenden Punkt zu kurz. In der vorgelegten Geschichte der Marie wird exemplarisch etwas deutlich, was in jeder menschlichen Sexualität angelegt ist. In gewisser Weise ist das verstörende der Sexualität essenziell und nicht zufällig. Denn nur sterbliche Wesen agieren sexuell. Die Vernichtung und Auslöschung von uns allen im biologischen Tod ist der Urgrund aller Sexualität. Lebewesen, die zeugen, müssen sich geben, bewusst oder unbewusst, sich selbst der Vernichtung ihrer individuellen Existenz.

Nicht ganz zufällig nennen die Franzosen den Orgasmus la petite mort, einen kleinen Tod. Marie gibt uns mit der existenziellen Tiefe ihres Begehrens, ja ihres perversen Begehrens dennoch einen Hinweis auf die Gewalttätigkeit der Natur in der sexuellen Liebe. Erst die Schläge, der Schmerz und der drohende Selbstverlust geben in Maries sexuellem Kosmos den Dingen der Lust ihr Sein.

Sie kann nicht in Ruhe auf die Himmelfahrt (erektio!) der Wollust warten, sie braucht ihren Nikolas, den Herrn, der ihre Existenz beglaubigt.

Sie kann nur im Benutzt-Werden durch ihn spüren, dass sie geliebt wird, geliebtes Subjekt ist, natürlich weil ihr die Selbstliebe fehlt, wie allen Masochisten.

Wir aber, wir Anderen, können an Maries Versuch eine Ahnung dafür entwickeln, wie viel Begierde, die Jean-Paul Sartre einmal eine „unnütze Leidenschaft“ genannt hat, noch auf uns gewartet haben wird. Wenn wir denn bereit wären, uns ganz hinzugeben. Auf welchem Weg auch immer. Ganz anzukommen, dieses Ziel bleibt uns so oder so verschlossen.

Dr. Matthias Bechem
Klinischer Psychologe

# Die Autorin

Schreiben war schon immer eine ihrer Leidenschaften, doch die Muße für ihren ersten Roman „Hörig“, den Klarrie Reese jetzt vorlegt, musste sie erst finden. Denn das Psychogramm eines sexsüchtigen Sadisten und seiner hörigen „Sub“ ist wie ein Sog, dem man sich nicht mehr entziehen kann.
Möglicherweise liegt es am Beruf der 1969 in Berlin geborenen Autorin, dass sie ganz genau hinschauen, analysieren und beschreiben kann. Sie ist selbständige Unternehmensberaterin für Kommunikation und Personal. Psycho-Analysen gehören also mit zu ihrer täglichen Arbeit.
Reese, die bereits Blogbeiträge und ein Fachbuch für Unternehmen veröffentlichte, lebt und arbeitet in Berlin.